政工仁心
王守东

张力升 ◎ 著

人民日报出版社

图书在版编目（CIP）数据

政工仁心王守东 / 张力升著 . —北京：人民日报出版社，2014.3
ISBN 978-7-5115-2456-0

Ⅰ.①政… Ⅱ.①张… Ⅲ.①纪实文学 - 中国 - 当代 Ⅳ.① I25

中国版本图书馆 CIP 数据核字（2014）第 041379 号

书　　　名：	政工仁心王守东
著　　　者：	张力升
出 版 人：	董　伟
责任编辑：	宋　娜
封面设计：	金　刚
出版发行：	人民日报出版社
社　　　址：	北京金台西路 2 号
邮政编码：	100733
发行热线：	(010) 65369527　65369509　65369510　65369846
邮购热线：	(010) 65369530
编辑热线：	(010) 65369522
网　　　址：	www.peopledailypress.com
经　　　销：	新华书店
印　　　刷：	三河宏顺兴印刷有限公司
开　　　本：	710mm×1000mm　1/16
字　　　数：	256 千字
印　　　张：	18.75
版　　　次：	2014 年 3 月第 1 版　2014 年 3 月第 1 次印刷
书　　　号：	ISBN 978-7-5115-2456-0
印　　　数：	1-10000 册
定　　　价：	36.00 元

代　序：天时地利人和

2014，黄河之滨，泰山东麓，山河巍峨，行者动容。

这是一片古老的土地，齐鲁文化发源于此，祖先在此繁衍生息，大汶口文化、长勺之战、齐长城遗迹等先辈的光荣，在岁月的河流中光华永驻。

这是一片新生的土地，改革开放催生了经济的繁荣。这里素有"钢城煤都"之称，自然资源丰富，是国内重要的钢铁、能源基地，支撑着华夏民族的强国之梦。

这更是一片仁义的土地，历来重礼仪，讲诚信。孔子来此观礼，管鲍在这里分金，人民诚实勤劳、淳厚质朴，传统的儒家文化和现代的红色文明都在这里深深扎根。作为革命老区，莱芜战役中外闻名；而作为新时代企业家的典范，泰山钢铁集团董事局主席王守东，更是我们这个时代的杰出楷模。

王守东是一位传统意义上的仁者，他有着强烈的责任感，数十年如一日始终把自己看作社会的拓荒者、大众的服务员，把为社会作贡献看得更重于自己的事业与财富。在他心目中，办企业与其说是为个人名利，不如说是公益事业，是值得自己倾其所有、全心投入的高尚事业。

人生苦短，对所有人亦然。在有限的生命里如何燃烧自己，如何作为？是孑孓独行，还是带动他人一起为社会添砖加瓦？王守东做到了后者，以优秀的思想和精神去感染人、鼓舞人、带动人一起努力创造美好生活，依靠精神去创造物质，先为大家、后为小家，从解放他人到解放自己，这就是人生的境界。

古人云：天时地利人和。在中国改革开放的天时里，在东部率先发展的地利里，同样曾有许多企业家和王守东一起起步，甚至走得更早，但未能坚持到现在。在如今中国钢铁行业整体亏损、大势不佳的困局中，王守东一手打造的泰山钢铁却能保持着强大的凝聚力和创新求变能力，以优秀品种占据市场的蓝海，在同行的风声鹤唳中率性前行，这是这个时代的奇迹。

奇迹何来？缘于王守东洞察人性的智慧和独特人生道路。他少年起在部队的熔炉里打下了深厚的政治理论基础，积累了切合实际的管理经验，实事求是、积极进取的哲学精髓令他在受益于传统文化的同时，又不受教条的束缚，在改革开放的大潮中保持超前的经营意识、市场意识，以昨日之精神瑰宝经营今日之事业，以精神力量创造物质力量，看似另类，实则稳中求胜，并不一味拘于传统、无视现实，可谓是以实干促人和的典范。

人的力量是无穷的。在王守东带头艰苦奋斗、锐意进取下，泰山钢铁集团在内部树立起了市场经济中不多见的无私奉献精神。与一味的物质激励手段不同，泰山钢铁更愿意通过树立榜样、塑造优秀的企业文化和精神来激发员工的热情与上进心。企业一贯以人为本、注重思想政治工作，成功营造了很多企业里难得一见的团结、奉献、进取氛围，依靠人和走出了一条优质、高效、环保、广泛参与、经济效益和社会效益双赢的发展道路。

中国的经济腾飞和民族复兴离不开国之大企的崛起，需要更多王守东式的优秀企业家。不能不说，这位仁义敦厚、境界高远的齐鲁之子，是以思想引领企业，以睿智拓展事业，以人和制胜市场。每个有志向的人，无论拥趸何种成功理念，都有必要为之深深思考。

2014年4月，是王守东从昔日一片废墟的下马企业厂区起步创业，打造出今日优秀钢铁企业30周年的日子。在这个欢庆的时刻，如同每个成功企业家的经历一样，回顾王守东看似另类的成功故事，我们可以看到他的勇气、奋斗和跌宕人生，看到如何修身、齐家、治企、造福社会的完美案例，更可以看到思想的力量、智慧的力量、人和的力量。

目　录

第一章　生于激情时代：另类的泰钢

003 / 第一节　幸逢盛世，险峰风光好
011 / 第二节　"思政挂帅"，非一般典范
019 / 第三节　法无常形，殊途同归

第二章　军歌年代：钢铁如此炼成

027 / 第一节　鲁中子弟，仁义润泽
033 / 第二节　与雷锋相逢的日子
039 / 第三节　博学苦读，折服众生
045 / 第四节　军魂照耀，壮志在胸
047 / 第五节　解甲归乡，扎根钢铁

第三章　力挽危局：自助而后天助之

057 / 第一节　下马！下马？
062 / 第二节　上下求索，将以有为
072 / 第三节　无米之炊的神话

080 / 第四节　红旗再展，缚住苍龙

087 / 第五节　大浪淘沙，生死闯关

第四章　为帅之道：仁者的胸襟

097 / 第一节　勇于改革，造福一方

107 / 第二节　以身作则，舍己为众

113 / 第三节　精心育才，广采众长

118 / 第四节　知人善任，英才满园

124 / 第五节　赤子之心，日月可昭

第五章　思政之道：人的工作第一

135 / 第一节　生命之线，常抓不懈

143 / 第二节　思想引领，斗志不减

150 / 第三节　情感沟通，解开心锁

155 / 第四节　与时俱进，手段创新

160 / 第五节　风正气顺，心齐劲足

第六章　管理之道：人和的力量

169 / 第一节　反复抓，抓反复

176 / 第二节　上马中宽带，后发先至

184 / 第三节　转产不锈钢，深拓蓝海

196 / 第四节　集群出击，产业链制胜

204 / 第五节　博大包容，化危为安

第七章　科技制胜：厚积薄发

213 / 第一节　自力更生，勇挑重担
219 / 第二节　力戒浮躁，潜心积累
223 / 第三节　独辟蹊径，铁杵成针

第八章　低碳典范：打造绿色钢城

233 / 第一节　超前意识，大局为重
239 / 第二节　升级换代，集约高效
244 / 第三节　绿色高效，创新型发展

第九章　造福社会：兼善天下

251 / 第一节　解放别人，就是解放自己
257 / 第二节　以工哺农，建设泰钢工业园

第十章　生命长青：踏遍青山人未老

267 / 第一节　老骥伏枥，志在千里
271 / 第二节　任他炮声隆，岿然自不动
279 / 第三节　蓄势待发，放眼四海
283 / 第四节　登高望远，无畏险峰

第一章　生于激情时代：另类的泰钢

◎ 看似另类的企业模式，不一般的成长神话。传统与现代管理精髓的融合，造就了王守东的璀璨人生，书写了泰山钢铁的成长故事。依靠强有力的思想政治工作，统一思想、鼓舞斗志、发展不辍。

泰山钢铁集团董事局主席、党委书记王守东

第一节 幸逢盛世，险峰风光好

企业是社会的细胞，是强盛国家的脊梁和支柱，是社会创新的源泉和重要动力。而作为企业的领路人和开创者，实干的企业家对经济、社会的发展功不可没。如果美国没有洛克菲勒、卡内基、摩根、福特、盖茨、韦尔奇、乔布斯，日本没有松下幸之助、本田宗一郎、盛田昭夫、稻川嘉宽，无疑它们的发达程度将大打折扣。

1984年，中国改革的范围和力度更大了，从农村扩大到城市和企业。一时间，改革开放的热潮涌动，到处开始上基建、上项目，给当时还很落后的基础工业很大压力，能源、物质、原材料到处告急，尤其是作为"工业粮食"的钢铁产品更是供不应求。

钢铁，作为现代社会最基础和最重要的生产原料，曾经承载了中国人多少年的强国之梦！作为中国重工业的"长子"，在积贫积弱的年代，它寄托了人们对"自强"和"求富"的向往。

改革开放伊始，中国钢铁行业的发展面临严峻局面：由于境内铁矿资源先天不足，行业技术水平落后，加以新中国成立后体制束缚严重，整个行业发展迟缓，产品质量、品种均不能适应社会需要。1980年，中国粗钢产量3712万吨，人均37.6公斤，不仅落后于发达国家，甚至也落后于一些发展中国家。当年朝鲜人均产量322.4公斤，是中国的8.5倍。从土木时代到钢铁时代，华夏民族被世界主流落下了很长的距离。

1984年5月，国务院作出关于扩大企业自主权的十条规定，其中钢铁企业被允许自行销售2%的计划内钢材，价格可向上浮动20%，超产钢材可与用户协议定价，超产的原料、辅料、副产品可自销，意味着国内钢铁产品价格开始出现"双轨制"。这不仅打破了产业发展僵局、发挥了已有企业积极性，也促使众多有识之士看到了事业机会，跃跃欲试，试图加入到行业发展的洪流中来。

几乎在国家产业政策进行重大调整的同时，山东省中部山区的一片荒芜厂区上，也重新涌动起了建设热潮。数以百计的干部员工穿梭于荒草丛生、瓦砾遍地、设备锈蚀的厂区，像打扫自家客厅一样，细心地清运垃圾、整理房舍、修缮维护管道与设备。这片沉寂已久的土地又开始有了生气。

这个地方隶属于莱芜市，是停产已久的前泰安地区钢铁厂厂区，又要重新上马生产。内行人明白，现代钢铁企业是资金、技术密集型企业，重开的关键在高炉能否成功点火。困难显而易见，但人们的创造激情已如地火在地下运行，伺机奔涌。

这年9月，停产已久的55立方米二号高炉一次点火成功，出铁口红灿灿的铁水如一条奔腾的火龙喷涌而出，映红了厂房，映红了天空。在场的人们欢呼雀跃。他们的领头人，开朗睿智的军转干部王守东和大家一起热泪盈眶，幸福的泪水在脸上流淌。

人们不能不激动，因为三年前，是他们流着泪亲自见证了高炉的灭火沉寂，企业的关门倒闭，员工的四散流失；三年之后，在王守东的带领下，经过无私付出、艰苦奋斗，同一批人们又流着泪欢呼高炉与企业的重生，这种从大悲到大喜的幸福是任何一个局外人所无法体会的。

时年44岁的王守东同当时的人们一样，习惯于说自己"生在旧社会、长在红旗下"。他的一生经历了新旧两个社会，出生于新中国成立前，1958年参加工作,当过兵、扛过枪、教过学、进过机关、管过企业,真可谓"工农商学兵"样样都有体验。三年前钢铁厂关门之时,担任车间主任的他被安排到莱芜第二水泥厂担任党总支书记。

用世俗的眼光来看,企业关门并没有使王守东的利益受到什么损失,以后自己过自己的日子就行了,彻底摆脱以前的烂摊子其实是一件好事。但是王守东不是这样的人,传统文化和多年军旅生涯造就了他与众不同的个性。

王守东是一团火,是一个热情爽直、有高度责任感的人,看着别人受难自己就坐立不安,看着企业关门自己就觉得没有尽到义务,虽然他原来也只是中层干部,对企业的厄运并无直接的责任。但是,眼看着一份有意义的事业失败,看着一群活生生的人承受生活的打击,他无法置身事外。如同古人一样,身无分文,心忧天下。

王守东在焦灼和思考中度过了三年时光。他每天上班的路经过原来的厂区,眼看着设备在锈蚀,物料被盗抢,原来朝夕相处的员工流落他乡谋生,每看一眼内心都好像在煎熬。终于,面对下马企业的废墟,面对分流人员的痛苦和无助,他决定挺身而出,排除万难也要争取钢铁厂的重新上马。

"道之所在,虽千万人,吾往矣。"齐鲁礼义之乡,孔子的气概,从来就不乏后来人。王守东凭着一名共产党员对社会、企业高度负责和奉献的精神挺身而出,决意以一己之力承载起这一重任。正如一代革命者们曾经流行的呐喊:天下的事我们不管,谁管!

1984年年初,经过认真分析,王守东向莱芜市委、市政府递交了自荐请缨报告,建议钢铁厂恢复上马炼铁,为振兴莱芜经济作贡献。经过重重努力说服了各方之后,在没要国家一分钱投资,没借银行一分钱贷款的情况下,他首开横向经济联合之先例,采取补偿贸易的方式,解决了启动资金困难,使企业得以起死回生。

停产已久的企业重开,不仅是解决了几百人的就业问题,更重要的是赶上了国家改革和行业大发展的快车,实实在在地抓住了历史机遇。经历了计划经济体制下束手束脚的岁月,抓住了自主经营、向市场要效益的大好时机,王守东数年来的苦思冥想和奋斗有了最初的收获,数十年来的抱负和志向有了实现的机会。从此,以二号高炉重新点火为起点,一家浴火重生的企业——泰山钢铁集团公司开始了它的峥嵘征程。

30年斗转星移,改革的大潮抚过时空,昔日从一片废墟上悲情重生的泰山钢铁已经成长为挺立潮头的勇者和强者。面积十余平方公里的现代化环保型钢城内,管道纵横、高炉林立、机声轰隆。配套与关联企业密布,发达的技术与销售网络触角伸向全国乃至海外,一个经济巨人已然崛起。

经过30年艰苦创业,泰钢已经成为以钢铁生产和深加工为主导,集能源、机械、商贸、高科技等产业于一体的大型企业集团,形成了400万吨精品板带材、100万吨不锈钢的综合生产能力。从业人员由100多人发展到10000多人;占地面积由36万平方米扩展到10平方公里;企业建立了完整的技术创新、科研开发、试验研究、QES管理体系。2013年销售收入突破370亿元,排名中国钢铁企业第40位、中国民营企业500强第61位、中国企业500强第312位。

泰钢不仅是一家工业企业,更通过第三产业、工业园建设,在就业、文化、商贸、地产、服务业、新农村建设等领域促进了莱芜的全面发展。可以说,当地从钢铁到餐饮,从物流到地产无不有泰钢的影响存在。从企业总产值、销售收入、利税来看,泰钢均已经成为莱芜工业立市、钢铁强市的排头兵,成为当地首屈一指的骨干龙头企业。

在很久以来的岁月里,这一切奇迹的见证人和最主要的创造者王守东,已经成为莱芜乃至整个中国钢铁行业的知名人物,成为人们众口一词夸耀的楷模。从基层员工、农村老人,到政府官员、媒体人士、行业专家,无不为他的魅力和胸怀所折服。

这是王守东，但这还不是全部。

我们正处在建设更美好社会的征程上，而企业是促进社会进步、解决社会问题的重要力量。从1980年开始，经历了几代人的努力，中国新的社会环境已经奠定了基础，企业成为了推动社会进步的重要力量，知名企业家的思想和理念受到社会的关注，社会的整体价值观受到企业家效应的深刻影响。

正如一滴水可以映照太阳，企业家的行为可以改变世界。孟加拉国经济学家穆罕默德·尤努斯通过创办"穷人银行"以小额贷款帮助穷人创业，获得诺贝尔和平奖。西方许多企业在拓展业务时都把"社会责任"挂在嘴边，以获取社会的理解和认同；而王守东多年来在泰钢的行为则为此作了最现实、最生动的注解。

市场经济时代，对财富的追逐在人们的口中已经理直气壮。多少企业家借助时代的东风一跃进入社会精英阶层，成为聚光灯下的焦点；也有很多企业家辉煌过后却从云端摔下，引发人们一串串关于其命运的思考。

现实与理想，财富与责任，在今天是很多企业家所苦恼的问题，难以取舍。毕竟，在一个复杂而不断变化的社会环境里，创立、经营企业的难度可想而知，很多企业与中国社会一样，在历史的变迁中被催熟、被拔苗助长，财富与社会责任很多时候难以兼得。

在财富面前，很多人似乎更加急切。于是我们有幸目睹他们的见利忘义、不择手段、短期效应，看着财富榜单上一批批企业家来来走走，沉沉浮浮，留下一幕幕企业的兴衰成败悲喜剧。

但是王守东却从未面临这个两难选择，这是他和许多人的根本不同所在。

鹰的重生需要广阔的天空，更需要自己宽阔的胸怀。财富对别人来说可能是全部，对王守东不是。他的生活很简朴，农村的童年生活使他养成了对煎饼咸菜的嗜好，对知识和事业的渴望，造福社会、帮助他人的习惯，而不是对声色犬马的追逐。泰钢一开始是地方国企，后来转制成了民企，他是董事局主席,但却从没把自己当"老板"看待,只是一个肩负管理责任的特殊股东,对关于财富榜排名、富豪排场的议论从没放在心上。

因为个性原因,王守东从来不愿也不会随波逐流,而是在工作中兢兢业业、以身作则、率先垂范,以智慧和正直解决问题,不走歪门邪道。在社会物欲横流、诚信缺失的时候,他坚守着道德、诚信,一步一个脚印,以朝圣者的姿态和胸怀,去实现自己创业、超越的理想。

钢铁行业是资金流、信息流、物流极其复杂的产业,经营起来极为不易。为了降低风险,争取政府支持、搞好政府公关似乎是企业发展的必经之路。"循规蹈矩办不成事,跑步才能钱进"的说法甚嚣尘上。

王守东出身部队,进过机关。当别的企业为了争取有关方面支持而大肆"公关"之时,他依然公事公办,按程序、按流程走,按要求跑项目、报材料、做说明。只不过,多年的理论积累与实践熏陶,让他在面对主管部门时总是有理有据、思如泉涌,能侃侃而谈项目的经济价值、技术意义、社会效应、对产业链的带动作用等,条理清楚、高屋建瓴。虽然是企业自身的发展所需,但是只要说深、说透了项目的价值和意义,让对方不由得不认真对待。

当然,遵守规则不等于毫无主动性,而是以更合理的方式去争取成功。政治理论教员出身的王守东擅长写文章,从论点到论据,从理论到事实,分门别类,条理清晰,把一件事的方方面面阐述清楚,没有假话、空话、套话,只做深刻分析,让阅者不忍释卷。真正有远见的人,谁也不会忽视这样的信息和建议。

在泰钢多个重要的历史发展关头,王守东以合情合理的方式为自己发声、为企业代言,收到了良好的效果。1984年,他在自荐请缨报告里透彻分析了原泰安地区铁厂重新上马的意义和价值,以及资金、原料等问题的解决之道,有效推进了事情的进展。

2004年12月,当泰钢再次面临重大转折的时候,王守东致信时任山东省省委书记张高丽、山东省省长韩寓群，提出泰钢愿意加大投入，力争建成山东最好的、档次最高的、市场最需要的高端钢铁生产基地，为莱芜和山东的发展作出更大贡献。信中历数泰钢自身具备的区位、资金、技术、产品、管理等优势条件，主动承揽责任、自我加压，表现出了王守东作为企业家的自信、敏锐与远见。

这封信的时机正处在当届政府加强宏观调控、限制新上钢铁项目之时。2004年4月，国务院九部委认定正在建设的江苏铁本钢铁项目属于"地方政府及有关部门严重失职违规、企业涉嫌违法犯罪的重大案件"，随后民营企业江苏铁本铸钢有限公司受到严厉查处。

在中国经营企业不易，与其他患得患失的企业家不同，王守东总是很坦然，因为在内心深处他并不认为自己是老板、是富豪，而是为"大家的事"奔走的一个人，无欲则刚、无欲则无畏。但要做到这一点，就不是短期的掩饰伪装所能达到的。

王守东的襟怀坦荡、远见卓识历来受到从基层到中央各级领导的尊重，这一次也不例外。在行业持续数年宏观调控的大背景下，泰钢却能有理有据地说服主管部门，理直气壮地上新项目、淘汰旧项目，扩大符合市场需求与技术进步的新产能，淘汰落后的旧产能，在别人止步不前的时候一路超车，独领风骚。这种逆势成长，其实是企业领导人睿智与胆识的体现。

在激烈的市场竞争中，很多钢铁企业靠伪造账目、利益输送、打质量擦边球等手段经营和拓展市场，尤其是技术力量不雄厚、设备不先进、管理不严格的企业更甚。有个段子说，企业要搞得好就要做三套财务报表：真实报表只给自己看；隐藏利润的报表给税务看；夸大利润的报表给银行看。有个真实事例是：当年江苏某钢厂接受了港商投资，在钢材市场异常火爆的1993至1994年却只给人家看亏损的财报，让对方含恨离场。

作为新兴企业，泰钢面临的市场形势和其他企业是完全一样的。在"谁守法谁吃亏、谁厚道谁吃亏"的传言面前，很多人曾经埋怨过泰钢经营手段的保守与教条，王守东却保持了与创业开拓热情相反的冷静和理智。君子取利有道，要做大企业、延伸产业链，保证合作各方都能快速发展，前提是大家心态平和、一起发展，而不是某一方独享发展果实。放弃眼前小利暂时吃亏，却可能得到整个世界。

王守东轻利重义，以山东人特有的热情豪爽与正直，让合作伙伴放心，让客户安心。多年来，无论是经销商、供应商、合作伙伴、专业机构，泰钢都能与其亲密合作，结成长期朋友。印尼华侨领袖林文镜曾经计划在老家福建福清建设大型钢铁厂，但是在与王守东的交往中觉得是遇到了知音，相见恨晚，立即达成相互合作的意向。

王守东认为：企业发展不能赶时髦，要力戒浮躁、冷静思考、独辟蹊径，在世界发展大势中明辨发展方向。他的大战略是：通过转方式、调结构，增强泰钢的自主创新能力，避开竞争激烈的"红海"市场，及时转型以谋求长远的竞争优势和核心竞争力。

2008年，金融危机的突然到来使国际钢铁业市场严重受挫，钢铁需求大幅下降，钢价处于低迷状态。但就在这时，历经两年建设的泰钢60万吨不锈钢项目投产，为逆市中的企业增加了新的强劲动力。

早在数年之前，王守东就意识到了泰钢的处境：行业的传统增长空间有限，泰钢作为民企又无法和国企一样获得充分扶持，如何解题？唯有实行专业化、精品化发展战略，及时转型，避开与众多竞争对手的简单正面竞争。为此，经过精心论证、果断决策，他决定将泰钢力争发展成为在全国具有较高知名度和影响力的、以优特钢生产为特色的企业集团，而突破口就选在不锈钢项目上，以此奠定泰钢今后一个时期的发展基础和路径。

王守东的奋斗之路是一部理想主义者的光辉历程，他得到了社会和国家的充分肯定，人民日报、中央电视台、人民网及诸多媒体都对王守东的事迹进行过专题报道，他连续四届当选全国人大代表，收获了全国劳动模范、全国"五一"劳动奖章获得者、全国优秀经营管理者、全国优秀党务工作者、全国企业优秀思想政治工作者、全国勤政廉政先进代表、全国军队转业干部等诸多荣誉同时还享受国务院特殊津贴。

王守东的事业何以成功？迎难而上、不按常理出牌、赶上时代发展机遇，不熟悉王守东的人可能仅仅会这么认为。但是，他还有一个成功的法宝，似乎已过时的企业管理手段——思想政治工作。

第二节 "思政挂帅"，非一般典范

企业是人的集合，怎样才能真正调动员工的积极性、创造性，利用好人力资源来为企业发展服务？这一点无论古今中外，都是企业负责人所关心的问题。

在新经济时代，在人们的价值观日益多元化的时代，企业家们苦恼地发现，今天的员工可能不那么听话、不那么服从了。许多企业管理者相信物质激励，甚至只相信金钱的力量，相信奖金、股权、红利和其他福利手段可以充分满足员工的需求，从而激发他们的潜能。

但是，单纯物质激励的力量是暂时的和效果逐渐递减的，"端起碗来吃肉，放下碗来骂娘"的现象很普遍。有人感叹，现在的员工似乎只认识钱，对其他一切都不信服、不"感冒"；可给他们增加收入后依然如此，如何是好？

显而易见的共识是，物质刺激不是唯一的激励手段，精神激励手段的力量则是持久的。因此各国企业都日益关注精神的力量，探讨如何通过精神教育的形式来解决人的问题。

王守东是一个成熟的思想者，一直以来，他致力于研究人的思想、意志和行为之间的关系。他认为，人的思想第一，人就是最大的政治，解决了人的思想问题，一切问题迎刃而解。从青年时代算起，在长达50多年的时间里，他一直专注于此，成果颇丰，很多棘手的问题都是通过思想疏导解决的。

西方主流观点看重企业文化的作用，认为企业文化作为一种黏合剂，在使整个企业团结一致方面发挥着很大的作用，因此发展企业文化是企业领导者最重要、最艰巨的任务，是企业生存和发展的关键，也是衡量员工贡献大小的最重要的标准与尺度。

美国可口可乐公司的总裁曾经说过类似的话："即使工厂被大火烧掉，只要员工还在，我又能新建起一个全新的企业。"敢说出这种话，就在于他自信自己的员工已经深入接受了自己企业的文化，属于"赶不走的人"。这就是企业文化的价值。

王守东在管理泰钢时，领导企业进行了系统的企业文化建设，提出包括"忠诚、诚实、合作、高效、创新、拼搏、文明、有序、活泼"的泰钢精神、员工应有的"五条姿态"、"既出钢材、又出人才"的企业理念等，内容丰富、切合实际，既有对员工道德素养、精神面貌的要求，又有对具体工作方法、理念的指导。但是，与所有企业一样，泰钢也面临着如何落实好这些内容、教育好员工的现实问题，亟须一种有效的手段来实现好这些理念。

为此，王守东选择了紧抓思想政治教育工作。

饱读典籍的王守东深刻意识到：在农业时代，最重要的资源是土地，在产业时代最重要的资源是资本，而信息时代最重要的资源是人力。办企业就要把员工看成财富资源，挖掘他们的潜能。在数个危机时期，企业一度资金链紧张、原料供应濒临断绝，为什么却又总能顺利渡过难关？正是依靠思想政治工作做到了上下齐心、共同御难。

在物的因素不足的时候，发挥人的主观能动性、创造性，用人的因素加以弥补，这是任何体制的企业管理的共同主张。日本企业在二战战败后的惨淡岁月里，以"产业报国"等口号来激发那些从战场上败退回来的军人发挥能量，迅速恢复经济；华为在创业初期向员工大力灌输发展国产通信产品制造业、取代进口产品的愿景，使年轻人迸发出"床垫精神"。泰钢也概莫能外。

不论是国企还是外企，不论是民企还是社会组织，不论是政府机关还是事业单位，组织的领导者不仅要求准确及时把握潮流，分清主次，解决问题，更要将思想政治工作转到市场经济的轨道上，充分发挥其导向、凝聚、激励、调节功能，增强组织管理的人性化、生动性、法制性、科学性。

在逆境中，企业可以靠思想政治工作振奋精神，涉险渡难。自恢复上马以来，泰钢就靠思想政治工作振奋人心、凝聚人心，激发员工潜能，使员工保持良好的精神状态，不悲观、不气馁，克服了一个又一个困难，使企业实现了快速发展。

1984年4月，泰钢恢复上马之时，条件极其艰苦，人们面对的是荒芜的废墟，杂草丛生，野兔出没。王守东在党委会上说：人总是要有一点精神，精神可以鼓舞斗志，精神可以让你在困难的时候咬紧牙关挺过去。在他的带领下，聚集起来的数百名员工喊出了"坚决上马、打好翻身仗"的誓言。

人们经过105天艰苦奋战，攻下311道难关，清理了已成废墟的厂房，恢复了高炉生产。在这不寻常的105天里，王守东带领员工昼夜奋战在工地上，饿了啃干粮，困了在旁边打个盹起来再干；技术人员为拿下难关一天不吃不喝围着高炉转。没有一人叫苦，没有一人抱怨，没有一人讲报酬。

在建厂初期，大家艰苦奋斗、流血流汗，不管白天黑夜、不管分内分外地干，一个月才二十多元。虽然工作、生活条件非常艰苦，但是人们不计时间、不计报酬，都在积极地干工作，对工厂充满了感情，对领导充满了感情，同甘苦、共患难闯过来了。

员工们为什么如此执著？王守东的话说中了人们的诉求，打动了他们的心事。经历过企业下马、自己流落外地谋生的员工们再也不想过以前的生活，希望回到从前那个生活有保障、工作有地位、在家有面子的环境里去，因此能激发起旺盛的斗志。这就是思想政治，这就是对症下药。

王守东懂得大家的这种心声。他紧紧围绕企业的经营，把新形势下的思想政治工作定位在企业改革和发展上，定位在铸造以艰苦创业、拼搏奉献为核心的企业精神上，使之成为企业发展壮大的强大动力。

泰钢恢复生产仅几年的时间，从1989年开始，国家开始经济调整、治理整顿，银行收紧银根，泰钢资金链紧张，一度影响原料采购，高炉濒临停产。一时间，企业又要下马的传言开始在厂区流传，阴影再次笼罩在大家心头……

面对困难，王守东没有隐瞒实情，而是在全公司开展"'马上'谈'下马'"的大讨论，要求大家揭问题、摆困难、找根由、集智慧、想办法，研究如何同舟共济、共克时艰，从而避免企业再次"下马"的悲剧。

事情的演变又一次取得了意想不到的效果。泰钢全体员工统一了认识：只有企业在、大家在，小家才能持久安定。企业有困难，每个人都应当尽己所能、帮助企业渡过难关。大家纷纷拿出积蓄，上下一共凑足了200万元，供企业去采购原料。

人心齐，泰山移。在经济徘徊、市场低迷的那段日子里，泰钢的工作秩序反而比任何时候都好，大家兢兢业业地坚守在岗位上，有时候每隔一个月才能领到工资，有时差旅费一压半年不能报销，机关更是紧缩开支，减少用车，停止采购办公用品，纸张正面用过反面再用，出差能坐汽车就不坐火车，用一点一滴的行动来维护泰钢的生命线，最终保障企业顺利渡过了难关。

在顺境里，企业可以靠思想政治工作鼓舞斗志，再接再厉。泰钢靠思想政治工作鸣响警钟，使员工保持清醒的头脑，不自满、不停步，勇往直前，不断把改革和发展推向深入。

在今天的泰钢，物质待遇并不是行业里最优厚的，但是人们却很"安于现状",大家最关心的就是做好自己那一份工作,实现企业制定的工作计划,而对于个人收益变动等问题却似乎不那么关心。人们相信企业,相信王守东,相信未来。在人心普遍浮躁的今天,这种安宁的心态的确是不多见的。

与诸多流行的管理手段不同,王守东几十年如一日,把思想政治工作当作成就事业的"基本功",坚持把思想政治工作作为立厂兴业、发展壮大的首要任务来抓,提出了在现代企业管理中要坚持"思想政治工作第一,活的思想第一,思想通,一通百通;思想不通,万事不兴"的理论。

富有成效的思想政治工作,不间断的思想教育,一直是泰钢发展创新的强大武器。思想政治工作被视为泰钢成长壮大的生命线,创造了诸多奇迹。

自恢复生产至今,泰钢在一无资金、二无技术、三无人才的情况下白手起家,经历过外有束缚、内有抵触的惨淡经营时期,经历过市场竞争、行业制约的背水一战时期,经历过顺风顺水、高歌猛进的快速发展时期。但无论什么时候,泰钢都能依靠强有力的思想政治工作,统一思想、鼓舞斗志,形成凝心聚力、众志成城的干事创业氛围,使企业逐渐摆脱政策限制、人才匮乏、资金不足等的制约,保持稳定、旺盛的发展形势,成为全国思想政治工作和精神文明建设的先进典型。

思想政治工作同样曾是国企的一项光荣传统和政治优势。如大庆油田、吉林化工,都是全国思想政治工作和精神文明建设的先进典型。但是,这项有效的手段为什么在今天似乎显得有些不合时宜,曲高和寡呢?

思想政治工作如此神奇,但是为什么以前经常有单位用不好这种工具,甚至引起员工抵触?因为有的干部违背了依靠员工办好企业、发展企业的基本原则,无法与时俱进,用教条、僵化、肤浅的宣传方式,使思想政治工作成为一种形式而不是动力,自然收效甚微,动摇了人们应有的信心。

和一般企业家不同的是,王守东在操心企业经营之余还积极探索新时期思想政治工作的新路子、新途径、新方法,坚持不懈地开展思想政治工作,把这一工作当做毕生事业的追求,总结出了一系列科学规律和独到的方法,大大增强了思想政治工作的实效性。

不同于人们以往的刻板印象,王守东选择"加强和改进思想政治工作"的实际含义就是要注重员工的人文关怀和心理疏导,用正确的方式进行价值观宣传,引导员工用正确的方式处理工作人际关系,从而促进企业的发展。这种做法,与国内外优秀企业激励员工的方式方法其实是一脉相承的。

比如,员工都很关注工作生活中的实际问题。特别是随着企业经营机制、分配方式的改革,过去企业办社会的福利模式终结,员工面临住房、就医、子女上学就业等现实问题。这些问题解决不好,员工就心思不稳,对企业的各项要求就无心回应,就听不进去那些"大道理",甚至产生逆反情绪。

王守东当过多年的部队政治理论教员,从来就不是只会读课本、招人厌烦的"复读机"。当"后进"连队指导员的时候,他针对落后战士的实际困难逐一帮助并加以解决,很快就赢得了战士的拥戴,连队各项工作迅速打开了局面。在泰钢,他一样坚持"依靠员工办企业"的方针,思想政治工作不停留在泛泛的说教上,而是通过实施"暖心工程",将思想问题与解决员工工作、生活中的实际问题结合起来,起到药到病除的奇效。

思想政治工作的主体是人民群众,而人民同时也是历史的创造者。"一切为了人"就是强调以"人"为本,不仅主张"人"是发展的根本目的,而且主张"人"是发展的根本动力。

为了引起泰钢各级干部对思想政治工作的重视,王守东在对干部讲话时一再要求大家要多作自我反思,要千方百计地依靠思想政治工作,发挥激励机制,使员工奋发向上、努力工作。他甚至提出:泰钢要明白政工人员是人类的灵魂工程师,要树立思想能决定一切、能改变一切、能战胜一切的信念。

作为布道者和示范者,王守东自己当然更要带头。从自荐请缨恢复企业生产的那一天起,王守东就把自己交给了泰钢、交给了员工。和一切创业型企业家一样，多年来他大部分时间是在会议室、生产现场、出差旅程中度过的，是在思考问题、研究问题、解决问题中度过的，从壮年到老年，从黑发到白发，南下北上跑资金、跑项目、跑技术，除了睡觉，根本没有真正属于自己的时间。

正因为王守东紧紧把握了思想政治工作这个生命线，才使泰钢员工自觉把个人的前途命运和企业的发展壮大联系起来，把个人理想、个人利益同企业的共同理想和集体利益联系起来，使企业始终保持了稳定、健康、强劲的发展势头，带出了一支思想过关、素质过硬的干部队伍和吃苦耐劳、顽强拼搏的员工队伍，在企业营造了"爱国爱党、爱家爱岗、心系泰钢、乐于奉献"的浓厚氛围，这是任何事业成功的必然保证。

王守东经常说，人人都有赤子之心，做思想政治工作就是还每个人以赤子之心，所以思想政治工作是世界上最光荣的工作，要投入全部爱心，当做事业去追求。他把平等待人、一视同仁作为思想政治工作的出发点，与员工先感情交流，后思想接触，和员工坐在一条板凳上，促膝交谈，以心换心。他认为，"锅不热，饼不贴"，只有自己先热起来，对方心里才热乎；感情相通了，才能想到一块儿。

作为工作时严厉要求、闲暇时和蔼可亲的长辈，王守东乐于做循循善诱的导师，在主持会议、作报告、给员工讲课的时候把自己做人的经历与感悟悉数告诉大家，被大家亲切地称为"王书记"。这些道理对泰钢员工的影响很深，无论他们是一直就职泰钢的，还是后来离开去他乡发展的，都把"王书记"传授的这些思想视为一生的财富。

在长期的实践中，王守东成功总结出了一整套思想政治工作目的、原则、步骤和方法。他推动泰钢建立了以"泰钢员工应有的五条姿态"和"忠诚、诚实、合作、高效、创新、拼搏、文明、有序、活泼"十八字"泰钢精神"为代表的、具有泰钢特色的思想政治工作体系，具有很强的科学性、指导性和生命力,使思想政治工作与时俱进,不仅跟上了企业发展的节拍,还有力推动了泰钢这艘巨轮的前进。

思想政治工作是方法,最终目的是要服务企业经营。王守东以制度建设为手段,建立了"思想政治工作条例",规定了每月一次员工大会、每周一次分厂学习会、每天一次班前班后会,形成了"是不是人人处处事事做思想政治工作,所在单位是不是团结,工作上是不是有创新突破,是不是完成了上级下达的各项任务指标,是不是做到了安全无事故"的衡量思想政治工作五项标准,使基层思想政治工作开展得更加扎实有效。

1988年以来,泰钢集团员工及家属10000多人,没有一人下岗,没有发生一例刑事犯罪案件,没有一次群众上访和群众来信,成为全国思想政治工作和精神文明建设的先进典型。整个公司上下风正气顺,形成了强大的凝聚力、向心力、战斗力。

通过有效的思想政治工作,使万众一心、众志成城,这是泰钢事业成功的首要保证。没有思想政治工作的保证,无法想象这个命运多舛的企业能战胜一重又一重的困难,并且不断生长、壮大、兴旺。2004年,王守东在庆祝企业恢复"上马"20周年大会上的一段讲话,可以为之注脚——

> 企业即人,都要有信仰和追求,否则就浑浑噩噩,昏昏沉沉,自生自灭。这些年来推动泰钢不断前进、遇到困难不退缩、取得成绩不停歇的根本原因,就是泰钢怀有强烈的使命感,这种使命感使泰钢增添了取之不竭、用之不尽的动力,为企业树立了摧之弥坚、折之更韧的品格。

经过多年的精心打造,王守东把思想政治工作变成了泰钢的一项光荣传统和优势,理所当然地赢得了外界的极大关注。2000年8月,莱芜市委做出向泰钢学习加强和改进思想政治工作的决定;莱芜市政府于2002年3月发文,向全市所有企业转发泰钢思想政治工作的经验；此后山东省总工会也发文，向全省总结推广泰钢的经验，在全市乃至全省掀起了学习泰钢的热潮。泰钢还应邀多次参加全国思想政治工作座谈会和论坛，获得"全国思想政治工作先进单位"的荣誉称号。

王守东本人也于1996年被中共中央组织部推荐为"全国优秀党务工作者"；2000年被省委、省政府授予"山东省思想政治工作十佳个人"称号；2001年被中共中央宣传部、中共中央组织部、中华全国总工会授予"全国企业优秀思想政治工作者"荣誉称号，多次在各种会议上介绍泰钢思想政治工作的创新之道，并应邀在国内巡回讲演。

洗去浮尘见光华，王守东以他的不倦思索和实际探索，让思想政治工作这一利器在泰钢经营中运用自如，在新形势下发挥了传统优势，创造了实实在在的效益，有力促进了企业发展。毫不夸张地说，这是他经营企业、建设企业文化的一大创造，也为众多苦于管理改进的中国企业树立了标杆和样板。

第三节　法无常形，殊途同归

企业经营不易，经营钢铁生产企业经营尤为不易。钢铁行业集资金、技术、人才密集型于一身，面对原料、工艺、物流、市场、宏观调控等重重挑战，能在行业里坚持下来并有所作为者，都是天降大任之辈，都值得世人称赞。

早在1894年，晚清名臣张之洞力主兴办的汉阳铁厂投产，成为中国乃至亚洲第一家集冶铁、炼钢、轧钢于一身的现代化钢铁联合企业。由于专制官办体制的腐败无能，汉阳铁厂从投产之始便巨额亏损，终为日本势力侵入和控制，后毁于战乱。

以"长勺之战"和发明冷兵器著称的莱芜，是中国煤炭与铁矿的资源大市,改革开放以后群雄并起,除国有大型钢铁企业莱钢外,诸多民营和合资钢铁企业都曾喧嚣一时,但是为什么唯有王守东成功实现了直道超越、独领风骚?

20世纪80年代,王守东在几乎是一片废墟的厂区里,在无米之炊的条件下从无到有,历经艰辛而终成辉煌。同时期上马的钢铁企业如过江之鲫,起伏浮沉,谁能一言道出其中奥妙?

改革开放后所诞生的中国企业,几乎都曾面临着同样的烦恼:外部环境瞬息万变,难以预测,竞争激烈;内部人心不齐,资源紧缺,管理混乱。如何找到使事业在逆境中飞扬的灵丹妙药?学西方是很多人的选择,但是这一过程中却又历经种种水土不服,使人迷茫。

对于西方企业来说,对有效管理模式的探索也不是一帆风顺的。从20世纪初的科学管理时期一味要求员工的工作效率,到根据人性假说合理区分与定位员工需求,到开展个性化管理方式探索,也历经了种种曲折。因此,中国的企业管理者没有必要效颦西方同行的管理模式,重在学习其精髓,开发出适合自己企业的具体做法。

王守东是个胸怀广阔、兼收并蓄的人,他并不排斥改革开放后传入中国的西方企业管理思想,一直认真加以学习,并吸收到自己管理企业的实践中去。比如企业文化建设、管理创新、学习型组织等。但是,他也同样珍视自己生存的这片热土上诞生的宝贵精神财富,时刻不忘将其发扬光大、传至后世。

作为经历过改革前后两个时期的管理者,王守东对传统管理模式的利弊有过深入的思索。他认为,在市场经济条件下,人们普遍增强自主意识,培养了独立自主、锐意进取的精神,也产生了以自我为中心、利己主义的倾向。由于改革开放带来的贫富悬殊,分配机制的调整,特别是形形色色的思想观念对人们的理想、信念提出了新的挑战。而过去的管理模式虽然有僵化和不切实际的地方,但同样也有着值得发扬的地方。

比如，所谓"三老四严"，指的是大庆石油员工在20世纪60年代石油大会战实践中形成的优良作风。其主要内容是：对待事业，要当老实人，说老实话，办老实事；对待工作，要有严格的要求、严密的组织、严肃的态度、严明的纪律。"三老四严"优良传统和作风，是大庆精神、铁人精神的重要组成部分，实质是靠自觉、靠岗位责任心、靠广大石油员工为国家奉献的主人翁责任感，通过加强岗位操作的每一个环节来提升企业的整体绩效。

在创业初期的泰钢，王守东针对员工亟待加强现场管理的现状，组织印制了《大庆精神赞》的小册子下发到每个班组手中，大庆人"三老"、"四严"、"四个一样"的工作态度让员工们由衷地感到折服，王进喜"宁肯少活二十年，拼命也要拿下大油田"的凌云壮志更让员工摩拳擦掌，有的员工写出了心得体会，有的员工写了决心书、挑战书，有的班组结对子搞竞赛，员工表现出从未有过的干劲和激情。

如果说严格规范、抓生产管理只是一个企业管理的初级阶段，那么当企业壮大之后，要面对的就是如何持续改进经营管理、激励员工的问题。

1960年，中共中央转发《鞍山市委关于技术革新和技术革命运动开展情况报告》的批语，强调国企要实行民主管理，实行干部参加劳动，工人参加管理，改革不合理的规章制度，工人群众、领导干部和技术员三结合，即"两参一改三结合"的制度，被人们称之为"鞍钢宪法"。我国的许多大型企业陆续试行了这种管理制度，1961年制定的《工业六十条》正式肯定了这个制度，并且把企业的员工代表大会作为实行这种制度的一种具体形式。

对于现代企业来说，这种管理模式难以完全仿效。这种做法后来也没有在中国企业里坚持下去，但是有学者研究认为，"鞍钢宪法"具备了西方管理学理论中"全面质量管理"和"团队合作"理论的精髓，能够充分发挥劳动者个人主观能动性、创造性，是增进企业效率的关键之一，在知识经济时代有助于促进知识型员工的参与性和积极性。

在当今中国，有管理特色的知名企业很多，如华为、海尔、联想等。而王守东根据泰钢的行业特点，独辟蹊径地提出了企业发展所要依靠的"四个轮子"，即"党的领导、思想政治工作、企业管理、科技进步"，并把党的领导和思想政治工作摆在了"方向轮"的突出位置。可以说泰钢在精神方面类似于华为，在务实方面类似于长城汽车。

作为"产业报国"的代表，华为靠电信设备起家，以农村包围城市的做法迅速占领中国市场，一举打破了摩托罗拉、北电、西门子、阿尔卡特、朗讯等电信巨头对中国市场的瓜分，市场战也从国内打到国外。华为的效率、速度、战术让每个对手恐惧，成为世界第一显然只是时间问题。创始人任正非多年如一日不断攀登，代表了一代中国企业家面对世界级竞争对手的雄心和壮志，而他的报国情怀与王守东如出一辙。

作为"草根狂飙"的代表，曾经鲜为人知的长城汽车以民营车企的身份，以"每天进步一点点"的坚韧精神，靠皮卡起家，以 SUV 闻名，连续多年创造高增长和盈利的业绩，在 10 年时间里年销量从 4.5 万辆增长到了 2012 年的 62 万辆。在中国车市集体陷入微增长时，长城汽车的盈利能力让同行惊叹：2012 年净利润 56.78 亿元，同比增长 65.73%。

长城汽车的企业文化是铁腕和使人脱胎换骨的，远远超过一般企业，目的是让素质不高的新员工快速进入高科技含量的新角色。"魔鬼军训"、背诵企业文化手册、苛刻的廉洁管理体系、近似于教条的日常管理要求像钉子一样深入员工的灵魂和身体。"玩命提品质，疯狂抓执行"的"狼兔精神"要求员工"具有狼一样敏锐的市场反应能力，有事事争先的主动进攻意识；具有兔子一样强烈的生存意识和危机意识，有机智灵活的快速反应能力"。

道虽不同，触类旁通。不同地域、行业企业采取的不同管理模式，实质都是对同样外部环境、同样基本人性的合理反应，其本质都是深刻调动和挖掘人的潜力,实现整体和谐有序高效发展。

花开百种,各有芬芳。王守东所独创的"四个轮子"的泰钢管理模式是系统工程与现代企业制度的有效结合,是中国传统道德、管理经验和方法与发达国家经验的有效融合,是他在长期管理实践中摸索出来并行之有效的经验,是泰钢一茬又一茬干部参与创造并落实的有效方法:

因为企业从无到有、白手起家,需要积累和打牢基础,所以泰钢依靠党组织的模范带头作用,注重干部的培养和使用,使企业具有良好的精神追求,沿着正确的方向前进;

因为企业的发展以人为本,所以泰钢依靠思想政治工作聚拢人心、制造人和效应,注重总结做人做事、管人管事的条律、条例和操作要领,使之形成行为规范;

因为社会责任感和自我道德约束,所以泰钢注重技术进步,依靠特色经营、节能减排和循环经济最大限度地发挥资源的利用效率,而不是靠粗放型的市场开拓手段来获取利润;

因为市场的开放性和饱和竞争,所以泰钢注重管理创新与优化,放眼四海,针对企业生产、经营、管理等各个环节不断推出新举措,吸收国内外成功的企业管理方法,充分整合各方资源发展自身。

大道不称,大辩不言。这些年来,泰钢自身独特发展模式取得的成绩引起全省乃至全国的关注,国内很多大型企业、社会团体踊跃前来学习"泰钢模式",多位党政领导和行业领导专程来泰钢视察,可谓"冠盖满京华"。但是,与这一模式所蕴含的丰富内涵和魅力相比,真正能深刻理解并加以实践的并不算多,为何?

泰钢模式既是显性的,又是会意的,它所蕴含的独特企业文化和管理之道是长期积累所得,不是一朝一夕形成的,这期间凝聚了王守东数十年如一日的心血和汗水,映照出他这一生所走过的峥嵘岁月。

第二章　军歌年代：钢铁如此炼成

◎ 在人生的最初阶段，在激情燃烧的岁月经历的精神洗礼，注定了王守东日后的道路。十八载军营生涯，让他收获了丰富的精神世界，切合实际、针对人性的思想政治工作方法。积极的精神力量永远珍贵，无论是商场或战场。

戎装在身：王守东在部队

第一节 鲁中子弟，仁义润泽

人的出身，往往会直接决定其一生的道路。王守东也是如此。要破解他与众不同的心路历程和人生轨迹，我们就必须回到从前，回到七十余年前的那个秋日。

泰山东麓，现莱芜市区域内历史悠久，文物遗迹较多。这里村落集中，河流蜿蜒，历来为兵家所重之地。

公元前684年，齐军攻打鲁国，鲁国武士曹刿随庄公迎战于长勺，待齐军三次击鼓后，曹刿请庄公击鼓进击，以少胜多，留下了"一鼓作气"的千古佳话，至今莱芜境内的长勺遗址还能采集到石器、青铜器、陶片、箭镞等文物。公元884年，唐代起义领袖黄巢在莱芜南部的狼虎谷不甘落入敌手，拔剑自刎。1947年，人民解放军华东野战军打响莱芜战役，历时3天歼灭国民党军6万余人，全国战争形势为之一新。

莱芜历史上处于齐鲁交界，在齐文化和鲁文化不断融合发展的过程中，在与外来文化长期交流、碰撞、融合的过程中，莱芜人形成了一种崇德尚实、重信守义、兼收并蓄的精神品格。这里民风质朴，厚重包容是莱芜人民最可贵的优良品质之一，也是莱芜文化长期以来一脉相承的重要特质。

莱芜境内东北山区，燕子山群山环抱之中，坐落着一块并不开阔的平地，苗山镇的王家庄，就是这一片土地上坐落的小村庄。1940年十月初三，王守东就出生在这里。

莱芜为著名的革命老区，1926年成立党支部，1937年发动群众组织抗日武装，建立了抗日根据地。就在王守东出生前夕，1940年9月，日军为实现"华北六个月肃正计划"，开始对泰山、莱芜一带的抗日根据地进行"九·一八"大"扫荡"，数千日伪军在飞机掩护下，分四路包围扫荡八路军和党政机关。日伪军增设据点、封锁沟、遮断墙，控制公路交通线，对抗日根据地实行分割封锁，莱芜的抗日斗争进入了严重困难时期。

在动荡的岁月中，在枪声不时划过天际的夜空，一声婴儿的啼哭迎来了旭日东升。

这个孩子就是王守东，在家排行老四。他的少年时期在战火、灾荒、动荡和饥饿中度过，艰辛的生活磨炼了他的意志，养成了他永不服输、好学求知的性格。

王守东的外祖父是乡间有名的绅士，有文化、有学识，识古通今，在当地有很高的威望。在闭塞的乡间，外祖父就是他的启蒙老师，把他搂在怀里教读书认字，一字一句教他念《三字经》、《千字文》、《幼学琼林》等。至今，很多文本王守东依然能熟背如流。

有感于外敌入侵的乱世，外祖父经常给他讲故事，讲薛仁贵、杨家将、岳飞，金戈铁马，铲除邪恶，忠孝仁义，英雄豪气，家国情怀，在王守东幼小的心灵里开始萌芽。从小到大，他总有种极强的社会责任感，念念不忘自己的责任所在。

家庭的生活支柱则是父亲。父亲很有商业头脑，是个刻苦耐劳的小商贩。早年父亲当货郎，摇着拨浪鼓走街串巷卖针头线脑，后来开过榨油坊、卖过馒头、织过土布，在动荡的环境下勉强维持着一家人的生计。

父亲平时不苟言笑，和孩子们说话时总是一本正经，给予王守东的则是勤劳、质朴、踏实的品质。在中国传统礼仪中，对人的行为举止自古以来就有良训。父亲很看重行为举止，认为一个人要有行有行相、吃有吃相、坐有坐相、卧有卧相，将来才能干事，才会有出息。在他的熏陶下，长大后王守东的风度、气质、举手投足，完美地诠释了这一传统要求。

这样有教养、勤俭的家庭，在正常情况下本应过上富足的生活。可惜由于战乱与波折，他们也和千千万万鲁中百姓一样陷入困顿之中。

王守东一出世就要和大人一起面对严酷的生活。1943年春，莱芜境内发生严重饥荒，抗日军政机关每人每天4两（每斤16两制）粮食亦无保证，民众以树皮、树叶、草根、野菜、麦秸甚至滑石粉充饥，加之瘟疫流行，短期内莱芜地区就病、饿死亡8000多人。

同时，日军妄想用疯狂的"扫荡"、残酷的屠杀来征服莱芜人民，以实现其"长期占领"的罪恶目的。在苗山镇，鬼子屡屡进村扫荡，连续三年没让村民过成年。但具有光荣革命传统的莱芜人民没有屈服，敌人每制造一个惨案，就埋下一颗仇恨的种子。凡是遭受过敌人屠杀的村庄，都是参军、参战最积极的地方。

生于艰难时世，成长不易。王守东就像石缝中的野草一样，顽强地生长着。从小他就和地瓜干、薯叶、煎饼、南瓜、野菜、咸菜疙瘩打交道，那时候大米、白馍就是童年的奢侈梦幻，这也由此养成了他一生对煎饼咸菜的独特钟爱。

王守东对母亲有着深厚的感情，不仅在于母亲的生养哺育，更在于母亲坚忍的性格和人生给了他精神的滋养，是他心中力量的源泉。回首往事，王守东认为一生中给他启蒙的是外祖父，而影响最大的是母亲。

母亲生于1916年，属龙。母亲没上过学，却聪慧、勤劳、善良，精于持家，婆媳之间、邻里之间、亲朋之间都处得很融洽，周边没有不说母亲好的。

母亲是个勤劳的人，为了家里的生计整天起早贪黑，从来不知道劳累，从来不知道疲倦，也从来不抱怨。每天一早，一家人还在睡梦里，母亲早早就起床，推磨压碾，摊煎饼、做窝头，把一家人的饭菜准备好。家里人吃完饭后，母亲洗刷碗筷，把家里收拾完后再到农田里干活，风里雨里，土里泥里，任劳任怨地操持着。

乡间的农活繁重，母亲裹着一双小脚，行走不便，然而却照样挑水、下地、打柴、养猪养羊养鸡，汗水常常湿透后背。王守东至今还依稀记得，儿时母亲一手牵着他的小手，一手扶着扁担，吭哧吭哧地把一担高过人头的柴禾挑回家去的情景。

晚上，家人休息了，在昏暗的煤油灯下，母亲还要为一家人缝补衣服、纳鞋底，或是纺线织布，很晚了才躺下来。到了逢年过节的时候，心灵手巧的母亲就忙着剪窗花、做面鱼，给这个平凡的家庭带来喜气和幸福。

生活的重负逼得母亲极度节俭。吃剩的饭菜绝不会倒，要热热下顿再吃；破布烂衫要攒起来糊糨子、缝衣裳；落地的果子要捡起来卖钱。但就在这样的条件下，母亲也要挤出钱来给他买书本、交学费，也要济贫救急。

母亲很友爱，很善良，在家里供着佛龛，常常教导他"害人之心不可有，防人之心不可无"。遇见乞讨者会慷慨解囊，舍衣舍饭。谁家有难或是有红白喜事需要帮忙，她都会主动去帮，随叫随到。母亲的善行常常被人称道，母亲也因此在乡亲们之间威信很高。

无数个静谧的夜里，母亲一边织布一边给孩子讲故事，唱歌谣，有时候唱着唱着母亲就哭了，是想起了伤心的事情，还是悲叹这艰难的世道和生活？王守东不知道，无数次地就这样伴随着母亲的歌谣默默睡去。

母亲的怀抱是温暖的海洋，是冬日的阳光，是对孩子永远的包容和牵挂。在他幼小的心灵里，母亲成了他崇拜的偶像，母亲的勤劳、善良、坚韧、达观，给了他无穷的动力。母亲的言传身教，给他很多做人处事的道理，养成他行事磊落、与人为善、时刻为他人着想的性格。

王守东永远记得，母亲赶了多少夜晚，给他做了一双新鞋供他到博山上学去,他爱不释手,一直不舍得穿。有一天,学校里踢足球,他在一边做观众,见球朝他飞过来,忍不住起脚踢过去,结果刚刚穿上的新鞋裂了一道口子。他非常伤心,觉得对不起辛苦的母亲,发誓从此不踢足球。他是一个活跃的人,喜欢运动,乒乓球、篮球、羽毛球都打得很好,却一辈子再也没沾过足球。

因为家教得法,在村里上小学时王守东的成绩和表现就很优秀。他爱学习,作文写得好,老师总给评"优秀",让他在全班同学面前朗诵。在学校里,他早早地就有了关心他人的意识,经常做背小同学过河、帮后进同学补作业之类的好事,老师对他时常表扬有加。

因为家里穷,学费是个很大的负担,为了补贴家用、为父母分忧,课余王守东忙于干活:上山挖中药材,帮母亲干家务,和兄弟们一起帮父亲榨油、卖油,等等。总之,他的少年时期与安逸和享受彻底绝缘,是实实在在的"穷人的孩子早当家"。

在种种生活的磨炼中,王守东一样坚强地长大了,到几十里外的博山去念中学,朝发夕至全靠一双腿。每日早晨鸡未叫就上路,翻过一座又一座山头,走过一条又一条狭窄崎岖的山路,在他乡投入更高层次的学业,也渴望着更大的空间。

书籍是知识的海洋,为人们打开了广阔的天地,让人们得以在一个更广阔的平行时空中遨游。少年时期的王守东痴迷文学作品,常常晚上很晚了,他还在昏黄的灯下看书,如饥似渴地阅读《烈火金刚》、《红日》、《林海雪原》、《野火春风斗古城》、《铁道游击队》等,从里面汲取营养,丰富自己的知识。这些著作里的英雄人物形象牢牢印刻在他的心中,成为他学习的楷模。

读好书受用不尽。少年王守东正是通过读书感知了外面的世界,树立了人生理想,由此养成了酷爱读书学习的习惯,这一习惯伴随终身。

人的生命只有一次，不能虚度。同样是一生，许多人对自己要走的道路是模糊的，对未来浑浑噩噩，无所追求。而王守东是个清醒的人，通过开蒙、读书、求学，视野慢慢开阔，很快树立了自己初步的人生理想和追求，那就是摆脱平淡的日子，改变命运，如同鸟儿一样自由飞翔。

1959年是他人生的一个转折。这一年春天，他在离家几里地的祝家洼小学教书，但却总是心有所思。像所有展翅欲飞的年轻人一样，年轻的王守东已经不安于家乡的平静生活了。

千百年来，在中国农村，千千万万的农家子弟一直以自己的坚忍和耐力忍受着贫穷和困苦，他们是社会底层最稳定的基础，使饱经忧患的中国社会得以稳定。这种忍耐既符合本分、守成的传统文化，也有逆来顺受、听天由命的软弱一面。而倔强要强的王守东自然不愿继续这种看不到希望的生活方式，想到更广阔的人生世界，到更大的人生舞台。

和今天所有从农村走出来的年轻人一样，王守东首先选择了"进城"。他奔走于济南、淄博、泰安之间，寻求出路，结果无功而返。上一年"大跃进"的后果已经显现，各地城市工矿企业开始紧缩不再招工，就业机会渺茫。而王守东的堂哥在部队当干部，三哥也在部队当兵有三个年头了，这让他萌生了当兵的念头。

莱芜是革命老区，当地人一直有入伍服役和支援前线的光荣传统。仅1946年11月至12月，莱芜一次参军6800余人，被誉为"鲁中参军之冠"。有15万民众参加了浩荡的后勤大军，被誉为"支前之魁"。抗日与解放战争中，莱芜人民用简陋的小车为部队送军粮，用纺车织布做棉衣，用担架抬伤员，为胜利提供了可靠的后援支持。

对王守东这样的年轻人来说，入伍既是一件光荣的事，也是走出家门、闯荡外面世界的好机会，是改变命运的重要手段。

萌发出从军激情的王守东回家一说，却遭遇了父亲的反对。1959年5月，莱芜县开始整顿和建设人民公社，下发了分配自留地的通知，家里分到了 5 亩自留地，都是山坡地，耕种很不方便。父亲患有肺痨，身体不好种不了地，仅靠做小生意维持家用，二哥常年在博山当搬运工，三哥已经入伍，家里的主要劳动力就剩下了大哥。

王守东一走，家里少了一个挣工分的劳力，收入会因此大打折扣，对于一个八口之家来说困难可想而知。后来果不其然，1960 年莱芜粮食大幅度减产，农村人均口粮仅有 123.5 公斤，群众生活水平降至新中国成立以来的最低点，全家人和全县父老一起，以"低标准、瓜菜代"渡过困难。

王守东决心已定，他打定主意要改变自己的命运。幸亏母亲很开明，她知道自己的儿子志在远方，支持儿子出去闯荡闯荡。

母亲大字识不了几个，却深明大义，毫不犹豫地先后把三哥和他送去军营。兄弟两个没有辜负母亲的厚望，通过努力都成为优秀的军官。

父亲于 1966 年去世，那年王守东在青岛服役，收到电报奔丧回家只住了一个晚上，母亲说："回去吧，部队上不知多少事呢。"正是有了这样一位坚强豁达的母亲，才有了后来一位心怀社会、秉公忘私的企业家。

1959 年 10 月，王守东穿上军装，满怀着对未来的憧憬，走出了故乡的村庄。从此，一条宽广的人生道路在他面前展开，他将在路上经历更多、更大的考验。

第二节　与雷锋相逢的日子

生在齐鲁大地，王守东受中华传统文化的影响较深，二十多岁时在部队又恰逢"学习雷锋"教育和活动，传统思想的润泽、母亲的教诲和后天的教育一起，养成了他脚踏实地、埋头苦干、讲诚信、讲奉献的品格，养成了强烈的社会责任感和事业心。他一直深刻认为,今天的社会应大力倡导中华优秀传统和文化,人人都戒骄戒躁、仁爱互助,人人都从小事、实事做起,共同构建理想的和谐社会。

离开家的王守东如愿以偿,进了解放军这所大学校,开始了新的生活。首先换上新军服,除了棉袄还发衬衣、衬裤,还有棉被、褥子、床单、饭碗、脸盆,一应俱全。吃饭有菜,大米饭管够,对于这些在家、在学校过惯了苦日子的孩子来说,简直是太幸福了。

来接兵的领导首先教新兵们吃饭排队、走路排队,立正、稍息,稍息、立正,学打背包,系好拆开、拆了再打。大家觉得当兵真好,不仅穿上了潇洒的绿军装,开阔了眼界,还能吃上饱饭,这就是当兵第一天很多人所萌发的淳朴的认识。

短暂的新兵连生涯后,王守东因为受教育程度较高,被荣幸地选拔为部队技校学员,上了火车转汽车,一路向北。目的地是军工重镇沈阳。

1953年9月,中央军委指示在东北军区筹建一所修械技工学校,校址选在沈阳市铁西区重工街,为作战部队培养枪炮修理技工,学员来自部队,毕业后都是士官。1959年年底到1961年,王守东在解放军沈阳修械技工学校度过了两年的军校生涯。1962年,这所学校改称后勤技术兵学校,后并入后勤工程学院。

冬日的沈阳已是北风凛冽。当军用大卡车停在学校大院里时,人们禁不住好奇地四处张望:除了一排排平房和一前一后两栋三层楼房,以及运动场上的篮球架、单双杠外,看不出这里到底是干什么的。王守东和同学们被安排在平房住宿,大通铺。

稍事休息,就集合大家参观学校。首先是各式武器陈列室,一间教室里摆着各式手枪,一间教室里都是各式步枪,有的教室全是机关枪,有的教室是火炮,又分加衣炮、榴弹炮、迫击炮、高射炮等,一种炮一间教室。接下来参观机械加工教室，有钳工、锻工、焊工、车工，特别是车工教室里一排排车床吸引了大家的目光。然后是教学教室、加工车间、教师宿舍，以及饭堂。

参观完了教室，王守东和所有人一样，心里那个乐呀！入伍时间短暂，有些家伙过去只见过却很少摸过，其余的不要说见过，连听也没有听过，现在居然还要学习如何修理它，简直是一步登天了！

兴奋劲头还没过，紧张的学习生活开始了。每天早晨6点钟起床，睡觉时衣服、鞋袜放在指定位置，起床后穿衣、叠被、背书包、上厕所，3分钟必须到室外集合，迟到了排长早点名就得站在队外曝光。这3分钟实在太紧张，经常当起床号还未吹响时，学员们便开始起床行动了。

集合后，出操跑步半小时，然后列队到食堂早餐20分钟。之后便列队去教室，连续上课3小时。课余在校内一切都是集体行动，甚至连何时洗衣服都有统一的时间。

领导说，将来你们是要上战场的，修械所的战友牺牲了就得有人顶上，要培养一专多能的人才。因此，学员除了主科还有副科，要求主科要精通，副科能粗通。同一批的同学有的学修枪，有的学地炮，有的学高炮，王守东被分配学习枪械制造和维修，兼修电工、钳工、修理工知识，主要课程有微分、积分、光学、化学、制图、枪械维修等，老师是俘虏过来的国民党教官和苏联专家。

学习，从识别零件开始，从螺钉、螺母、开口销记起，再按单元、一个部件一个部件学。一支枪十几个单元，一门炮几十个单元。学完了单元测验，几乎三天一小测，十天一大检。这样一来，吃饭、睡觉、上厕所，满脑子都是零部件。

学完零件要动手。上课时先听老师讲解，然后自己动手，把枪和炮进行分解结合，拆了装、装了拆，拆装时按拆装顺序摆放，决不许乱一步。而后背零、部件的名称，一个也不许错。对坏了的零件如何修理，步骤一步不许乱。一门大炮成千上万个零件、部件，口径如何，膛线特点，都要能背会记，能拆会装，能修会理。这就是学习要达到的标准。

然后要跟机器打交道，学具体工艺，应知应会不但要背，还要实际操作。副科也是每个单元一考试，车工怕车杆、钳工怕打眼，样样零活都得会。

进了军校不是保险箱，不是光考试及格就行，学员每个人都要创先、争优。学校规定，修满多少分为合格学员、多少分为良好学员、多少分为优秀学员，优秀者可获得多少斗小米（折价）的奖励。

同学们都争强好胜，这样一来，连王守东这样读书较多、脑子活跃的人，也只有尽力冲刺以免掉队了。除了星期天，每天早晨背起书包，常常直到晚上睡觉时才能放下，用尽一切时间学习。总之，时间对每个人都是那么不够用。

年轻真好，它使得人们不知疲倦，永远都是那么激情饱满。纵然学习如此紧张，一到集体操练和活动的场合，年轻的学兵们总是精力充沛，有着嗷嗷叫的劲头。从教室到宿舍几百米的距离，列队高歌，士气如虹。带队干部乐于利用这个机会练练大家的队列步伐："齐步转正步，正步走！"往往要走上一段正步后改为齐步，再走上一段正步才罢休。

脚步铿锵，地动山摇，每个人的热血都在沸腾。

在沈阳，王守东欣逢盛事，与雷锋相逢。当然，一个在台上讲演报告，一个在台下听讲。雷锋，这位被誉为全心全意为人民服务的楷模、伟大的共产主义战士的普通士兵，对有的人来说只是纸面上的典型，但对王守东来说，他是活生生的人，是自己的同龄人，可敬的战友，精神的同路人。

雷锋1940年12月出生在湖南望城，1958年11月赴辽宁鞍山工作，1960年1月在营口入伍。在部队生活的两年零八个月时间内，雷锋荣立二等功1次，三等功3次，受嘉奖多次，被评为"模范共青团员"、"节约标兵"，被选为抚顺市第四届人民代表大会代表。

作为一名普通的解放军战士,雷锋在短暂的一生中助人无数,一部《雷锋日记》令无数读者为之动容,"雷锋精神"激励着一代又一代人。习近平主席指出,雷锋等英雄模范身上所具有的信念的能量、大爱的胸怀、忘我的精神、进取的锐气,正是我们民族精神的最好写照,他们都是我们民族的脊梁。

从1960年年底开始,雷锋经常应邀到各单位作事迹报告,王守东和战友们也当面聆听过雷锋的报告。雷锋介绍了自己在过去旧社会所受的苦,向听众展示了自己手上被地主砍出的三道疤,腿上被放狗咬的伤痕,以及对新社会发自内心的热爱。会场气氛热烈感人,讲到动人之处报告者在台上哭,听众们在下面哭。

感恩是一种美德,也是每个人应具有的基本品质。雷锋经历过两个社会的变迁,他感觉新社会什么都好,什么都感谢党,感谢政府,这是他无私为公做好事的动力。同样,王守东和战友们都经历过与雷锋类似的艰难岁月,发自内心里感恩新时代,希望有机会回馈社会、帮助他人,这是今天的人们未曾经历的心路历程。

雷锋的一言一行是那样平凡,几乎每个人都可以做到,但正如毛泽东主席评价老共产党员吴玉章高尚的道德情操时所说的:一个人做一件好事不难,难的是一辈子做好事,不做坏事,这才是最难最难的呀!雷锋在短暂的一生中做了数不尽的好事,时时刻刻在做,他平凡中的伟大也就在这里。

1962年8月15日,雷锋因意外事故不幸牺牲,年仅22岁,他的事迹更加受到社会的关注。1963年3月,毛泽东等老一辈无产阶级革命家相继题词,号召向雷锋同志学习。部队积极响应,广泛开展了向雷锋和"好八连"学习的群众运动,各级领导和政治机关都把学习雷锋、学习"好八连"作为部队建设的一项大事来抓,一个声势浩大的学习雷锋活动在部队兴起。

雷锋的光辉形象为大家所敬仰,他的事迹激发了人们全心全意为人民服务的思想。部队中学雷锋、做好事，争当雷锋式的好干部、好战士蔚然成风，助人为乐、拾金不昧、扶老携幼、解囊济贫、舍己救人、公而忘私等好人好事不断涌现，也赢得了全社会对军人的热烈拥戴。在此期间，已毕业的王守东和战友一起组成学雷锋小组为群众做好事，成为雷锋式的战士，青岛警备区的学雷锋标兵。

受雷锋以及同时代英模们的影响，王守东一直牢记古人和母亲的教诲：勿以善小而不为，勿以恶小而为之；千里之堤，溃于蚁穴，九层之台，起于垒土。也就是说，要提倡"小善精神"，坚持一辈子做好事。这也成为他日后始终遵循的原则。

军歌嘹亮，青春飞扬，紧张艰苦的学习生涯告一段落，新的部队生涯开始了。1961年王守东从学校毕业，被授予中士军衔。有的战友去边防前线执行任务，有的去全国各地的部队和军工企业，大家依依惜别。

对沈阳，王守东一直有着特殊的情感。他一生最艰苦的岁月就是在沈阳读书的时候，寒冷的冬天，艰苦的作训，殚精竭虑的考试，都是在沈阳经历的。在北国沈阳，他铸就了钢筋铁骨，拥有了胆识和力量。那段岁月里所经受的苦，现在都已成为沉淀到骨子里的坚强基因。

时间过得真快，一晃几十年过去了，当年年轻、帅气、好学、果敢的王守东已经成了全国人大代表、著名企业家，但在内心中，他对这一段激情岁月永生难忘。沈阳市铁西区重工街二段三号，学校所在的位置，几十年过去他仍然记得清清楚楚。至今他还记得同学的相貌，记得校领导检阅学员队列时威风凛凛的样子。

旧山松竹老，阻归程。2008年秋，王守东和老伴一起到沈阳办事，顺道挤出宝贵的时间重游旧地。他一路上兴致勃勃地告诉老伴当年的事情，但越靠近目的地，自己却感到越紧张。这是"近乡情更怯"啊。

沧海桑田，在陌生的街区和建筑物间已经难觅往日军校的印记，只有车水马龙,行人匆匆。今天的人们难以知道,这里曾经是一群热血男儿梦想开始的地方,曾经是王守东人生最初的华彩乐章所在。

秋风起,偶有一片枯叶飘过,荡尽心中涟漪。王守东默默地站在风里,仿佛能听见嘹亮的歌声响起,咔咔响的跑步声,还有那悠长的口令在回荡"一、二、三、四!"……

第三节 博学苦读,折服众生

王守东被分配到驻青岛的守备师服役,先后担任团后勤处助理员、文化教员、政治处干事、连政治指导员、师教导队理论教员等职。这是一支从铁道公安改编而来的部队,1969年与青岛市人武部合并组建为青岛警备区。

在后勤处时,每逢遇到连队里来办事的干部战士,王守东总是热情接待,帮助别人解决问题。下连队时,他总是四处走访,主动了解有没有需要修理的设备器材,有没有需要帮忙的地方。他的热诚与敬业很快在部队里有口皆碑,人们都知道了后勤处有个热心为基层服务的战士。

部队既是一个大熔炉,又是一所大学校。作为大学校来说,它教你学做人,学政治,学军事,学文化。如果你学有成绩,它不会埋没你。部队浓厚的学习氛围使本就酷爱读书的王守东对学习更加痴迷。工作之余,他把几乎所有时间都用来读书学习,潜心于思考,不光学马列、学毛著,读党史、军史、近代史,还读经济、文学、科技著作,他觉得一个人只有获得知识才会变得更加自信、强大、睿智。

1960年全军掀起学习毛泽东思想热潮,总政治部提出在三年左右时间内,全军团以上干部要通读完《毛泽东选集》,营以下干部和士兵通读完《毛泽东著作选读》。1963年《毛泽东选集》陆续下发部队,王守东所在团里只有两套,团长、政委各一套，他尽管只是战士，仍急切地渴望学习的机会，最终通过在云南省委党校工作的岳父买了一套，如饥似渴地学习起来。

1963年，王守东以他的优秀赢得了同村美丽贤惠的姑娘陈玉兰的芳心，喜结良缘。但两地分居的生活使他们聚少离多，平时他依然处于紧张的学习与工作状态中。

为了学习方便，王守东自己购买和制作了小煤油灯、小书箱，动笔写下了几十个笔记本的读书笔记，光是剪报就累积下好几箱，至今他还保留着这一时期的读书笔记，红黄蓝黑各种颜色封皮的笔记本俱全，如同知识海洋留下的斑驳水花浪迹。

王守东由于学习、总结、归纳能力强，加上口才突出，被打上"学习尖子"、"演讲大王"的烙印。学习之余他积极撰写心得，介绍学习经验，学雷锋做好事，可谓全面发展。很快，他就成为部队的学雷锋标兵，成为典型人物。

那时候，年轻的王守东意气风发，指点江山。每逢团里机关干部上大课，政委经常点名他这个战士去授课辅导，他的理论基础深厚，对上级精神领会深刻，引经据典讲得头头是道，有"活字典"、"资料室"、"王马列"之誉。一些机关干部不理解的政治问题，到政委那里取经，政委会说："你们找'王马列'去。"

1965年，王守东在党旗下庄严宣誓，成为一名共产党员。这个荣誉，是他多年如一日兢兢业业地学习与工作换来的，当之无愧。他因为工作出类拔萃，被上级部门选中，调去担任文化教员。

那时候部队提拔干部名额十分有限，要当干部必须先入党，成为"干部苗子"，然后等待提拔机会。王守东所在的部队是守备团，干部服役期长，编制超标，提拔为干部的概率很低。王守东"学而优则仕"做了教员，当上了干部，在一般人眼里可谓"一步登天"了，不少人佩服他、羡慕他，甚至嫉妒他。

"干啥像啥，干啥爱啥，聚精会神"是王守东对待自己所从事任何工作的一种态度。他并没有满足于现状，没有放弃更上一层楼的努力。为了给集训的干部们上好课，他会反反复复地备课，一遍一遍地背诵。为了讲好课，王守东悄悄地在人少的地方练口形，练动作，练手势，做到有板有眼、有风度。

在担任政治处组织干事期间，他负责团党委中心组毛主席著作的学习，潜心钻研思想政治工作方法，在主军大会上进行学习经验的讲用和推广。

在担任教导队理论教官的时候，他负责讲党史、军史和实践论、矛盾论、反杜林论。他形象教学，案例教学，图文并茂讲课，受到干部的高度赞扬，军区首长给予很高评价，先后被评为团、师、军、军区学习毛主席著作积极分子，被推荐为军副政委的培养苗子。

王守东就这样徜徉在知识与修身的海洋里，忘我读书，经常废寝忘食。为了学习他放弃了娱乐休闲，多少个星期天，战友来叫他一起逛街或打牌下棋，他总是诚恳地给人赔不是，然后是"你们去吧"或是"对不住，实在抽不出空"。如此一来，既不耽误自己的事，也给了别人面子。

王守东享受着"山中日月"，但也不是做"死学问"的书呆子，相反他很注重学以致用。经历过长期战争和艰苦岁月考验的解放军，对如何做群众工作和战士思想工作积累了丰富的经验，本身就是一个"大金矿"。王守东在这所大学校里收获了累累果实，挖到了他人生中最重要的"大金块"。

1969年春，"文革"初期的混乱渐止，他被派驻到青岛一家机械厂"支左"。工厂里冷冷清清，偌大的厂房里听不到机器轰鸣声，工人们基本不上班了。领导要求，一定要让机械厂尽快恢复开工。王守东反复做工人的工作，反复帮教，总算把人心收拢起来，机械厂成为附近最早开工生产的企业。

青岛胶州湾口的东海海面上坐落着号称"中国第三高岛"的灵山岛，岛形似巨鳌，横卧于海面。灵山岛地形复杂、易守难攻，是青岛的海上门户。

驻扎在这里的某守备团四连是有名的"后进连",作风涣散,一向是全团有名的"老大难"。

王守东随团工作组去四连调查研究,得知连队在六年里没有评上一次"四好连队",先后派去四任干部,三任指导员无不背了黑锅灰溜溜地离开。于是他主动要求留下任第四任指导员。

正式任命下达了,王守东一头扎进四连,坚持和战士同吃同住同劳动,摸爬滚打,决心带好这支队伍。可他一上岛,连里战士就"病倒"一片不起床,王守东主动和他们谈心,结果言者谆谆,听者惘然。

原因在哪里?王守东决心和战士打成一片,打扑克,下象棋,侃大山,教文化,一点一点消除距离和隔阂。渐渐地,大家把他当作了"老大哥",有事愿意和他倾诉。经过仔细摸查,他发现战士们的思想问题固然与单调的海岛环境、艰苦的生活条件有关,但更多的是一些实际问题:失恋、家庭困难、身体不适、文化生活贫乏等,让大家觉得前途渺茫,没有上进心。长此以往,自然凡事不思进取,工作涣散。

王守东处处以身作则,抓两头带中间,给大家鼓劲,"搬掉暮气、打掉怨气,哪里跌倒哪里站",把连里的暮气戾气一扫而光。平时训练或施工他冲在前面,发动党员、干部一起带头,把局面彻底激活,把死水搅动起来。

思想政治工作从来就是实的,王守东深谙此道,针对战士的种种心病采取对策。战士失恋,他就亲自写信做人家女友的工作,使双方重归于好。战士家有困难,他悄悄从自己工资里拿出钱寄过去,不留名姓。战士患有关节炎、风湿病,他想方设法找民间偏方验方,帮助他康复。妻子上岛探亲,他把从家乡捎来的花生、栗子等特产分给战士,让妻子给战士拆被子、洗衣服。

精诚所至,金石为开。王守东8个月没回一次自己在部队的家属院,在他的带领下,全连形成了雄赳赳、气昂昂的强大正气和士气,当年就评上了"四好连队",成为团、师的先进典型。平时一个连队一年顶多也就发展四五名党员，王守东一次报上28个，上级机关瞠目结舌之余前来核实调查，王守东很硬气地回应：都是响当当的，每一个都符合党员的标准！

王守东的付出终于见了成效。一年后，四连一跃成为全团政治、军事"双优连队"，《敢拉上坡车、敢开顶风船》的报道也使他声名远播。他在实践中总结出"两个决议定向，哲学思想导航；干战同心协力，落实各种规章；加强骨干培养，典型保持经常；大抓狠抓活思想，朝气蓬勃往前闯"的工作经验，被全军广泛推广学习。

学习是影响人一生的重要习惯，是成功的不二法门。岁月荏苒，如今率领泰钢遨游在市场经济海洋中的王守东更加明白，市场瞬息万变，不学习就会被无情地淘汰出局。

王守东说："在中国的改革舞台上，有些人赫赫有名，却昙花一现，折戟沉沙，究其原因是不学习，跟不上形势。我之所以精神状态好，就是善于学习，正确认识自己，正确对待自己，找准自己的位置。"

终身学习是当今社会热议的话题，但是王守东早已身体力行之。学习成为他持之以恒的习惯，并从中受益很多：其一拓宽了知识面；其二提升了精神境界；其三提高了工作能力；其四凝聚了一批人才。

王守东在泰钢的会议上，最喜欢说的问题之一就是"终身学习"。他在泰钢几十年来，一直抓紧一切时间、一切机会，多学、多看、多问。

如今，王守东每天早晨6点起床，做操、练剑、打太极拳，6点半开始收听新闻广播；中午休息时间浏览报纸杂志；晚上7点准时看《新闻联播》、《焦点访谈》、接待客人；9点之后进入书房读书，尤其是看工具书、哲学书，经常学到午夜，几十年来一直如此。

在王守东的家中，5000多册藏书让偌大的书房显得并不宽敞。王守东兴趣广泛，政治、历史、人物传记、经济、管理、兵法、励志等都读，但尤其酷爱哲学，如苏格拉底、亚里士多德、康德、黑格尔、马恩著作等。每次他出差，无论国内国外，每到一个大城市，总得到书店买些书带回家里。

在接受采访时，王守东表示，阅读好书如同在银行里存款，在需要的时候可随时取出使用，不仅不会变成空头支票，而且还会价值连城。成功经验就是把学、想、干这三者结合好，一是学，二是想，三是干。思想就是力量，没有严密的思想过程，就没有正确的行动后果。思想哪里来？靠实践中来、书本中来、群众中来，多谋善断，向上级谋、向下级谋、向同级谋。

终身学习给王守东经营企业带来的立竿见影的回报是：通过理论联系实际、抓住机遇及时行动，泰钢每一次重大决策都顺势实现预期目标，他本人也成为山东大学、青岛大学、青岛科技大学等多所高校的兼职教授。

王守东深有感触地说："人要成为天才，就要靠学习，人要逼，马要骑，多干工作不吃亏，多学不吃亏，艺不压身。"

王守东一生都在读书，只有汗牛充栋，才可能才高八斗。从小作为一个酷爱读书的孩子，读书帮他完成了人生梦想，成就了他的理想。多少个夜晚，他畅游在书海里，书读百家，神游四海，聆听世界各角落的声音，与先贤产生心灵的共鸣，感受人生真谛、宇宙奥秘。

唯大英雄能本色，是真名士自风流。不了解王守东的人，以为他埋首书斋，必然寂寞、苦闷、高处不胜寒，其实他是快乐的、幸福的、充实的、浪漫的，纵使经历了那么多磨难，他依然质朴简单，依旧乐观。他执著于读书，沉醉于事业，只有对生命、对人生、对生活完全深刻理解的人，才会有超然世外的自信。

可以说，王守东是个读书的企业家，也是个办企业的读书人。他建设了一座钢铁工厂，用文化的力量去铸就钢铁，用腹中诗书写意人生，搏击商海波澜，是经世致用的最好体现。

第四节　军魂照耀，壮志在胸

做一名保家卫国的战士是每个热血男儿都向往的，部队生涯带给人的不只是军人的光荣身份，更是从心底铸就的勇敢、坚毅、开拓的品质。商场如同战场，具备了这些军人品质，就会如虎添翼，增加成功的机会。

作为先进代表，王守东的表现得到了上级的关注和首肯，获得了诸多荣誉。他连续多年成为学习毛主席著作积极分子，在济南、青岛、徐州、烟台等地多次作巡回报告。

1964年1月，他作为基层代表参加了中国共产党济南军区第三次代表大会，与谭启龙、杨得志、袁升平、李耀文等军区领导一起共商军队建设大计。不久，他又因成绩突出，应国务院邀请赴北京参加1964年的国庆观礼。

1964年，新中国成立15周年，这一年是个喜庆的年头，当年成功爆炸第一颗原子弹，全国人民代表大会提出建设四个现代化的宏伟目标。历经了三年自然灾害和经济调整后，国内经济已有明显好转，加上又是个庆祝年头，所以国庆庆祝活动组织得较为隆重。

10月1日，毛泽东、刘少奇、周恩来、朱德等党和国家领导人，登上北京天安门城楼，检阅70万人的盛大游行队伍。晚上，国家领导人又和来自80个国家和地区的贵宾站在天安门城楼上观看节日焰火，同天安门广场上的百万群众一起载歌载舞欢度国庆之夜。

王守东和其他观礼代表一起来到了向往已久的天安门广场。人流如潮，口号喧天，人们喜气洋洋，一派欢腾景象。

王守东站在天安门城楼边的观礼台上，目不转睛地注视着盛大的国庆游行队伍通过广场。在队伍中，各行各业的劳模代表占据了极为突出的位置。1400多名来自全国各地的先进工作者代表组成的游行方阵，成为当天游行中最吸引人的队伍。

在这支劳模队伍中，来自大庆和大寨的无疑是最耀眼的明星。由于吃苦耐劳，"铁人"王进喜提出的"有也上，无也上"的口号，被演绎成"有条件上，没有条件创造条件也要上"，在全国各条战线广为流传。1964年国庆庆典，王进喜再次受邀参加，大庆石油也被运到了节日的天安门广场。

此外，三年自然灾害使人们对农业的重要性有了更深刻的认识，夺取丰收的强烈渴望使大寨这个小山村迅速变成全国农业的一面旗帜。大寨人靠双手创造奇迹的精神力量，在一穷二白的中国产生了巨大的示范作用。

这两个典型都给身临现场的王守东留下了深刻印象。在后来奋斗生涯里，他不止一次从中汲取经验和力量。

在北京，王守东与其他观礼代表一起参观了位于西郊的空军大院。1962年，毛泽东提出"全国人民学习解放军"，1963年林彪又提出"解放军学空军"。空军大院的干净整洁程度在北京的部队大院中十分有名，做到了地上没有一根杂草、一片废纸，那面本该在各个军队大院流动的卫生红旗在空军大院常驻。

"工业学大庆，农业学大寨，全国人民学习解放军"，是那个时代中国的最有力的口号。"三八作风"指中国人民解放军在长期斗争中养成的优良作风，被领袖概括为三句话八个字：坚定正确的政治方向，艰苦朴素的工作作风，灵活机动的战略战术；团结，紧张，严肃，活泼。空军大院的管理严格、令行禁止、切实履行三八作风，让全国各地、各行各业前来参观的人们不小的震撼。

10月12日，毛泽东主席同党和国家领导人接见参加国庆观礼的2500多名代表，并一起合影留念。

这些激动人心的日子，在年轻的王守东记忆里，如诗如画，如梦境，时常让他激动得夜不能寐。祖国，民族，人民，不是书本上的概念，而是我们面前活生生的一切。这片多灾多难的土地,是我们的家园;这群可亲可爱的人们,是我们的手足同胞。有什么比为他们奉献、为他们服务更加光荣和神圣的事呢?

在天安门广场,仰望领袖像和人民英雄纪念碑,王守东心潮澎湃。在他心中,二十多年的人生经历,十多年的读书生涯,此刻都汇集升华成一种坚定的志向:为了祖国和人民,人生不息,奋斗不止;为国家和人民奉献自己的一切,无愧于时代的重托!

这是一个普通战士在大国心脏立下的神圣与庄严的承诺。从此,这种志向一直深深烙在他的脑海里,融化在血液中,成为他不竭的人生动力。

走出军营了,当企业家了,王守东依然极具军人精神和气质。他一直认为企业家要戒浮躁之气、浮夸之风,要有社会责任感和脚踏实地、埋头苦干的精神,这是他多年军旅生涯所养成的作风写照。

18年的军旅生涯,养成了王守东的军人气质、军人情操和军人胸怀。同时,他善于做思想政治工作的思路与方法已经崭露头角,牛刀小试。王守东在部队作为学习毛泽东思想积极分子、优秀理论教员、标兵连队指导员,切身体会了思想政治工作所具备的"教化力量"和潜移默化的作用,并成功地将这一力量用在了企业实践中。

第五节 解甲归乡,扎根钢铁

执子之手,从此相濡以沫。当王守东在部队拼搏的时候,坚韧的陈玉兰始终默默地支撑着家里。军人的妻子不易,结婚后她在村里的学校教书,挣工分,养育三个孩子,孝敬婆婆,用柔弱的肩膀挑起一家老小生活的重担。

王守东很忙,偶尔回家探亲,便帮着家里干活。他帮陈玉兰推磨,一边推一边唱歌，家里人笑成一片，院子里充满了温馨气息。可是往往不等假期休完，一封电报就把他催回去了。陈玉兰从无怨言，总是不温不火，默默却坚定地支持着丈夫的事业，给他打点行装，送他一路远行。

1974年，陈玉兰和孩子们办了随军手续。陈玉兰不知多高兴，一家要团圆了，孩子们就要跟爸爸在一起了。但很快让她失望的是，随军的日子没有想的那样夫唱妇随，她和孩子住在家属院，王守东住在连队，虽是咫尺，却如天涯。连队天天训练、学习、劳动，王守东不是在训练场上摸爬滚打，就是在教室里给战士们上课，几乎没有闲下来的时候，家里一天到晚很难见到他的影子。

晚上他回来了，孩子们睡了；早上他走了，孩子还没醒。有时，孩子们牵着小手到连队找爸爸，不一会儿便被通信员送回家了。他们的爸爸太忙了！孩子们疑惑爸爸怎么不带他们出去玩，去问妈妈，陈玉兰只有一脸苦笑。后来，王守东调到教导队当教员，一周回来一趟，孩子们才能一周见一次爸爸。

王守东是一个特别喜欢孩子的人，但也是一个对事情特别认真的人，对军容风纪格外注意。部队有铁的纪律，军人必须注重军容风纪，必须举止端正，谈吐文明，精神振作，风貌良好。因此，虽然在家里他跟孩子们亲，但偶尔全家出去走走，陈玉兰抱着、驮着、牵着三个孩子，王守东却大步流星走在一边。他不是不爱孩子，他要顾及自身的形象。别的干部带着孩子在军营里玩耍，他一次也没有。

1975年6月至7月，中央军委召开扩大会议，决定全军开始新一轮整编和压缩，三年内裁军60万人。年底，王守东被确定转业。有人说："老王，你不能走，往上边跑跑吧，你和我们不一样，你是军区点名的后备干部，将来前程远大。"王守东只是笑着摇摇头，他相信，自己留下来不是一件难事。但是，多年部队的教育让他养成了不为个人利益开口的习惯，这是那个时代很多人的共性。

当时的转业去向已经确定：胜利油田。胜利油田是国家重点工程，1964年开始开展油田大会战，规模不断扩大，缺少干部，像王守东这样的部队干部到胜利油田一定大有作为。

出乎人们意料的是他的选择：回莱芜。他说，我是莱芜人，莱芜还很穷，我想为家乡做点事。组织上又给了他两个建议：泰安干休所、泰安交通局都需要干部，怎么样？去吧，泰安离莱芜很近，也算是你的家乡啊。

王守东还是摇头。他仍然坚持回莱芜，只要能回莱芜，干啥也行，不管机关、基层、农业、工业，随便哪个单位。军干部处长无奈地说："随你吧。泰安地区钢铁厂在莱芜，要不，你到地区钢铁厂去？"王守东说："我去！"

上述几个去向当时都比故乡的地区钢铁厂牌子硬、条件好、收入高，可王守东却坚定不移地选择了后者。别人很是不解。

做出这种选择，缘于离家多年，家乡的山水、母亲勤劳的身影始终萦绕在王守东的脑际。"回家让母亲安享晚年，为家乡做点事"，就是这简单朴素的想法使王守东放弃诸多令人艳羡的美差，毅然回到了阔别18年的故乡。

转业的通知下了，他还在教导队给学员们上课，上完最后一课才回家。回来后一个人回了莱芜，等到在铁厂上了班，才回青岛驻地把家人接回莱芜。

1976年春节前夕，天气异常寒冷。这年1月8日周恩来总理逝世，国内政治形势变幻莫测，国家往何处去？人心迷茫。

王守东踏上了回家乡的列车。望着车窗外萧瑟的旷野，他的内心久久不能平静。回莱芜了！他的根在莱芜，一定要回来，要在家乡做一番事业，虽然不是军人了，但军人的作风和精神不能丢。做了多年思想政治工作的王守东此时并没想到，他会就此踏进钢铁行业，和钢铁打上一辈子交道，有一个更大的使命在等待、召唤着他。

少小离家老大回。18 年过去了，莱芜还是老样子，虽然工矿企业建了不少，莱钢等企业红红火火，但都不是莱芜的企业。市区依然狭小破旧，几栋老楼房，几条旧街道，与他走过的繁华城市相差悬殊，这让他心里发紧：莱芜什么时候才能富裕起来呢？

都说隔行如隔山，去钢铁厂上班要有备而动。回莱芜当天，王守东跑了趟新华书店，专门买了一本《高炉炼铁工艺》，看了整整一夜以熟悉工作环境。虽然隔行，基本的工业生产工艺流程他还是熟悉的，结合在沈阳的两年时间里学习的机械方面的理论和工艺，对钢铁生产有了初步的了解。

新年刚过，一身黄军装、气宇轩昂的王守东背着背包来地区钢铁厂报到。当天，厂党委书记邢念乾找他例行谈话。他慨然向领导表示："您随便安排。原料、烧结、炉前、设备都行，我想尽快熟悉工作。"

本来的例行谈话越谈越深，两人一直谈了一个上午。王守东没干过一天钢铁，但说话并不外行，邢念乾对他的学识、谈吐很欣赏。雷锋式的好战士、优秀理论教员、学习毛泽东思想积极分子，这是一个头顶光环的人，一个学识渊博、素养深厚的干部，一个能成就大事的人。邢念乾原本打算随便给他找个位置，当时立即改变了主意。

"文革"中期，国内大学一直停课，没有招生，自然也无新的毕业生供应社会，造成厂矿技术人才青黄不接，直接影响"抓革命、促生产"的正常进行。1968 年 7 月 21 日，毛泽东作出"理工科大学还要办，要无产阶级政治挂帅，走上海机床厂从工人中培养技术人员，从工人农民当中选拔学生到学校学习几年，再回到生产实践中去"的批示，史称"721 批示"，成为"文革"期间我国高等教育领域的最高指示之一。

"文革"后期，各单位根据"721 批示"精神，纷纷开办了"721 大学"给自己培养人才，教室大多设在单位的空闲屋子里，讲课老师是本单位的技术人员，或是富有经验的老师傅。学员从单位员工中选拔，入学、毕业考试都开卷，学习内容都是生产中亟须解决的东西，主导思想为"学以致用"。这样的"大学"虽说没有学历，基础课水平也不高，类似现在的职业高中或中等技校，但确实为解决当时的人才紧缺问题起了一定的作用。

钢铁厂的"721大学"开学快一年了，是泰安地区第一所"721大学"，但一直办办停停，关键在没有懂教学的人，领导和工人的意见都很大。这下好了，懂教学的专家自己送上门来了。

邢念乾一句话，王守东成了厂宣传科科长，兼任厂"721大学"的党支部书记。领导指示：教员你自己选，课程、教学你自己安排，一句话，一定要立足铁厂实际把"721大学"抓起来，为铁厂建设服务。

没过几天，"721大学"重新复课。王守东制定了严格详细的教学计划，提出急用先学、活学活用、理论实践并重的教学原则。同时针对原先松弛的课堂纪律约法三章：所有学员一律不准请假，擅离学校按旷工论处；上午半天课，下午回车间劳动，晚上7点至9点学校统一组织学习；承担教学任务的教员由学校统一管理，车间无权抽调教学人员。

这一招把人管住了，既不耽误生产，又可以把生产中的难题拿到课堂上来解决，大家一起剖析、研究，对症下药，拿出解决方案。王守东迅速建起了教学秩序，搭起了自己的新舞台。

"721大学"授课的内容以技术培训为主，上课的教员基本是车间主任或工程师。一开始许多人不重视学习，老想偷懒打瞌睡，王守东决定自己亲自给学员上课，带动一下。一天晚上，王守东给大家讲机械识图，他的课通俗易懂、幽默风趣，学员们听得津津有味，一堂课讲完后，课堂上爆发出热烈的掌声。

为了保持教学互动，做到官教兵、兵教官，王守东把学员也请上台当教员，大家互相学习。一期培训三个月，到了第一个月结束的时候，学员从稀稀拉拉十几个达到了30多人，不但炉前工、上料工、烧结工来听课，甚至后勤人员、员工医院护士、食堂大厨也成了班上的学员。

教学之余，但凡有空王守东基本泡在高炉前。在钢铁厂工作，不懂炼钢炼铁怎么行？他好像无处不在，拿着个小本本一会炉前，一会烧结，见谁都笑眯眯地叫师傅，问这问那，问得仔细，记得认真。高炉前的很多师傅都是"721大学"的学生，见先生虚心向自己求教，不耻下问，甘当小学生，反而感到不好意思，哪有先生向学生请教的？

任何事物都有内在规律，掌握了内在规律后举一反三，很多问题就都通晓明白了。王守东聪明过人，很快对高炉炼铁工艺了然于胸，成了名副其实的炼铁专家，尤其对于成本管理观察、思考和研究良久，为日后管理企业时狠抓现场管理和成本控制打下了良好基础。

王守东有股军人派头，有种"拼命三郎"的精神，从进厂起一直被全厂所瞩目。为了解生产进度、及时解决问题，他经常吃睡在车间，裹着大衣躺在木椅上过夜。妻子送点好菜来，他都会夹到同事的碗里，大家一起吃。有空时，他跟工人们唠家常，谈古论今，既是干部，也是兄弟，成为工人们值得信赖的人。进厂仅仅一年，他就坚实地立住了脚跟。

1977年全国恢复高考，教育秩序恢复正常，此前发展起来的各类"721大学"也开始停办或改办。这时泰安地区钢铁厂为了解决管理战线过长、过于分散的问题进行整顿，合并高炉一车间、二车间、原料车间、磁选车间、维修车间5个基层支部，成立炼铁党总支，王守东担任总支书记。

1979年5月，地区行署派人来钢铁厂进行民意测验，从厂中层以上干部中推荐一名后备厂长，有80名干部参加推荐，其中有20多名大中专毕业生，论资历、学历，王守东都不占优势。结果出人意料的是，全厂下发了1200张选票，王守东一人独享901票。他的能力，他的群众基础，得到了领导的充分肯定。

1981年2月，泰安地委书记高逢伍来钢铁厂调研，邢念乾向高书记推荐王守东担任厂长。高书记亲自找王守东谈话，对他寄予厚望，希望他带领钢铁厂走出低谷。

王守东赢得了群众的信任。他踌躇满志，正做着如何扭亏增盈、改变厂子命运的设想，不料突然一道"下马"的通知，打断了他的宏伟志向……

第三章　力挽危局：自助而后天助之

◎ 既不甘平庸，更善于谋事。王守东凭着一腔热血和责任感挺身而出，以真诚和热情打动合作伙伴，以补偿贸易方式启动运转，在下马企业的一片废墟上白手起家、浴火重生，致富一方、发展一方、造福一方。

泰钢热退火酸洗生产线

第一节 下马！下马？

莱芜地处山东中部鲁中山区，泰山东麓，在济南、淄博、泰安、临沂交集之间，俯仰皆山。境内矿产资源丰富，有铁、煤、铜、金、花岗石等30多个矿种。尤以铁、煤著称，有"钢城煤都"之称，铁矿石的储量6.5亿吨，居华东地区之首，同时也是山东的重点产煤市之一。

在西周，中国就开始了冶铁，比西方早了整整1900年。采矿、冶铁、铸造最先从单一的农业生活中剥离出来，又极大地促进了华夏农耕文明的发展。春秋时期，莱芜开始了采矿、冶铁、铸造，孕育了悠久的矿业文化。莱芜境内古代矿坑不计其数，与冶铁有关的地名及冶铁遗址俯拾皆是，宋代莱芜更是成为全国两大冶炼中心之一。

雅鹿山位于莱芜市南部，山不甚高，却怪石嶙峋，周边煤铁资源丰富，堪称一座宝山。新中国成立后矿山宝藏得到开发利用，山前建起中型煤矿，山后建起大型铁矿，铁路绕于山后，公路四周交错，楼房鳞次栉比。站于山顶，莱芜城尽收眼底。

新中国建立后，毛泽东一直重视钢铁，以钢铁为最重要的经济指标，尊之为"钢铁元帅"。他曾说：一个粮食，一个钢铁，有了这两样东西，一切都好办了。

1958年，领袖毛泽东发出大炼钢铁的号召，新中国建立后，毛泽东一直重视钢铁,以钢铁为最重要的经济指标,尊之为"钢铁元帅"。他曾说:一个粮食,一个钢铁,有了这两样东西,一切都好办了。"以钢为纲、超英赶美",成为中国人熟悉的口号。

莱芜以其久远的铁冶文化、成熟的炼铁技术、丰富的煤铁储量,被列为山东省钢铁生产基地,兴建多家小钢铁厂(时莱芜隶属于泰安地区),与全国其他地区一样掀起了全民大办钢铁的热潮。

然而现实无情,经济规律无情。1958年,全国几乎在一夜之间兴建了6万座小高炉,造成了国民经济中农、轻、重比例关系、积累与消费比例严重失调。虽然实现了钢铁产量翻盘,却扰乱了农业生产和整体经济活动秩序,不仅极大地浪费了能源和人工,而且直接导致了越年的全国性饥荒,后果不可谓不沉痛。

1961年,国民经济进行调整,钢铁工业开始缩短战线,精简员工,停建了大部分项目,莱芜境内兴建的钢铁厂也在关停之列。但中国是个缺钢缺铁的国家,产能从过剩一下子跌到了谷底,钢铁供需形势又紧张起来。

1969年秋天,为了"备战备荒",这一年全国又一次"大办钢铁",山东境内凡是1961年整顿关停的小钢铁再次死灰复燃,卷土重来,历城铁厂、益都铁厂、烟台地区铁厂等一批小型钢铁厂雨后春笋般应运而生。1969年11月,国务院指示在莱芜建设一座大型钢铁厂,时任济南军区司令员杨得志上将亲自赴莱芜选址。1970年1月莱芜钢铁厂(后来的莱钢集团)成立,历经10年建设成为全国大型钢铁企业。

泰安地区是"钢铁荒"的重灾区,偌大地区此前没有一家钢铁企业,如今境内有了钢铁企业但产品全被国家调拨走,仍然解决不了钢铁短缺的问题。于是,当时的泰安地委出面协调,组织资金、人员、设备、技术力量,于雅鹿山上建设一座地区钢铁厂,俗称"小钢联",以破解钢铁短缺问题。

当时,泰安地区辖泰安、宁阳、东平、莱芜、章丘、长清、新泰、肥城等10县,举10县之力,以地区领导干部挂帅,破釜沉舟,力图以此一举解决泰安的"钢荒"问题,并带动泰安经济发展,不可谓不雄心万丈。

"小钢联"1969年筹建、1971年生产,下设钢铁厂、焦化厂、铁矿,主要冶炼铸造生铁和炼钢生铁。一时间,"小钢联"可谓红红火火、名声远扬。

然而,事与愿违,天不由人,人们想象的好日子迟迟没有来到。开始的几年间,钢铁厂还能基本维持盈亏平衡,靠着国家调拨资金和原料,享受着计划经济体制的庇护而生存。首先建起的一号高炉原料一直跟不上,时转时停,今天点火,明天闷炉。

1975年年底,"小钢联"在泰安地委的主持下决定上二号高炉,炼钢、轧钢、水泥厂改造续建同时展开,以期做大做强,一举改变自身的落后面貌。地区希望铁厂尽快打一场翻身仗,加快生产节奏,摆脱困局。这年12月,二号高炉开工建设,到1976年7月1日二号高炉竣工投产,总炉容达到110立方米,炼铁、炼钢、轧钢、水泥齐头并进,看似一片繁荣,具备了大发展的基础。

事实上,由于铺的摊子过大,点多面长,管理混乱,有限的财力、物力和技术分割使用,使"小钢联"更加脆弱不堪,诸多问题一起暴露出来。结果,因资金和技术紧张,二号高炉和水泥厂开工不足,炼钢失败,钢铁厂难以应付。

莱芜有煤有铁,"小钢联"占尽了地利,却因为体制原因利用不上,国家划拨的资源难以充饥,自身资金又不足以保证供应,只有望洋兴叹。厂里先是资金捉襟见肘,后来原料供应受阻,高炉时开时停,员工薪酬没有着落,过着有上顿无下顿的生活。到后来,年年亏损,沉重的包袱压得企业喘不上气来。

经营不善,人心浮动,雅鹿山10年间走马灯似的换了7任党委书记,从地区专员到县委书记、副书记,都是从全地区范围内挑选出来的实权干部,哪个不是呼风唤雨、大权在握,却都落得黯然而去。原因何在?传统经营体制缺乏有效管理和激励,干部员工没有积极性。领导都是泰安来的,时时想着回去，经常出现为当天回家而拖延重要决策的事情，朝令夕改，能把企业治好吗？

由于干部不愿管、不敢管，有的员工上班不好好干，下班不空手。有一次，王守东和邢念乾书记晚饭后去厂里，路上遇到一位员工，肩上扛着一块大焦炭往家走。看到领导他一下就把东西扔到路边玉米地里，王守东和邢念乾勒令他将焦炭搬回厂里。这是遇见的，还有没遇见的呢？

更不用说周边的村庄也在挖厂里的墙脚，明抢暗偷，所谓"要想挣钱上钢联，老婆孩子齐上阵，一天就是七八元"。所有人都光想着吃、拿，都不想着干，工厂能好起来吗？任何企业失去天时、地利、人和，只有死路一条。

1979年4月，中共中央在京召开工作会议，会议提出了"调整、改革、整顿、提高"新"八字方针"。会议特别指出：钢铁工业要为轻工业让路，要处理好内部的比例关系，把重点放在提高质量和增加品种规格上。根据中央指示，一大批产品质量差、成本高、效益低的小高炉和小钢铁厂被关停。

由于管理混乱，"小钢联"十年共生产28万吨生铁，累计亏损4600万元，成为当时泰安地区的沉重包袱。最多一年亏损竟800万元之巨，那一年整个泰安地区的财政收入只有区区600万元。地区堵不了这个窟窿，工厂时转时停，命悬一线。

1981年4月27日，中共中央总书记胡耀邦来到泰安视察。时任泰安地委书记的高逢伍在汇报工作时，把钢铁厂的情况作了说明，领导们闻讯都眉头紧皱，说：坚决停下来！

陪同视察的山东省委第一书记白如冰说：不用请示了，这样的企业你泰安养不起，也不能养，赔本的买卖不能干，坚决停下来！

1981年6月24日，钢铁厂两座55立方米的高炉熄火，就此"下马"。这家命运多舛的企业，在走过十年风雨飘摇的征途后，有气无力地倒在了重重障碍面前。

当时没有企业破产一说，但是"倒闭"的实际效果也大同小异：企业物资全部卖光还账，员工先是集中学习培训，后来全部解散安置，把"下马"后的工厂交给了莱芜。1983年，莱芜由县改市，泰安地区把"小钢联"划给莱芜市，让莱芜看着办。莱芜市原本就地盘小、底子薄，哪里拿得出那么多钱贴补亏损企业？下马更成板上钉钉的事了。

如果时光可以倒转，王守东早转业两年，当上厂长，铁厂会是什么样子呢？历史就是历史，假设是没有任何意义的。也许，王守东可以力挽狂澜，让铁厂起死回生，但前提是必须有足够的权力，手脚不受束缚，这在当时的莱芜又多么不切实际啊……

工厂下马了，企业负责人却打道回府。他们是有级别的国家干部，企业倒闭不影响他们回到泰安市另谋职位，所有待遇、级别、住房并不受影响。但是剩余1680名干部和工人被分散安置，就此流落四方，生计难着。

这些员工分别来自宁阳、东平、章丘、新泰等多地，在"小钢联"筹建时期走到一起，很多人家在农村，背着地瓜干到厂里换粮票，对于能当上正式工人都十分兴奋。

他们一起参与了厂子的奠基、施工、运行，曾经吃过许多苦、流过许多汗。没有适合的起重机械，就人推、手拉、肩扛建造高炉。为了早日完工，就吃睡在工地，风餐露宿。炉前温度高，防护差，他们冒着生命危险拿钢钎捅炉底、试温度。他们付出了所有，在命运中沉浮。

工厂下马了，他们的经验和技术被搁置一边，曾经头戴防护罩、手持钢钎，骄傲的钢铁工人一转眼像一群无助的盲流被遣返回原籍，在全国性就业荒中接受二次分配。无情的现实让很多人难以接受，当高炉熄火的那一刻，很多人泪流满面。

生活显出了严酷的一面。很多人被分到了供销社、煤矿、养路段、砖瓦厂等艰苦环境，从事别人不愿干的岗位，一如败军之将，没有前途，也没有尊严。

八级电工被分到深山老林里的一家供销社,当起了干非所长的营业员。

毕业于冶金工业大学的工程师,因工作无着,到一家毛巾厂当传达员。

一些不愿离开莱芜的外地员工,就在厂区附近租间破房,收废品、捡破烂,聊以糊口度日……

主将败亡,阵前竖起白旗,对军人来说是莫大的耻辱。那些天,王守东的脸上像结了冰,看不到一丝笑容,晚上时常辗转反侧。后来每当说起当时的情形,他常常扼腕叹息:天怒人怨,厂子根本办不下去!

第二节　上下求索,将以有为

王守东是个"不安分"的人,俗话说的吃着碗里、看着锅里,就是这种类型。他视野宽广,思想活跃,脑子里装满了奇思妙想,是个有梦想或者说有野心的人。

铁厂下马前,他被任命为水泥车间的党支部书记,下马后车间改为莱芜第二水泥厂,成了铁厂的最后一缕香火,为其延续生命。但这最后一线香火在他接手时也几经改建、停建、续建,一直简易生产,亏损连连,难以维系。

一进水泥厂,他就开始摸底调查,跟工人们谈心,试图迅速扭转局面。他发现水泥厂的工人主要来自返乡知青和新工人,工作吊儿郎当,上进心差,缺乏主人翁精神。针对这一情况他开展了一系列整顿思想、整顿作风活动,员工素质很快提升,精神面貌发生了变化。

这个厂年产1.6万吨水泥,年亏损6万元左右。王守东一到任,就狠抓生产工艺改造,整顿完善车间管理,竟在当年实现了扭亏为盈。

水泥厂生产工艺落后,生产能力严重不足,工人劳动强度很大,生产的水泥不是标号达不到，就是包装跟不上。他带着技术人员奔赴省内各地水泥厂取经学习，回来后集中精力革新生产工艺，上新技术新设备，把2.2万吨的"土窑"改成4.4万吨的机立窑，基本实现了自动化，产能迅速提高。

为了忙着改造，过年的时候王守东也耗在厂里不回家，陈玉兰只好把年夜饭送到车间。辛苦付出肯定有回报，王守东上任当年便盈利12万元，第二年盈利20万元，第三年盈利30万元，看上去风雨飘摇的企业重又充满希望。1983年，水泥厂在莱芜率先实行责任承包制，效益与员工收入挂钩，工人奖金多了，积极性大大提高。

王守东在新的岗位上做得有声有色，对他来说似乎生活依然美好，前途依然远大。但是，铁厂被迫下马的事，一直在他心中挥之不去。这时候的铁厂已经败落得不成样子，他每天上班路上都从厂区里经过，心里很不是滋味。

厂里一片凄凉景象。近600亩的厂区内已经杂草丛生，黄鼠狼和兔子不时出没。抬望眼，是孤零零的高炉残体，破旧的厂房建筑，锈迹斑斑的机器和管道，一片荒芜。有时还能看见提着猎枪打兔子的人在厂区里转悠，运气好的时候，枪上倒挂着猎物炫耀地在院子里走。

眼看着厂区的野草一天天长高，员工们流离失所、怨声载道，王守东心里无比难受。他常常一个人独自在杂草丛生的厂区里转来转去，默默思考着如何使企业重整旗鼓，将熄灭的高炉重新点燃。

自从他进铁厂以后，就清楚地看到，企业不景气虽与当时政策有关，但放眼省内，为何别人的钢铁厂能盈利，地处煤海铁山的厂反而赔本？主要还是人的问题，管理的问题。虽然企业下马，他依然执著地认为，铁厂有前途，应该恢复。

可是，看准了的事情无法改变，浑身的劲使不出来，憋得人难受，他的心感到刺痛。

1983年4月，停产近三年的"小钢联"正式撤销，人员、设备下放给莱芜县。如何处理这块地皮就成为人们讨论的话题。有消息说，省里极力敦促莱芜在铁厂原址上，上一座3万锭的棉纺厂。1984年前后，大量国外淘汰的锭纺机涌进国内，很多地方都在大上棉纺厂。一位副省长确实来铁厂考察过，当场作了表态。莱芜县所属乡镇企业局、物资局、运输公司、布鞋厂都看好了这块地方，虎视眈眈，准备进厂瓜分一块地皮。

王守东后来在给莱芜市委的信中毫不客气地说："把一个近600亩地、拥有一千万固定资产、积十年炼铁基础的国营厂子分而治之，实为下策，这不成了败家子吗？如果按照这个路子走，我们今后再想建立自己的钢铁基地可就难了。"

王守东感到时间紧迫。时不我待，机会稍纵即逝，必须迅速说服上级部门恢复铁厂，否则一旦有了定论，推倒了高炉，再想恢复炼铁比登天还难。但是，铁厂下马停产，在莱芜影响很大，领导们谈虎色变，该怎么着手做工作呢？

这些日子里，王守东一直没闲着，四处了解国家政策、市场需求，了解莱芜的煤炭、铁矿、电力、交通情况。他需要令人信服的数据，要有绝对的把握来说服领导。为此，他拉着几个志同道合的原铁厂同事四处跑，省内的历城铁厂、益都铁厂、烟台铁厂跑了一个遍，这些厂都运转得很好，给了他很大的鼓舞。

1984年新年。在春寒料峭中，在对外开放、对内搞活改革政策的鼓舞下，王守东冥思苦想，晚上睡不着，一个劲地抽烟，然后在纸上不厌其烦地写着、算着、斟酌着起草恢复铁厂的报告。显然，有利条件很多，不利条件也不少。

有利条件有：

1. 炼铁符合市场需要。国内钢铁产品短缺，特别是铸造生铁市场供应紧张。恢复炼铁生产顺乎潮流，完全符合市场需要，前途是光明的。

2. 炼铁能发挥莱芜市的优势。莱芜有丰富的自然资源，处在铁山煤海之中，为炼铁生产提供了可靠的原料、燃料保证，同时有原先的技术积累。

3.炼铁生产可以促进农业、建材业和其他各业的发展。通过炼铁，可以直接扶持莱芜诸多行业的发展。

4.炼铁生产可为莱芜市提供更多的利润。原"小钢联"的炼铁确实赔钱，但这都是"吃大锅饭"经营管理不善造成的，后期三个月没再吃"大锅饭"也就不赔钱了。恢复炼铁生产后可产生良好的经济效益，初步测算每年可获利润151万至231万元。

5.恢复炼铁生产，可以解决剩余劳动力问题。

6.恢复炼铁生产，可以充分利用国家资源。

不利条件有：

1.设备问题。原钢铁厂停产下马已经三年，由于设备缺乏维护保养，损坏较严重，同时有部分设备已拆除卖掉，为恢复炼铁生产造成了一定困难。

2.资金问题。没有钱，市里筹集资金有困难。

3.技术落后，人才缺乏。

4.市场波动。

问题如此，如何解决？

一是必须获得市委市政府充分授权，组织人员恢复企业上马，进入正常生产；

二是抓好管理，健全机制，恢复责、权、利，实行逐级管理、效益管理；

三是尽快解决资金问题，使企业获得正常的循环，账上月月有结余，工人按时领工资，技术革新有钱投入；

四是逐步更新换代，技术革新，提高企业装备的现代化水平，靠技术进步获得企业长远的发展。

王守东最关心的还是市委市政府的支持力度。实践证明，有了支持，哪怕资源方面的先天不足也能弥补。烟台地区抓钢铁困难重重，原料、燃料靠找米下锅,但市委书记、常委亲手抓,一抓到底,现在扭亏为盈,年盈利1000万元以上。潍坊益都钢铁厂原本只有一座高炉,当地市委命令他们建设二号炉扩大炼铁生产,强调非干不可,可见当地领导决心之大。

但是,纵然恢复上马有一万条理由,王守东依然面临最大的障碍"名不正言不顺"。地区铁厂下马了,原铁厂的班子还在,留守处还行使着权力。他是水泥厂党支部书记,充其量是一个中层干部,他来主持恢复上马师出无名。

对于不习惯为个人揽权争利的王守东而言,这一步迈出去很难,但不走不行。国有资产天天在流失,或被盗卖,或被锈蚀,他感到心痛。一旦拆净卖光,一旦其他单位进入铁厂,-他恢复上马的计划将无法实施。

1984年2月8日,中共泰安地委公布莱芜市委领导成员,原莱芜县委组织部部长朱应铭担任莱芜市市委书记,对王守东来说,这是一个好消息。朱应铭是莱芜人,懂得莱芜,更懂得钢铁对莱芜的重要。

他首先想到了时任莱芜市市委副书记的何心振。在苗山镇读书时,何心振做过他的老师,两人认识已久,互相熟悉。

2月25日,王守东在晚上直接找到何心振家里,一谈一通宵,谈莱芜的资源优势和钢铁行业的前景,谈铁厂对莱芜经济发展的影响,谈他的创业理想。何心振明明知道地区铁厂是块是非之地,但还是被王守东的创业情怀感动了,爽快地答应跟朱应铭汇报恢复上马的事。

敢想敢干,雷厉风行,是部队赋予王守东的可贵品质。1984年4月,王守东向市委市政府递交了《恢复上马炼铁刻不容缓,决心为振兴莱芜经济做出贡献》的自荐请缨报告,他在报告里分析了恢复炼铁的客观因素及自己的可行性对策,并向领导保证:不要市里一分钱,把铁厂恢复起来。

报告递到了市委书记朱应铭的案头,但他一直没给王守东一个明确的答复。王守东多次找过他,有时候找到家里,有时候找到办公室,都被他搪塞了过去。在此之前,何心振已经把王守东想恢复上马"小钢联"的事向朱应铭单独做了汇报,他也没作任何表态。

刚主政的朱应铭和莱芜市领导班子有着同样的想法：莱芜经济一潭死水,应当打造一个优势企业,把全市经济带动起来。但是对省里上棉纺厂的建议朱应铭觉得,最近两年棉纺业利润空间逐渐缩小,莱芜发展棉纺的资源、技术、人才、市场都不占优势。莱芜的优势就是钢铁、煤炭,只要干起来肯定挣大钱。

这一段时间,朱应铭很忙,新市委刚诞生,说日理万机也不过分。王守东写的报告他反复看过了,言辞直率,决心很大,对敢想敢干的王守东他非常赞赏,莱芜确实需要王守东这样的人站出来干点事情。从感情上讲他是支持王守东的,但这些年他一直在莱芜工作,对铁厂下马的前后经历以及恢复这个摊子的难度一清二楚。省里已经有了定案不好推翻,何况市里一无资金二无技术,铁厂恢复上马谈何容易？

经过反复思索,朱应铭决定亲自找王守东面谈。王守东的想法很好,想法终归是想法,想法和现实之间总有距离,作为一方领导他要当面确认这一想法的可行性。

一见面,他直言不讳地说："守东同志,你的报告我看了,你的想法我很赞同。省里的工作不好做,地区干不了的事情,泰钢能干得了吗？"

王守东早有思想准备,朱书记对他不了解,对铁厂下马不能不有所忌惮。

"朱书记,地区干不了,有干不了的原因,一是关系没理顺,二是市场没放开,三是地区对铁厂干预太多,四是干部员工思想混乱。铁厂党委忙于应付,没有精力抓生产。"

朱应铭频频点头。王守东趁热打铁,表明了他的基本立场：机会难得,机会难求,莱芜不能坐失良机。省内的历城铁厂、益都铁厂、烟台铁厂跟"小钢联"同期上马,人家干得好好的,发展很快,莱芜有煤有铁有电力,有资源优势,更有理由干好。国家大搞基础建设,对钢铁的需求大增,这个机遇抓不住，等人家发展起来了，再想上钢铁就难了。

朱应铭提出来种种难题：下马三年了，机器设备锈蚀了，人都散了，没有原料，没有资金，如何解决？以前几任领导都是精心挑选的，为什么干不好？你比他们强哪儿？或者说，你凭什么就能干好？前人遭遇的困难还在，你将怎样面对？所有问题都直截了当，切中铁厂下马前的病根。

这是一次至关重要的谈话，是王守东人生所经历的重要考验。好在他准备充分，一一从容作答：

——办法总比困难多，设备可以抢修，原有员工都留恋企业，可以迅速召集。原料可以利用关系赊欠，资金可以动员员工集资、争取银行贷款和补偿贸易投资。

——铁厂原来的领导虽然级别不低、工作年限不短，但长期都在机关生活，习惯于计划经济那一套，不懂得国家经济转轨，企业需要自己动脑筋、想办法、找路子，把命运的舵轮紧紧掌握在自己手中。自己虽不是专业出身，但会看门道，想主意，更有不服输的劲头……

——关键是精神状态。唐僧西天取经尚且经历九九八十一难，从事企业经营只要有决心，就没有过不去的火焰山！

王守东的分析很透彻，满怀信心，朱应铭被他的豪气感动了，也说出了自己的最大担忧："市里的情况你都知道，我们不像地区，输不起，赔不起。没钱给你。"

朱应铭意思很明确，上马可以商量，市里没钱投资。市里确实拿不出钱，1983年到账的财政收入只有几十万元，除了少得可怜的办公经费，市里能支配的资金几乎为零。

王守东胸有成竹地说："朱书记，你给我一年时间，我保证炼出铁来，我不要市里一分钱；三年之后，我向市里交钱。"

谈了一个上午，朱应铭对王守东很满意。这是个干大事的人，有思想有闯劲，有很好的群众基础，熟悉业务，对铁厂的问题看得透彻，不至于走回头路。市里没钱给他，但是可以在政策上倾斜支持，铁厂做大了，对莱芜的发展也是很好的带动。他攥着王守东的手，当即表示：支持他的工作。白手起家，难度很大，要有思想准备。

谈完话，王守东的心里有了底，一口气抄了几十份请战书递到莱芜各大单位、市里五大班子各主要领导的案头，这是舆论宣传，既争取支持，也试探反应。同时，他开始盘算下一步的工作：第一步尽快全面接管铁厂，防止资产进一步流失；第二步召回下放的铁厂员工，再招部分农民合同工，抓紧培训上岗；第三步就是钱的事了，钱从哪里来？第四步先启动一座高炉，尽快出铁……

1984年之前，莱芜城区很小，仅有20多平方公里。当地有个段子说：莱芜县领导被高层领导接见，领导问："莱芜有多大？"县领导实在地说："大倒不大，其实一条路就是一条街。"领导听成了"大倒不大，七十一条路九十一条街"，大手一挥说："可以升级了！"于是莱芜县就变成了莱芜市。

在大家彼此知根知底的小城里，王守东试图恢复铁厂的消息口耳相传，像一阵风，很快弥漫了整个城区。很多人见了面，问的第一句话便是："听说了吗？'小钢联'要恢复生产了。"

王守东去医院门诊看病，一位老大夫问他，听说你们要上马，是真的吗？他非常惊讶，一个老大夫怎么会知道铁厂要上马？原来市委一位领导刚来看过病，不同意恢复上马，认为投进300万、500万元都不顶事的厂子想恢复上马，不是胡闹吗？王守东无语，他开始深深意识到恢复上马的阻力是多么大。

一时间，舆论甚嚣尘上，吵吵嚷嚷，一片反对的声浪。有人为王守东着想，担心他把莱芜本来就微薄的家底再折腾进去，谁来承担责任？

有人给市里、给地区写信告状，乃至当面公开跟他叫板："我看你有野心，拉帮结伙，你不就是想夺权吗？"

有人看笑话，一个转业干部没有三头六臂，也敢挑这个头？尤其是原铁厂的领导们很不舒服，留守处还没解散，恢复上马也是他们的事，轮不到王守东出风头。

王守东据理力争，说："我一不吃私，二不搞男女关系，一个共产党员为莱芜人民做点事，我怕什么！"他是有担当的人，能抗压。他自认干的是正事大事，上对得起市委，下对得起天地良心，就无所畏惧。

欲有所成就者，往往不得不面对人心世俗的一面。当年'小钢联'亏损几千万的时候，没人当面指责什么，但一旦有人想实在做点事改变这一切的时候，就叽叽喳喳，各种难听的话和流言都出现了。王守东在非议中坚持着，毫不退缩。

在这个春天里，在繁忙的工作之余，王守东到处游说，呼吁奔走，不惜立下军令状，千方百计一定要把铁厂恢复起来！

报告送上去了，但市委班子迟迟未作定夺。那些天里，铁厂留守处似乎是开始了大甩卖，一车车的东西往外拉，价值高昂的铸管机、电机、拖拉机等设备廉价卖给了其他企业，再加上工人偷拆，周围村里的老百姓明抢。眼睁睁看着铁厂的物资一天天少下去，王守东又生气又心疼，他悄悄安排了几个工人，昼夜巡逻以防偷抢，但也阻止不了光明正大地卖。

省里不点头，恢复炼铁还是一句空话。朱应铭、何心振特地带着王守东直奔济南疏通路子。到了省计委，省计委的领导直接否定了他们的想法，认为太幼稚了，泰安地区都经营不了，你们一个县级市能干得了？省里的意思很明确，上棉纺厂。

从省计委出来，他们去了省经委找经委主任李伯峰。他是莱芜人，对莱芜的发展一直很关心。见面后朱应铭说了自己的意思：先给省里报告一下，名正言顺，省得将来惹麻烦。李伯峰给他们出了个主意：市里就是立项，省里也没人敢批，这事很敏感。"先生孩子后上户口"，上马以后再说。

李伯峰鼎力支持，打电话给泰安地委书记马忠臣，提议让莱芜放手大胆地去干，地区不要干预。并且随后批了1000个电负荷、2000吨煤给莱芜铁厂，以支持家乡企业的发展。

因为这段渊源，王守东对李伯峰一直心存感激，每次到济南出差、开会或者办事，总是挤出时间去看望李主任。后来李伯峰回忆起当年的情景还是感慨万千："守东，你给莱芜人干了件大事！当初，你和老朱（朱应铭）到济南找我，一张脸铁青，背着多大的压力，你不说我也知道。"

莱芜市委终于有了定论，同意铁厂恢复上马。其中费了不少周折，一开始市五大班子几乎一边倒投了反对票，朱应铭、何心振据理力争，反复做工作，朱应铭在会上说：王守东提出的恢复上马对莱芜发展是非常有利的，钢铁厂上得去说明五大班子能治点事，上不去说明我们五大班子无能。

最终，市领导班子成员被王守东破釜沉舟的决心震撼了，认为这是个有魄力、干实事、干大事的人，批准了他的报告。

报告层层上交到泰安地委讨论的时候，尽管当时阻力很大，地委书记马忠臣还是点了头，支持上马恢复炼铁。马忠臣说，既然厂子交给了莱芜，就由莱芜市委决定吧，上去上不去都是他们的事。这就是对王守东最大的支持了。

莱芜刚刚撤县划市，一切从头开始，领导决策谨慎也有道理。所谓一朝被蛇咬、十年怕井绳，谁能想象出这条"井绳"真会变成一座金矿？

这一阵王守东瘦了很多，白天吃不下饭，夜里睡不好觉，市委那边迟迟没有动静，下边人言沸腾，他简直是度日如年。所幸，终于等到了这一天。1984年4月18日，莱芜市铁厂筹建指挥部成立，王守东被任命为筹建指挥部副总指挥、临时党委书记。

王守东襟怀开阔，对那些曾经的反对者们既往不咎，上马后很多人都走上了重要岗位。从此，泰钢发展史上具有决定意义的创业之战打响，莱芜市钢铁工业发展揭开了新的篇章。

第三节 无米之炊的神话

莱芜铁厂筹建工程指挥部正式成立起来后,开始进厂办公。但是没有钱怎么办公?铁厂账上一分钱没有,市里口头给了30万预备金,何时到账还是未知数。

厂区几乎成了一片废墟,形同旧日战场。三年了,机器锈蚀了,零件散失了,电线不通了,原料没有了,仓库里只有一堆手套、肥皂,除了两座生满了红锈的高炉躯壳,几乎是一无所有。铁厂下马前,在账的固定资产尚有1386万元,现在不论如何盘点,仅仅剩下372万元废旧资产,三年资产流失1000万元。王守东早就料想到了这种情况,然而现实比想象的还要残酷。

百废待兴,唯欠东风。东风就是钱,仅一座55立方米高炉的修复资金就需要300万元。在1984年,300万元是个天文数字,足以难倒所有英雄汉。好多当初的反对者虽然嘴巴闭上了,心里却在看笑话:你王守东不是能吗?看你怎么变出钱来?支持他的,替他攥着一把汗,暗地里替他着急。

真的猛士,敢于直面惨淡的人生。重压之下,王守东表面依然从容镇定,井井有条地布置和分配着各项工作,使铁厂的组织架构迅速搭建起来,开始运转:

首先是保全资产。他组织人清仓核资,摸清家底,把一批有责任心的老工人组织起"巡逻队",昼夜巡逻在工厂的每个角落,用生命和责任捍卫着"上马"的进程。

然后是营造氛围。他让广播室按时播放军队的军号,晨起、早操、上班、下班、午餐、晚寝、工间休息,一切都"军事化"了,让军号鼓荡起工人们的干劲,悠扬的军号声至今仍是泰钢人一天作息活动的提示符。同时让办公室刷出大标语:"立大志,拼命干,坚决打好上马翻身仗。"

再是恢复队伍。他让工会给离开的昔日员工发函:凡是自愿回来的将优先安排上岗。他到工人家去访问,嘘寒问暖,问长问短;和员工们谈心,讲工厂的发展前景,鼓励大家克服眼前的困难,迎接未来的彩虹。

他召开技术人员座谈会,亲自向大家鞠躬致意,表示要把科技作为企业进步的阶梯,鼓励技术人员敢闯敢干,大胆发明创造,成为工厂的中坚力量,和他们仔细商讨对策、研究改进生产的办法。

他下到车间,了解高炉的损坏程度,烧结矿的硬度,分析影响产品质量的节点、产品流程中的能耗,为恢复生产后的运营作成本核算……

在表面从容的背后,却是王守东因为钱的事而焦虑、犯难,茶饭不思。

恢复一座高炉就要300万元,还有流动资金最少200万元,这就是说,自己一开始就背着一个500万元的大包袱爬山。没有资金无法买到原料,无法配齐部件,无法兑现工资,甚至无法出差,更何谈修复高炉?而如果连高炉都无法修复,谈何恢复上马?

怎么办?原来设想的融资路径很多已经断绝,员工没钱集资,当时银行的信贷功能还没有完全建立起来,贷款也走不通,只有去找合作伙伴,借钱发展。而这对他来说,这实在是一件从未做过的新生事物,还需要仔细考虑如何下手。

到哪里去找合作伙伴?王守东瞄准了南方。中国的矿产资源和钢铁生产能力主要集中在北方,可谓北重南轻,而经济活力又呈南高北低之势。莱芜煤铁资源丰富,但是缺乏资金,而南方江浙沪一带经济活跃,市场繁荣,钢铁需求量大,可以尝试用"补偿贸易"的方式搞联合。

王守东的思路是:现在生铁紧缺,如果按照双方商定的价格,有人先把钱借给泰钢、然后泰钢用它的钱再生产出铁还它,这不就是补偿贸易,这不就是两全其美吗？中国地大物博，钢铁需求量很大，客户很多，不信天底下找不到合作伙伴。

路是人走出来的，没有路也要蹚出一条路来。这么一想，王守东的眉头舒展开来，觉得事情可为。他计划往江南跑一跑，横向联合，借梯上楼。当然，说起来容易做起来难，不给人家产品，先从别人的兜里掏钱，凭什么？他生于北方，沈阳、青岛、济南、烟台、大连、北京跑过无数次，但没有跟南方人打交道的经验，说实话很犯愁。

箭在弦上，不得不发。他首先想到上海，这是中国最发达的经济中心，上海人的思维也比较开阔，对于补偿贸易这样的做法也许比较容易接受。

走之前，他召开临时党委会议，提出了"从高从严、从细从全、高质量、高速度"的指导思想，党委一班人信心百倍，几百名员工跃跃欲试，万事俱备，只欠东风，只要钱一到位，高炉一恢复，很快就能炼出铁来。

在江南正值春天的季节，王守东披一件军大衣，带上几斤自己吃的煎饼和咸菜，背上老家的花生米、香肠作为给客户的礼物，揣着一摞介绍信，坐上了南下的火车。

但是偌大一个上海，人海茫茫，此去前程几何，他心里并没有数，离上海越近，心里面就越不踏实。

在去上海之前，他多方打听，上海有没有管事的莱芜老乡，有人给他介绍了上海冶金局王书记。王书记老家是泰安的，本乡本土，这一次他就是奔着王书记去的。但是他跟王书记从未谋面，人家见不见，他心里一直在打鼓。

到了上海，天色已暗，华灯初上。下了火车，扛着花生香肠，一路打听，好不容易到了冶金局所在的福州路，他想临时找个地方住下来，明天找王书记方便。

上海的第一夜，王守东几经波折，在一条老巷子里找到了一家脏兮兮的大众旅社，住的是最便宜的八人间。老板娘看看他不符合时令的打扮，把他当成了小商贩,一脸不屑。一路劳顿的王守东身子就像散了架一样,又饥又饿,已经顾不上计较这些,就着开水嚼煎饼,然后便沉沉睡去。

吃过早饭,直接去冶金局找王书记。在冶金局办公室门前,他徘徊、彷徨、犹豫了好一阵子。王守东性子直,傲骨铮铮,摧眉折腰的事从来不做。跟人家开口要钱,他怎么也张不开口。

人生总是波澜起伏,出乎常人的意料。回到十来年前,那时在部队讲坛上意气风发、挥斥方遒的王守东,肯定没想到有朝一日,自己为了事业,要经受这样的精神折磨与困顿。可是今天,他碰到难处了,人在屋檐下的滋味是这样的不好受。在上海他谁也不认识,只有来这里豁出去一试。

末了,王守东还是硬着头皮进了冶金局办公室,抱定了拉下脸求人的准备。出乎意料,人家回答王书记出差去了外地,短时间回不来。千里迢迢直奔上海,谁知当头一瓢凉水浇下来,他的心一下子凉透了。央求办公室的人给王书记打电话,联系了一阵也没联系上,只好作罢。

来上海一次不容易,想到千里之外"嗷嗷待哺"的铁厂,王守东绝不甘心就此打道回府。王书记不在,还会有其他的客户可以洽谈。他买来一张地图,根据电话号码簿,寻找化工局、机械局、钢铁经销公司、铁制品加工厂、中小型冶炼厂等可能的客户,不停地打电话,然后登门商谈,寻求着可能的合作机会。

每到一处,他就掏出介绍信,然后郑重其事地介绍莱芜的风情,介绍莱芜铁厂的状况。对方一般都饶有兴趣地听着,不时点头做出赞许的表情,然后便很快表示可以成交、订货,签订合同。经济大潮已经扑面而来,各地都在搞建设、上项目,钢铁需求旺盛,货源难求。

但就在此时,一旦王守东提到"补偿贸易"形式,或是说出了"先付钱、后给货"的关键词,满怀期望地等待回应,对方就会迅速收起笑容,用客气而严肃的口吻说:对不起,没有这样的先例,你们的要求有点特别,找别人吧！然后王守东只有怏怏地离开：好吧，此家谈不拢，那就找下家吧。

一连几天，王守东拖着疲倦的双腿走在上海的大街小巷，在不同的地点与不同的客户重复着同样的过程。不管说了多少好话，没人相信他，一个倒闭三年的铁厂，信誉度无从谈起，别人甚至怀疑他是不是开皮包公司的骗子。对王守东这样宁折不弯的汉子来说，这种怀疑更让人难以接受。

心烦意乱加上气候不适、水土不服，几天后王守东病倒了，头脑昏沉，四肢无力，裹着被子倒在小旅店的床上。但是，千里之外的家里一帮人眼巴巴地等着他，弄不回钱去，铁厂还是开不了工。他抱定了决心，不管多么难，一定弄到钱，一定把铁厂恢复起来。

王守东不相信在偌大的上海找不到一个知音，联络不到一个合作伙伴。总结几天来的教训，他认为绝不是国际通行的"补偿贸易"不可为，而是没有找到合适的人。他坚信，这种合作模式会有人接受的。

病稍好，他便坐上了西去常州、无锡的列车。常州有他的老战友，他想到常州转转，投石问路，一来消散沉闷的心情，二来看看江南，长长见识，看看有什么合作机会。

上有天堂，下有苏杭。苏南地区美丽富饶，在改革开放之前社队企业就已颇具规模，改革开放后家庭作坊更是一夜之间遍地开花，农民很快从土地里挣脱了出来，借助上海的技术、市场、资本优势，小加工、小生产、小商业遍地开花，经济活力勃发。

1983年春天，邓小平对太湖周边无锡、江阴、吴江等地的农村生活实地调查发现，农民的生活发生了很大变化，甚至有些村子盖起了小洋楼。一回到北京，邓小平立即召集有关人员谈话，他说："江苏从1977年到去年6年时间，工农业总产值翻了一番……照苏州这样发展下去，希望蛮大了。"从此，"苏南模式"名震全国。

常州、无锡位于苏南地区中心，与上海、南京相望，都是全国闻名的明星城市。这里的发展速度让王守东深受鼓舞,他的激情再一次被点燃。

在无锡,王守东和化工局谈了两天,对方初步有了合作意向,他趁热打铁,向对方发出了邀请:到厂里实地看看,莱芜是个好地方,吃住我们安排。对方很爽快地答应来莱芜看看。

此次南方一行,没拿回一分钱,在外人看来,好像是一次挫败,对他的打击肯定不小,王守东应该知难而退,放手了吧?绝不。他的骨子里斗志旺盛,愈挫愈勇,暂时的困难、坎坷阻挡不了他的脚步,反而更加坚定了他的创业雄心。

王守东为人执著,要么不做,他要做的事无论怎么困难一定做成。常人的思路是遇到困难趁早撒开,不能一棵树上吊死,他的想法跟别人不一样,谈一次对方有了印象,再谈还谈不拢,就继续谈,直到对方点头为止。此次南下虽然没有立即达成协议,但是能与客户达成考察意向,也是一大收获。

这次南行,他打开了眼界,跟人家一比较,莱芜资源丰富,企业不算少,但是缺信息、缺技术、缺人才,加上观念陈旧,思想僵化,优势没有充分得到利用,机制、发展速度等方面与人家相比,有很多值得学习的地方。在苏南,几乎个个村里都有社队企业,办得很红火。铁厂必须尽快投产,尽快产生效益,带动一方经济,让莱芜真正富裕起来,这是他的真实想法。

回家休整几天之后,他决定二下上海,仍然找冶金局。综合第一次的经历,他觉得铁厂和冶金局同属一个行业,感情上有亲近感,成功希望最大。

到了上海,直接到了冶金局,幸运的是王书记接待了他,并介绍他跟几个山东老乡见面:冶金局的王处长,金属制品公司的苗经理等人。老乡们都为人热情,答应帮忙,帮他联系自己熟悉的单位。

王守东最大的特点是能说、会说,思路清晰,才思敏捷,说话很有鼓动性。在上海的几天时间里,他像一个外交家四处奔走,到处游说,走到哪里说到哪里,只要能说上话的,他都想跟人家攀上亲戚,看见谁和谁套近乎。

见面先给人递烟倒水，再讲莱芜的资源优势，讲铁厂的发展前景，讲他的创业理想，再三邀请别人来莱芜考察。从早上磨到晚上，从单位磨到家里，背上礼品到人家家里坐坐，用热情和真诚打动别人。

在别人单位里，他抢着帮人家打水、扫地、抹板凳，什么活能帮上手就赶紧抢着干。人们都诧异于这位山东汉子的坦率诚实，一位厂长居然客串"保洁员"，就这样持续了一周的时间。

当年改造落后连队的经验，显然在争取客户方面同样有效，王守东的一片诚心终于感动了"上帝"。刚开始，冶金局的干部对他很冷淡，对他的想法不感兴趣，时间一长慢慢对他有了好感，对他客气了起来，答应尽快跟领导汇报，尽量争取合作。

回到铁厂，雅鹿山前已经恢复了往日的生机，一派热火朝天，整理厂区、清查设备、整顿教育，任务一个跟着一个，工人加班加点，高炉大修前的准备工作在有条不紊地进行着。朱应铭带着市委各大班子来看了几次，对恢复的进度很高兴，一再跟大家说，王守东不简单，不负众望，是个干大事的人。当初那些对恢复上马投了反对票的人，开始对王守东刮目相看。

铁厂的工作全面展开，开始步入正轨，理顺了劳动关系，高炉、原料、机修各车间恢复了建制，成立了高炉车间等9个党支部，全厂上下积极性空前高涨，王守东决定三下上海。事不过三，上海冶金局的大门他一定要敲开。平日他穿得很朴素，这次狠心掏了139元买了一套西服，2元多买了一条领带给自己武装了一下，从外表上看算是一个真正的商人了。

这回到上海，冶金局对他很热情，像他这么执著、"一根筋"的人，肯定能干成大事，领导同意派人到莱芜实地考察，但说好如果考察不满意，合同不能签。王守东等的就是这句话，三次往返，客户的大门终于撬开了一条缝。

没过几天，冶金局派出10人专家小组到莱芜考察，王守东一直陪着，不离左右。专家组进厂考察，对铁厂总体感到满意。专家组走了没几天，上海冶金局向他投来了橄榄枝，请他亲自到上海洽谈合作事宜，他的补偿贸易马上就要尘埃落定。

辛苦奔波有了成果，王守东特别高兴，浑身有使不完的劲，时不时哼两句戏词。平常很少喝酒的他吩咐妻子炒菜，找工友们乐呵乐呵。那一晚，他喝得很痛快，一杯接一杯，笑声爽朗。从决定恢复炼铁，谁也没见他笑过。这一路辛劳不说，为了做点事情，他顶着多大的压力啊!

第四次上海之行，心里有底多了。这一次，上海冶金局还带着他参观了代表国内先进水平的上钢一厂、上钢三厂，使他对现代化炼钢工艺有了新的认识。随后，上海冶金局正式和他签订合作合同：上海冶金局一次性支付莱芜铁厂300万元预支资金，莱芜铁厂按国拨价以3万吨生铁实物抵偿，偿还期限3年。由于这300万元订金，高炉修复工作得以开始。

这就是王守东，在国家没投一分钱、银行没贷一分款的情况下，最终靠自己创造了一个支点，撬动了地球。他自己则在一百多个筹款的日日夜夜里，没有吃过一顿安稳饭，睡过一个囫囵觉。

而此时的成功一开闸门，其他的成功也就接踵而至。按照"上海模式"，莱芜铁厂分别与一些大单位签订了"补偿贸易"协定，打造了一条牢固的资金链条，解决了原料需求量大和流动资金不足的矛盾，保证了高炉平稳生产，健康运行。

就这样，王守东五下江南，七赴上海，足迹踏遍了四省七市，胸怀一腔热血寻求合作伙伴，靠补偿贸易筹得了一笔笔宝贵的启动资金，使工厂起死回生：与青岛钢铁厂、无锡化工局分别签订200万元贸易合同，于宁波工业公司取得204万元预付资金，当年共筹得发展资金900多万元。

时至今日，这些合作单位的领导想起当初对王守东的印象都不禁莞尔。他们怎么也不会想到，如今这位泰然自若、西装革履的钢铁领袖，就是当年那位满脸风霜、貌似外行、谈判桌上妙语连珠的"土八路"。他们还曾将信将疑，万一这笔钱打了水漂呢。

第四节　红旗再展，缚住苍龙

　　王守东是个喜欢打仗的人，在部队的 18 年里枕戈待旦，但是和平时期已无仗可打，不免喟然长叹。现在有了自己的"部队"，他可以从容地运筹帷幄，指点江山，号令三军，攻无不克、战无不胜。

　　恢复上马筹备一开始，王守东就马不停蹄，派人把铁厂下放的干部员工请回来。很短时间内陆续回来 380 多人，工人们热情很高，原先干高炉的回到了高炉车间，干烧结的回到了烧结车间，一一恢复了建制。随后连续召开了几个会议，组织分工、确定任务、宣传发动，很快确定了工作思路：边会战、边整顿、边改革、打基础、抓落实、求效益。

　　但是，召回的老员工只有 300 多人，不足以支撑用工需求，要知道原来铁厂可是上千人的队伍，人少了根本转不动。这是摆在王守东面前又一个棘手的问题。他向市委书记朱应铭汇报，朱应铭表态说，用工你自己招，用多少招多少。朱应铭给劳动局打了电话，劳动局一路绿灯，把招工权、使用权下放给莱芜铁厂。

　　王守东大胆启用了一批农民合同工。说他大胆，是因为未经省里备案批准，莱芜市领导点了一个头，他就开始招工，签订劳动合同，这在当时是违反规定的。莱芜铁厂本身也是一个"黑户口"，在较长一段时间，没有列入山东省企业名单。

　　招工是件大事，兵员素质直接决定战役的成败。他亲自拟定招工章程，公开招工、公开选拔、公开录用，文化考试不合格的一律不得录用。好些亲朋好友找到他，一一被他拒之门外。296 名农民合同工从报名考试、体检到招工录用仅用了 5 天时间。

这批人进厂之后，他还亲自拟定培训计划，亲自给新工人辅导上课，讲厂规厂纪、讲遵纪守法、讲形势、讲改革、讲前途。王守东把在部队作战前动员的手段使上，讲得新工人个个跃跃欲试，真有了那种嗷嗷叫的劲头。

接着就是专业培训，根据岗位需要对新工人分岗分类，并且派出 130 余人分别到济南、莱钢、益都、历城、烟台等钢铁厂实践培训，加快了人才培养步伐。他特别要求，对内对外不称合同工，一律称新工人，对较为成熟的新工人大胆起用。

此外，王守东对水泥厂的人员做了调整。这样一来，水泥厂 200 多人、老员工 300 多人，加上新招的员工，全厂员工总数达到了 800 多人，可谓各方劲旅大会师，为即将开始的大会战备好了人手。

1984 年 4 月 20 日，春寒尚存，雅鹿山前一派灯火通明，800 多名干部员工席地而坐，心里洋溢着久违的激动，等待着发起总攻的号角。今晚，莱芜铁厂大会战誓师大会在这里举行，现场热烈、隆重、庄严。

王守东坐在主席台上，扫视着下边黑压压的人群，心头兴奋不已。为了这一天，他奔波了多少天，承受了多大压力，现在，该他来下达动员令了，从明天开始，脚下的这片废墟，将要变成火热的战场，这片废墟上将要屹立起一个全新的钢铁巨人。

台下坐着那么多熟悉的面孔，从 1976 年 2 月他从部队转业，5 年多时间里他和台下的这帮兄弟一起奋斗，一起流血流汗，最后企业还是下马了，树倒猢狲散，这些人中大部分都辛酸地离开了铁厂。今天，他们相聚一堂，要凭着一腔热血大干一场，把下马的厂子重建起来，找回钢铁人的尊严，找回失去的时光。

台下也有很多陌生的面孔，那是他招募的"新兵"，用不了多长时间他们就是铁厂的主力，是铁厂的未来。当然，里面难免会有被淘汰的、后进的，但是没关系,他这么多年来对改造人的思想还陌生吗?部队是个大熔炉,铁厂也是,足以把一切铸成坚不可摧的铁锭。

此刻,王守东心情特别激动,握着话筒的手,微微颤抖起来。稍适停顿,他的大嗓门在雅鹿山前久久回响:

"今天我们在这里庄严誓师,大会战即将打响,通过我们的艰苦努力,我们有决心、有能力在这座废墟上建起一座现代化钢铁厂……"

掌声雷动。老工人热泪盈眶,铁厂下马后,他们像没娘的孩子,被人推来搡去,遭了多少白眼,受了多少歧视。今天,他们终于回家了,再也不用看人家的眼色,可以一门心思、放心大胆地工作了,过去曾经有尊严的生活回来了。

新工人热血激荡,他们是新一代钢铁工人,王守东已经给他们指明了未来,铁厂的明天就是他们的明天,铁厂的前途就是他们的前途,从今天开始,他们的命运和铁厂命运紧紧维系在一起,人生会有一个崭新的开始。

原铁厂有两座高炉,本着打歼灭战的原则,王守东首先集中力量恢复二号高炉。二号高炉从1976年投产到1981年铁厂下马,在四年多的时间里半生产、半搁置,没有发挥应有的效力,恢复难度相对较小。从5月15日开始,莱芜铁厂二号高炉大修全面铺开,一场声势浩大的战役打响,全厂所有的力量都投入了战斗。

这是一场名副其实的会战,全厂总动员,办公室里门可罗雀,所有的干部都在工地上、车间里,跟工人一道战高温、斗酷暑、抢时间,劲往一处使,汗往一处流,全厂一盘棋,一切为了会战,各司其职,互相支援。

在会战现场,王守东把政治动员的手段用到了极致,墙上写满了振奋人心的标语,喇叭里一遍一遍播送着好人好事,每个车间都开辟了黑板报,现场出版了油墨报纸,这些媒介综合到一起,把工程进度、重要新闻、劳动竞赛消息等第一时间传递到工人们那里,激励他们时刻保持斗志,不忘大局。

王守东身为战役总指挥,把指挥所放到了最前沿,他和工人一样戴着柳条帽在一线废寝忘食地干活,既当指挥员,又当战斗员,真是一身汗水,两手老茧。偶有休息的时候,他的大脑也不闲着,见缝插针地安排各种琐事:维修员工宿舍、修澡堂、开办卫生室、理发室、小卖部、打深水井、改善伙食,所有的工作在大脑中一起展开,分门别类,轻重缓急,全厂上下各项工作滴水不漏,他的指挥才能得到了充分发挥。

在会战的日子里,王守东满脑子里都是催促的号角声,经常夜里在家里一激灵爬起来就匆忙出门,等赶到工地时天还没亮。白天他跟工人一样工作,晚上开会、布置工作、找人谈心、制定下一轮工作计划,常常过了12点还在埋头工作。

他这么着急是有原因的。就在5月,国务院做出关于扩大企业自主权的10条规定,钢铁企业被允许自行销售2%的计划内钢材,价格可上浮20%,超产钢材可与用户协议定价,超产的冶金原料、辅料、副产品可自销。这意味着,钢铁工业的计划体制和价格体制正在悄然发生变革,市场在逐步放开,诸多钢铁企业早就瞄准了这一点,一场新一轮钢铁大战在所难免。晚走一步,对莱芜铁厂这样的弱小企业非常不利,迟早被人挤下去,早走一步,走快一步,就能赢得发展的时间和空间。

铁厂的工人们由衷地说:"王书记不容易,没见像他这么玩命的。"是的,谁能相信身为企业的负责人敬业到这种程度的?只能说,是多年来积攒的创业热情和改变家乡面貌的巨大期望,给了他难以置信的那么多的精力。王守东后来回忆这一段经历时说:"我身上使不完的劲,是同志们给的,为了企业发展,为了干部员工,拼了老命我也情愿。"

领导身先士卒,员工也个个不含糊,斗志昂扬,真是钢筋铁骨,无所畏惧,毫不退缩。

当初高炉匆忙关火的时候忘记了开铁口,炉膛里残留的铁水、炉渣凝结成一块红色的巨大铁渣,像一块冷却下来的火山岩,怎么也砸不动破不开,成为必须破解的"肠梗阻"。整整半个月的时间,二十几个工人挥汗打锤,没日没夜地啃这块铁疙瘩,如同蚂蚁啃骨头一样一点一点剥离。大家轻伤不下火线,有时身上磕了口子、划了伤口,简单处理一下就第二天又带伤出现在高炉前。

在高炉恢复大会战中,整个大工地一片热火朝天,人们争先恐后,斗志昂扬。时值夏天,无论是年长者还是年轻人无不敞着胸怀,满脸汗水,拼命工作,恨不得把时间拉长成丝来用。人们肩并肩、手拉手,肩扛人抬,硬是把一座锈迹斑斑、被拆得七零八散的高炉恢复起来,创造了令人瞩目的施工速度。

会战不仅是员工们的,也是莱芜当地父老们的。家属们纷纷携家带口前来看望多日不回家的亲人,送水、送饭、洗衣服,帮着打扫卫生,依稀是当年人民战争的再现。就连负责送饭到车间一线的饭堂大师傅也热情难耐,在工人们吃饭的空当接过工人手头的活干了起来。

王守东一边集中优势兵力,解决急难险重任务,一边积极联系外部支援,向各单位借设备、借技术、借人员,"701"铁厂、益都铁厂、历城铁厂、张家洼机修厂、莱芜化肥厂……一时间本地外地援兵纷纷到来,工地上车水马龙,热闹非凡。兄弟单位的热诚支持让人感动不已。

为节约资金,王守东一再要求职能部门算好账,把好关,把好不容易争取来的客户预付款用到刀刃上。采购部门硬是一分钱一分钱地算,力争让每滴水、每滴油、每度电、每个铆钉、每颗螺丝、每块焦炭都发挥最大效能。供应处随时紧急调拨、发放物资供应工地,几天时间里,购进电机、汽车、拖拉机、钢材、耐火砖等大批物资、备品配件,保障了会战需要。

之前曾有专家预测,没有10个月不可能完成高炉大修,但铁厂人仅仅用了105天,就把一片废墟变成了火热的工厂,此次会战共完成大修项目311

项，大修安装设备 153 台，改造了矿石破碎系统、高炉上料系统，改造了皮带秤、5 吨行车，创造了一个又一个奇迹，为高炉投产奠定了基础。

夏季的酷热逐渐远去，苦干几个月的人们在等到秋凉的同时，终于可以望见成功的曙光了。高炉已经点火成功，熊熊燃烧的炉火把大家的心暖得发烫。这天晚上要出铁，苦干了这么多天，现在就是见分晓的时候。除了当班的工人，全厂所有的人都早早来到高炉跟前，等待着他们盼望已久的、激动人心的时刻。

时间在分分秒秒地流逝。王守东和大家一起平心静气，等待着那一刻的到来，如同见证新生的婴儿诞生，如同等待新旧世界的交接。他们中很多人曾经见证过这座高炉当年出铁的情景，现在则是又一次见证它的浴火重生。

时针指向了晚上 10 点，巨大的风机轰鸣声停止了。随着铁锤剧烈的夯击声，一团红光从出铁口的缝隙慢慢洇染出来，一抹红在挣扎着一点一点扩大。炉前工用钢钎一捅，那股红色无声地膨胀开来，被压抑、被烧沸的铁水从出铁口喷涌而出，变成一道激流，随后又汇成一条红色的河流。

起初，在场的人们没出一点声息，唯恐惊吓了它，当这条河流顺畅流入铁水包的时候，现场的欢呼声一下子喷发了出来："出铁了！出铁了！"

很多人流下了激动的泪水，高呼、拥抱、在空地上奔跑，"出铁了！出铁了！"他们是奇迹的创造者，从这一刻他们看到了希望和未来。所有的辛苦，所有的付出，这一刻都值了。

在这一刻，王守东终于控制不住自己的感情，眼泪在眼眶里打转。他和身边的工人一一握手，这一刻，他有多少话要说，嗓子眼却堵得满满的，一句话也没说出来。

1984 年 9 月 17 日 22 时，二号高炉顺利出铁，就此成为泰钢历史性的时刻。

1984 年，农历甲子年，王守东的人生当中划时代的"革命年代"，这一年他让自己的生命如炙热的焦炭遇到纯氧般充分燃烧起来，迸发出无尽的光和热，照亮和带动了更多的人。

从9月17日出第一炉铁，在短短几个月的时间里，当年炼出生铁7500吨，实现利税88.5万元，从连续11年亏损到盈利近百万元，使莱芜铁厂成为莱芜市第一家扭亏为盈的企业，这就是他呕心沥血、负重前行的价值和意义。这一年年底，在中共莱芜市委第六届一次会议上，王守东当选为第六届莱芜市委委员。

这是一场伟大的战役，一篇可以成为经典的英雄史诗。事实是回答质疑的最好形式，王守东的大手笔、大决策，过人的驾驭能力、出色的指挥能力得到了充分验证。那些曾经反对的声音，曾经嘲笑、谩骂的声音，在这一刻变得那么苍白无力。

多少年过去了，现在提到当年创业的甘苦，参与这场盛况的人们依然激动，禁不住热泪盈眶。人们说，当时的心情就是无法形容，脑子里的血来回地撞。为了铁厂上马，脱几层皮，掉几斤肉，值了！这种壮志豪情，有多少人能有幸遭遇呢？

通过整顿和积累，莱芜铁厂先后建起了15万吨的炼钢厂，15万吨的轧钢厂，20万吨的水泥厂，12万吨的焦化厂，25万吨的烧结厂，1200立方米的制氧机，3000千瓦的余热发电机，一个小型钢铁企业已初具规模。

1988年1月，山东省委书记梁步庭，省委副书记、代省长姜春云，副省长马忠臣等领导来铁厂调研。看完厂区，听完王守东的汇报，梁步庭给予了很高的评价，连连说："王守东是个干大事的，泰安地区干不了的事，一个军转干部干成了。"

马忠臣听完王守东的汇报也感慨万千，当年泰安地区10个县办不了的事，莱芜干起来了，而且干大了。王守东不简单，有思想、有眼光，白手起家，艰苦创业，短短几年时间铁厂已经形成规模，发展潜力很大。马忠臣攥着王守东的手，说："守东同志，你救活的不是一座铁厂，是莱芜的创业决心。这条路走对了。"

创业是一件风险很高的事情，要成功，不仅要苦干、拼命干，还要巧干。在莱芜铁厂的上马过程中，王守东厚积薄发的拼搏精神终于结出了果实。他在险恶的环境中之所以化险为夷，看似依赖于某些节点上不可思议的成功，实际上是他多年来对事物规律的正确把握，才能见招拆招，以最合适的方法做好应对。

第五节　大浪淘沙，生死闯关

会战结束，王守东和他的战士们都拼尽了所有的力气，流血流汗又流泪。在会战中 37 人立功受奖，275 人被评为先进工作者和先进生产者，可谓战功赫赫，勋章列列。

有人猜测，上马二号高炉后，莱芜铁厂在一两年内不可能再有大的动静，抓紧干几年，把欠上海冶金局的 30 万吨铁还上是当务之举，战线放得过长、资金不足，搞不好会重蹈当年"小钢联"的覆辙。王守东的"补偿贸易"侥幸冒险成功，应该见好就收了。这种想法不仅外人有，铁厂内部也有。小富即安的心态，在有些人那里总是根深蒂固。

创业型企业家的共同特点是不断上进、永远追求卓越，绝对不会苟安于一时。但是第一步迈出去之后必须有后续的管理和文化支撑，否则一夜暴富、一朝而起、迎风即倒，也是很正常的事。改革开放以来，很多辉煌一时的企业家都曾赢得了开始，但却输在了今后。

王守东具有超人的眼力，能够把握机遇，该出手时就出手，以最快的速度应对环境的变化，经常是临危不乱、破釜沉舟、力排众议。他常说，没有敢为天下先、勇于担风险的勇气，任何时候都成不了大业。一个企业家的决心，在某些关键时刻，决定企业的成败兴衰。

王守东胆大敢冒险，更不会轻易满足眼前的成绩。在部队时他就从基层的模范一路做到了军区模范，讲课的对象从战士变成了高级干部，而此时又岂能止步不前？早在二号高炉行将竣工之时他就想了许多，眼睛又瞄上了一号高炉。

他的计划是：二号高炉运转起来之后，下一步一定要把一号炉恢复起来，这样两座高炉一起运行，人力、物力、财力重新整合，资源利用得会更充分，效益会更高。但这就意味着企业规模要扩大，人手会增加，管理和分配改革的任务会更重。他肩上的担子，没有因为成功出铁而减轻半分，反而更加沉重，因为他试图找到一条适合莱芜铁厂发展的路子，带动起一方经济的发展。

行业的改革还在加速。1985 年 1 月，国家取消了对钢铁企业自销产品只能加价 20% 的限制，钢铁产品价格陡然放开，利润空间、市场空间一下子被放大，大钢铁发展时期已经到来。必须赶在别人前头，领一步之先，小步快跑，这是王守东奉行的战略。

刚过完了春节，王守东在铁厂党委会议上提出修复原一号高炉，扩大生产规模，尽快形成规模效应。市场向好，原料不缺，二号高炉运转平稳，具备了大干一场的时机。原一号高炉计划 5 月投产，这样，总炉容量达到 110 立方米，产能即可提高一倍以上。他的建议很快通过。

1985 年 1 月，莱芜铁厂重新整合资源，分配力量，在保证二号高炉平稳生产的基础上，原一号高炉开始大修。一号高炉是 1970 年从济铁整体买过来的旧高炉，1971 年 3 月开始服役一直到下马。一号高炉与二号高炉相比先天不足，炉体锈蚀严重，炉衬完全坍塌，修复难度更大。

1985 年 5 月 1 日，一号高炉按计划顺利投产。这天铁厂热闹异常，锣鼓喧天、鞭炮齐鸣，市委书记朱应铭亲自为高炉投产剪彩。

短短半年时间，两座高炉相继投产，速度之快、标准之高、难度之大令人惊讶。王守东是个志向远大的人，他的鸿鹄之志才刚刚开始。不鸣则已，一鸣惊人；不飞则已，一飞冲天。

第二座高炉刚投产，王守东又坐不住了，想建一座100立方米高炉。在1985年前后，100立方米高炉并不是新鲜事，周边的大型国营钢铁厂已经在逐渐淘汰100立方米高炉，本不值得大惊小怪。但莱芜铁厂是一家毫无家底的市属企业，市里没有一分钱的投资，每一分钱都是他"化缘"得来，来的何其不易。

这一次，他的意见和党委的意见有了分歧，常委会上除他之外的8个常委成员投了反对票，铁厂决策层出现了少有的意见相左。因为这不仅需要一次性投入1000万元以上，压力较大，更因为当时市场不容乐观，生铁价格下跌，同行业许多单位纷纷限产或转产。

王守东的看法是：市场是把双刃剑，关键是如何把握。钢铁市场波动周期一般在2至3年，当市场低迷时，建设高炉所用的钢铁等原料价格就会很低，而高炉的建设周期在1至2年，投产需要1年左右，所以要打好时间差，迅速建成高炉、赶上市场反弹，企业就会赚个盆满钵满，如果等市场形势好了再去建高炉，就会白白错过时机。

他给大家分析，很多和自己一同起步的钢铁厂就是因为等到市场好转了才去建高炉，等两年后高炉建好了，市场又低迷了，所以要及时抓住机遇。铁厂跟广州机械厅刚签订1000万元的补偿贸易合同，手头有了充足的资金，此时不干更待何时？

"上！坚决要上，而且快上！"王守东几乎是用行政命令的形式做了决断。

1986年3月1日，100立方米高炉破土动工，翌年5月27日投产。这是莱芜铁厂发展史上的里程碑。至此，莱芜铁厂高炉总容量210立方米，年生产能力达到了10万吨，成为全国县属炼铁企业中规模最大的企业之一。1987年全年生产生铁7万吨，产值1500万元。这一年，王守东出席全国首届军转干部"双拥"表彰大会,捧得了"全国优秀军转干部"的殊荣。

发展离不开资金,对刚刚形成产能、自我造血功能还不完善的莱芜铁厂来说,每走一步都是面临钱的问题。启动资金来自预付,经常是偿还完客户产品后,企业又面临无米下锅的局面,需要再次融资。从1984年上马恢复炼铁起,三年来大部分时间王守东是在单位外度过的。每当取得了阶段性胜利,安排完家里的工作之后,他就又出去"跑钱"了。

说王守东行遍万水千山,并非夸张。他奔忙在城市之间,上海、宁波、无锡、青岛、北京、鞍山,辗转数万公里,四处碰壁,而又四处出击,化解了一个又一个迎面而来的矛盾,破解了一道又一道前进道路上的难题,他度过了多少不眠之夜,吃了多少苦,只有他自己知道。铁水奔流,一如他坦荡负重的性格。

1989年,国家对国有企业治理整顿,银根紧缩,物价疯涨,经济发展速度逐渐放缓,建设项目一再压缩,钢铁需求明显减少,还没有完全放开的钢铁市场一下子变得萎靡不振。

这一年,莱芜铁厂积压了大量产品,货场里铁锭堆积如山卖不出去,资金周转不动,直接导致原料购不进来,生产秩序被打破。

购不进原料,铁厂两座高炉相继"断粮",不冒烟了,再加上省里好几家铁厂关停的消息陆续传来,员工们开始紧张了,各种说法接踵而来,包括吓人的"二次下马",人们心头阴云密布。有人提出,先停一座高炉,压缩生产指标,等形势好转再组织大规模生产。

王守东态度异常坚决:不论困难多大,一定咬牙顶住。"生产绝对不能停,一天也不能停,加快生产节奏,开足马力生产,产量只能升不能降。"在党委会上,他一再强调:"泰钢面临的情况很严峻,所有企业挤在了一条独木桥上,稍一疏忽,就会前功尽弃。困难是暂时的,勒紧腰带,一定想方设法渡过难关。"

很多人不理解。他在员工大会上讲："越是困难的时候，越要放开胆量，国家治理整顿已经结束，接着就是大发展，等到市场有了空间，手里没铁，厂里没货，你卖什么！所以，生产照样搞，钢铁照样卖，大家都动员起来，投亲靠友，全员卖铁，有多大能耐使多大能耐，卖一斤铁也是为厂里作了贡献！"

那些天，王守东吃不好饭，一趟一趟往货场跑，要求供销处一天一上报销售情况。他相信自己的判断，市场低迷是暂时的，在短时间内肯定会出现一个建设热潮，基础建设跟上来了，有多少钢铁也不愁卖，抓产量、上水平没有错。但是，如果市场在半年之内不回暖，资金断链，生产终究会停下来，必须先想尽办法挺过这一关。

这一次行业危机不像1984年，社会上的闲散资金没处花，可以搞横向联合。现在全社会资金都不足，抢购风之后银行大门紧闭，高息吸纳民间资金，一分钱也贷不出来。每个企业也都捂紧了钱袋子。

焦炭买不到，厂里的库存一天天减少，账上没钱了。怎么办？王守东说："多少难关闯过去了，不能让这个跟头绊倒。"他跟党委成员们商量，"先搞钱，有了钱，直接到山西买焦去。泰钢一直在夹缝里生存，只要咬咬牙，困难就过去了。"

这一年，他在厂里掀起了"马上"谈"下马"的大讨论，把企业面临的困难和风险让大家共担。企业是大家的企业，大家一起想办法。当干部工人束手无策的时候，他把自己的家底5000元拿出来，上行下效，大家纷纷捐款、集资，能借的借，能凑的凑，不到一个月的时间，集资超过了200万元。一车车的焦炭从山西源源不断送过来，铁厂再次起死回生。

这一年冬天，几乎所有的企业都感到寒流阵阵，前程迷茫，有的企业选择了收缩战线，等待时机，另谋生路。王守东却没有因此却步。因为莱芜铁厂作为一个先天不足、自己挣扎着长大的孩子，没有国家和外部的支持，有什么办法呢？只有小本经营，高速快跑。

国家钢铁政策几年一个调整，一步慢了，满盘皆输，资金和生产的矛盾日益突出，危机重重，他这个激流中的舵手半点也不敢马虎，每一次化险为夷都让他出一身冷汗。

他给厂长书记们开会动员，"厂长一定要盯住生产不放松，卖铁的事，不用你分心，产量提上去了，就是为卖铁作了贡献。我们书记同志，不是该考虑考虑卖铁的事了？该动动脑子了，有多少办法，想多少办法，有多大能力，使多大能力。跟工人们了解了解，谁有关系，谁有本事，人多力量大。"

王守东发起了一场卖铁运动，他和销售部门商量，眼睛不能光盯在城市里，哪里有建设，哪里有项目就到哪里卖铁去。周边地区、厂矿企业、农村社区，都可以去，不一定挤在一条道上，要开通思路，多想办法努力把存货销出去。

在这一思路下，铁厂在北京、上海、苏州、武汉、沈阳等地连续设立了多个代办处，四面出击。王守东和大家强调，就算卖不了铁也是一种活广告，多吆喝几声，多拦住一个顾客，多卖几十吨铁，就可能缓解一分企业的压力。不是他喜欢搞人海战术，是没办法，不像人家大型钢铁企业，背靠国家这棵大树，有的是资金，有政策倾斜，他有什么？有的只是逼出来的营销手段。

铁厂的营销部门重点在客户推销上下工夫，先后创造了现货交易、补偿贸易、易货贸易、抵押贷款、质押融资、货抵设备、期货贸易、赊货贸易等多种形式，千方百计把铁块卖出去。

有付出就会有回报，慢慢地，货场里的铁锭一天天在减少，账面上的资金一天天在增加。半年之后，积压的铁锭卖完了，循环回来的资金又转换成了新生产的铁锭摆满了货场，工厂生产实现了循环。用心做事，专心做事，没有办不成的事，没有做不到的事。

1992年2月，经山东省工商局、莱芜市人民政府批准，莱芜市铁厂更名为山东泰山钢铁总公司。经过8年发展，莱芜铁厂已经发展成为集炼铁、炼钢、发电、机械制造于一体的国家大型企业，再叫"莱芜铁厂"名不副实，在某种程度上也影响了企业的外在形象，对发展不利。同年11月，经国务院批准，莱芜市由县级市升格为地级市。

正如王守东判断的那样，1992年10月党的"十四大"召开之后，钢铁工业改革加快了脚步，进一步放宽了市场定价的品种范围，钢材价格全部放开，结束了钢材价格"双轨制"的历史。这一年下半年，国家加大了基础建设投资，钢材立即成为"香饽饽"，卖铁难变成了买铁难。

在全国钢铁市场萎靡、市场价格下滑，许多冶金企业步履维艰、纷纷落马的情况下，王守东却逆向出击，迎难而上，新上炼钢、制氧和12万吨轧钢生产线，完成了企业的第一次升级改造。等到云开日出之后，泰钢的发展开始顺风顺水。

在这次长达数年的危机中，泰钢全体员工在不景气当中非常努力地配合工作，增加生产，跟企业同舟共济，共进共退，养成了昂扬向上、奋斗不懈的顽强作风，这是最让王守东感到欣慰的一件事。上马以来，整个企业的磨合日益顺畅，作风成形。

1994年，冶金行业又遇到了前所未有的困难，王守东提出"审时度势，扬长避短，激流勇进，再创辉煌"的指导方针，坚持以市场为导向，以管理取效益，以科技求发展，使企业始终保持了稳定发展的良好势头。

1995年12月，经市委、市政府批准，以泰山钢铁总公司为核心企业，组建莱芜市冶金工业（集团）总公司，受市政府委托兼行业管理职能，翌年1月10日正式成立。

1997年，面对国家关停并转的政策约束和近乎白热化的市场竞争压力，王守东果断提出了"一个中心、两个市场、三个转变、五个支柱"的战略，先后完成了60万吨炼钢配套改造工程等大型技改项目。2002年再次投资3

亿元进行炼钢炼铁系统技术改造，使企业形成了120万吨铁、160万吨钢的生产能力。

1998年始，钢铁行业遭逢前所未有的机遇，泰钢立即开足马力全速生产，经济效益以每年30%的增幅递增。

2000年12月，经山东省人民政府批准，泰山钢铁总公司改制为山东泰山钢铁有限公司，成为国家大型一档钢铁联合企业。在改革开放和市场经济的大潮中，泰钢从无到有，规模实力、自主创新能力和核心竞争力发生了翻天覆地的变化，走出了一条不平凡的发展道路。

第四章 为帅之道：仁者的胸襟

◎ 成功并非偶然，顺境来自经营。坚持以人为本，坚持一视同仁、真诚待人、不存私心、不抱成见，以人格魅力培养造就一支团结奉献的战斗团队，形成了全社会关心、支持、拥护企业发展的良好氛围。

舐犊之情：王守东和永凯

第一节　勇于改革，造福一方

在废墟上重生的莱芜铁厂恢复"上马"以来，企业开始进入一种平稳的状态：干部们按时上下班，员工们一个萝卜一个坑，企业的月进度表基本按期完成，各方工作走上正轨，按说王守东该把一颗整日悬着的心放到肚子里了，该当起太平官享清福了。

可是王守东偏偏是一个心劲很高的人。他觉得企业的运行远远没有达到理想的状态，高炉的效能没有完全发挥出来，生产成本还有很大的降低空间，而这个差距不在设备，而在人，操作机器的人和从事运营的人，人和设备的磨合远未达到最佳状态。

莱芜铁厂诞生于20世纪80年代，其各项规章制度不可避免地带有些"大锅饭"的特点。虽然企业领导人更换了，生产恢复了，但机制还是旧的，员工进厂就是进了"保险柜"，就业就是抱了"铁饭碗"，一切都四平八稳，员工也就没有动力、不思进取。

王守东认为铁厂员工的总体状况是好的，大家都有把企业搞上去、打好翻身仗的愿望，会战时许多人加班加点干，许多人克己奉公，不计得失，一心一意要为企业作贡献，这是值得肯定的主流。

但是王守东也痛心地发现，厂里的一些干部、员工的精神并没有"上马"，长期以来形成的一些不适合现代企业管理的习惯并没有改变。一些人还不习惯改革时期充分竞争、优胜劣汰的氛围，工作惰性很大，算盘珠一样拨一下才转一转，等、靠、要的思想越来越严重，尤其缺乏集体观念、大局观念和责任观念，存在磨洋工、混日头、自由主义、小团体主义、自私自利、不负责任等不良倾向和习惯。

有一天，王守东到一个分厂检查工作，发现工人们抱着胳膊晒太阳，干部不管不问。一问，机器坏了，等着设备处拿意见。找到设备处，设备处说，跟厂里说了，让他们自己想办法解决。类似的互相推诿扯皮现象并不少见，直接导致生产指标、产品质量下滑。

严重的问题使王守东意识到：找到资金不易，但让全体员工找到"主人翁"的意识更不易；修复高炉不易，修复所有人的思想迷失更不易。

痛定思痛，他觉得必须使大家的思想"上马"，适应企业恢复生产、飞速发展的需要。如果大家的思想仍然停留在"下马"状态，寻求安逸、平静、按部就班的生活，就意味着停滞和落后，多少资金和多少心血的付出都是白搭。员工可能会想：我只要按时上班就行了，至于工作做得好不好、到不到位无所谓，反正我不是领导。如果这种思想占据了主导，企业的整体状态和绩效可想而知。曾经下马的教训不可谓不惨痛，"小钢联"不就是这样拖垮的吗？

王守东起草了一份文件《关于转变精神状态的意见》，提出厂党总支和指挥部所有员工必须遵循下列规则：

一、树立以厂为家思想；

二、提倡团结互助、公道正派；

三、坚决抵制损公肥私、损人利己的歪风邪气；

四、服从大局，听从管理，做好本职工作；

五、爱学习、爱钻研、爱企业、爱岗位，埋头苦干；

……

事后,他让办公室对上述内容做了充实,然后召开员工大会进行宣讲,要求大家逐一检查对照,转变姿态,落实行动,敬业爱厂,多作贡献。

在每月例行召开的员工大会上,王守东分析着国内国外经济形势,回顾了泰钢上马的历程,提出利用三到四年的时间抓好"打基础、抓落实、求质量"的全面发展纲领,要求在全公司开展"回忆、对照、反思"的群众性思想教育活动,"端正态度、思想上马"。

他指出,任何企业都有发展周期,就像黄炎培先生在延安对毛主席讲的,"其兴也勃焉,其亡也忽焉",企业要跳出这个兴亡周期律,不能忘记过去是主要的,最主要的是强员工的思想,行企业的文化,兴奋发的精神,打造素质一流的员工队伍,克服眼前的困难障碍。

数天之后,一本由铁厂自己印制的《大庆精神赞》的小册子下发到每个班组手中,大庆人"三老四严"、"四个一样"的工作态度让员工们感到震动,王进喜"宁肯少活二十年,拼命也要拿下大油田"的凌云壮志更让员工们触动,有的员工写出了心得体会,有的员工写了决心书、挑战书,有的班组结对子搞竞赛,员工表现出从未有过的干劲和激情。

吸取当年地区钢铁厂的教训,王守东决计从建立人的信仰入手,解决员工的思想作风问题。地区钢铁厂之所以经营失败,最重要的一点就是思想混乱,员工看不到企业前景,无组织、无纪律,自由散漫、消极怠工现象非常严重,千人千条心,形不成合力,有劲使不到一块。

王守东一边抓经营,一边着手恢复党的基层组织建设,依靠党的领导来解决队伍涣散的问题,在不到一年的时间里,发展党员 35 人,基层支部从 9 个发展到 14 个,充分发挥基层支部战斗堡垒作用和党员模范带头作用,"艰苦奋斗"的革命精神、"三老四严"的工作作风、"比、学、赶、帮、超"的战斗热忱,在莱芜铁厂蔚然成风。

抓精神之余,还要有完善的管理制度作保障,好比"以德治国"和"依法治国"的相互配合。机关的科室也不甘落后。他们走出办公室,下到生产一线座谈了解调查,回到岗位后加班加点,很快制定出门类详细的管理标准、技术标准、设备标准和考核细则。

管理有标准,操作有条文,奖惩有细则,从此铁厂再也不是以前的"啞摸着干"和"差不离就成",再也不讲"下不为例"。机关各部门就按条例条律办事,大家达成共识,全厂拧成一股绳,各车间的生产经营迅速窜上快车道,企业处处洋溢着奋发上进的气息。

1985年元旦,王守东没有休息,他到各分厂调研,从炼铁厂、动力厂、炼钢厂到原料厂,从机修厂、轧钢厂到水泥厂、发电厂,一个个的巡视,一样样的调查,一份份的分析,一点点的查实,不仅问指标,而且问技术;不仅查业绩,而且寻经验;不仅大鼓劲,而且大表扬。

王守东欣喜地看到,一些原先吊儿郎当的、调皮捣蛋的、散布流言蜚语的员工,有的主动做了检讨,有的做了心理调整,还有的改变了姿态,成为积极肯干的好青年,莱芜铁厂的精神面貌焕然一新。

事情虽有转机,王守东还在继续思考,他觉得规章的制定与推广只是保证了企业的正常运行,但无法实现运行效率的最大化。企业运行效率就像海绵里的水,看似没有,挤一挤就出来了。这个"挤"靠的是一种内在的发展动力,靠的是机制的改革。对这一点他很早就有所思索,并在适当的时机加以推进。

人无远虑,必有近忧。王守东对旧机制的弊端早就了然,决心以机制改革为契机,在厂里实行彻底的改革,砸掉员工的"铁饭碗"、干部的"铁交椅"、所有人的"铁工资",采取全员聘任制,一律竞争上岗。以往企业人事制度所形成的"三铁"如不打破,"窗户纸"不捅破,就无法调动员工的积极性,无法使企业充满生机和活力。

在用工制度上,王守东早就饱尝了传统体制的弊端。按照规定,企业招工指标是劳动局掌握的，必须打报告向他们申请，因为牵涉指标、薪酬标准、人事档案以及户口问题，没有指标不能招工。上马之初他先斩后奏，到农村招农民合同工，闭卷考核，择优录取。但这只能偶尔为之，人家不可能总给你开这种绿灯。

1986年，由于新上了三号高炉，铁厂的规模扩大了，理所当然必须招工。可是报告递上去迟迟无音信，左一个电话、右一回跑腿，催回来也就十个八个指标，可企业需要大量各种岗位的员工：从烧结工、上料工、炉前工到机械修理、仓库保管、采购、销售、安全管理等，远水根本不解近渴。

很显然必须自主招工。但是，企业无此权限！王守东决定找一条变通之策，常路走不通就绕着走。大家集思广益，想出个"试用工"的招工名称，先试后用、长期使用、待遇与正式员工一视同仁。这样就避开了"正式工"要带户口、"合同工"转正要指标、"季节工"不允许长期干、"临时工"不能招农民工等诸多不合时宜的约束。

不久，莱芜的街头巷尾以及报纸、电视都出现了泰钢的"招工启事"，前来应聘者络绎不绝。工会、办公室和人事处忙得不亦乐乎，人员短缺的问题解决了。

事后，有关部门对泰钢未经请示、私下招工的事也无可奈何，只是提出批评：你们也太大胆了，还有组织观念没有？

农民合同工在泰钢没有受到任何歧视，反而成为泰钢建设的一支主力军，在王守东给他们搭建的舞台上积极向上，奋力拼搏，有些典型从一线工人一直干到了中层领导、副总经理。

在泰钢，合同工和固定工待遇一样，工资、劳保、福利以及所享有的权利没有任何差异，一视同仁。良好的用人机制，使他们获得了很好的发展。英雄不问出处，在泰钢得到了很好的印证。

用工的事好绕开，干部的"铁交椅"却不那么好搬。当时企业的干部还在党委组织部、政府人事局挂号，级别待遇不是企业想定就能定的，打破他们的"铁交椅"等于"捞过界"了，这涉及体制问题。但是王守东感觉这一步不走不行，迟早要走，开始酝酿在厂里全民推行打破"三铁"的改革。

1992年，王守东在泰钢开始推行全员劳动合同制，这在全国的企业中是较为领先的。

有人说"改革"其实就是温和的"革命"，这种说法预示着改革的难度和成本。当王守东在党委会上说出自己主张时，现场立即如同水溅油锅，激起一片反对的声浪：

"搬掉铁交椅"？是不是明天我就会出局，给预定的人腾位置了……

"砸烂铁饭碗"？是不是我这多么年的辛苦白干了，明天就会下岗，再去求爷爷告奶奶找饭吃……

"取消铁工资"？是不是不执行国家工资标准了，是不是上班的人没有基本保障了……

会场的气氛充满了火药味。王守东遭遇了铁厂上马以来少见的孤立局面：干部中很多人对改革不理解，有人面露怒色，有人沉默不语，还有人拂袖而去。

消息在员工中也不胫而走，员工们人心浮动：王书记是什么意思？"卸磨杀驴"了？厂子又要不行了？

王守东是个看准了就不收兵的人，他坚信一切不符合经济发展的东西、不合时宜的东西都站不住脚，都是会被历史所淘汰的。观望、等待只能坐失良机，徘徊、犹豫更无济于事，唯一的选择就是坚持原有决定，大刀阔斧干到底。所谓"道之所在，虽千万人，吾往矣"。

党委会不欢而散，王守东仍不放弃。他把走掉的人找回来继续开会，给大家反复讲改革的重要性："出工不出力，出工不出效益，对企业发展不利，对所有人也都不公平，都没好处。砸"三铁"，就是要建立新的公平竞争机制和激励机制,做到庸者下,平者让,能者上!"

王守东亮明了自己的观点:"我们砸'铁饭碗',不是砸饭碗,饭碗没了,生活的信念也就没了,办企业就是给员工解决生活问题,员工一个也不能少。砸'铁交椅',不是说没有交椅了,而是看你有没有能力坐这把交椅,没这个能力,请你主动让贤,让有能力的人来坐。给每一个人找到合适的位置,是我们改革的目标。至于'铁工资',一定砸,砸得漂漂亮亮,工人的钱袋子鼓起来了,说明我的改革改对了。"

经过激烈的讨论和争执,党委最终达成共识,勇破"三铁",大胆改革,所有的岗位一律竞聘上岗。原则是奖勤罚懒、选贤任能,打破资历界限,谁有本事谁上。干部能上能下,员工能进能出,工资能升能降,能者上、平者让、庸者下,有多大本事抱多大的饭碗。

干部试用制、员工聘任制这两项组合制度一出,全厂上下瞩目,这次传说中的"改革"实实在在地落到了大家头上。一个萝卜一个坑,全厂干部接受全员评议,竞选岗位,员工来打分,高分者当厂长、车间主任,低分者当班组长,选不上的下车间当工人。

工人一样有压力,厂里承诺不下岗,但不一定每人都有好岗位。重新优化组合,员工挑干部,干部挑工人,肯干事、能吃苦的工人被干部们抢着网罗麾下,吊儿郎当、能力平平、不负责任的没人要。

政策一出台,有些人坐不住了,纷纷来找王守东请求照顾。有一支烟、一杯水、一张报纸度日的闲散干部,有年龄大、没技术的老工人,有昔日立功、后来退步的老干部,他们无不担心自己没地方可去。王守东总是耐心地听他们说出担忧,然后鼓励他们正确看待改革,好好做出个样子,自然不愁没有用武之地。

改革是一件痛苦的事,肯定会涉及一部分人的利益,但对大多数人来说,会是一种机遇,一种新的成长动力。王守东有感于部分干部员工处于"沉睡"

之中，不惜"自讨苦吃"也要推进改革，就是要以此逼着这些人拿出自己的干劲和责任心，逼着他们力争上游。

而对于那些一直愿意付出、愿意努力的人，改革又是一种机会，给了他们希望和动力。他们积极寻找自己有所作为的岗位，准备自己的"竞选方案"，怀着一种紧张、关切、期盼的心情四处奔走，厂里的气氛真正地活跃了起来，激荡了起来。

按预定计划，铁厂各级干部的竞选有条不紊地进行。整个过程公开而又透明，公正而又公平。一批基层干部在这次改革中迅速成长，脱颖而出。埋头苦干的基建科长潘佐生被提升为副总经理；原铁厂副厂长工程师高振民被提升为副总经理；毕业于清华大学水利专业的薛跃被任命为总经理助理；文艺骨干杜跃进被提为工会主席；合同工邵书东破格提升为原料厂厂长……

几家欢乐几家愁，有人上也就有人下。

一名办公室主任，因为散布不负责任言论，扰乱工作秩序，影响很坏，被下到车间当了一名工人。

一名原先负责科研的处长，因为不懂行，主动要求让贤，调为另一部门副职。

一名副厂长不能正确处理个人问题，被降职使用。

不久，根据王守东的提名、群众评议、党委通过，泰钢提拔了一名合同工担任炼钢厂厂长、一名合同工担任统计处处长，导致市委组织部和人事局的领导到市长那里告状：干部任免都由他们自行决定，还要我们干什么？市长立即打电话给王守东，严厉批评他的行为违背组织原则和组织程序。市长的话很重：老王，你的胆也太大了，纯粹是权力膨胀。

这件事让王守东很是郁闷，他不明白自己错在哪里。

不是强调企业自主权吗？没有人事任免权叫什么自主权？

不是讲任人唯贤、唯才是举吗，为什么用人不能打破传统的界限？

孔子都讲治大国如同烹小鲜，为什么治理一个厂子却清规戒律一大堆、篱笆围墙一重重？不行，这些东西得改。无论多大阻力都得改。

王守东做事最大的特点是，不墨守成规，始终把工作创新、技术创新、体制机制创新当做企业发展的不竭动力。不管遭遇多少误会、多少质疑、多少阻碍，他都坚持大刀阔斧地改革不合时宜的管理制度，把企业不断向前推进。

王守东认为：改革的目的是企业的发展，说到底是增加员工的收入，最具体最直接最有感受力的就是每月的工资表，最实实在在的收益。倘若工资机制不改，则员工的积极性、特别是那些有特殊技能和对企业作出特殊贡献的人的积极性会受到影响，可能会跳槽或消极怠工。1983年他在水泥厂当书记时，就在莱芜率先实行责任承包制。

铁厂的"两手抓"就是一方面发挥政治教育的优势，一方面也积极采取承包机制，以利益驱动，发挥了巨大作用。1986年建设100立方米高炉时，承担建设任务的公司管理混乱，工期一再延长，王守东果断让对方停下来，把任务交给机修车间。在计划经济条件下单独给机修车间"开小灶"，实行工时、计件定额制，极大地提高了员工的积极性，标准不降，任务提前完成。机修班长工资只有七八十元，当月的奖金拿了300元，在铁厂引起了很大震动。

王守东组织人员对泰钢的工资制度进行了仔细的研究，决定进行改革，将员工的薪酬收入分为五个层次：

1. 基本工资；

2. 效益工资；

3. 季度奖金；

4. 节假日慰问金；

5. 总部激励。

在工资改革过程中，泰钢又健全了《岗位责任制》、《单位绩效考核规定》、

《提成比例与额度》、《奖金的设定与发放》、《员工福利》、《技术革新发明奖励》、《特殊激励》等措施，使得干部与干部之间、部门与部门之间、员工与员工之间，薪酬拉开了档次，形成了创优争先的好风气。

泰钢的干部工资高，但考核要求也高，工资的40%是固定的，60%靠绩效；工人工资80%是固定的，20%靠绩效。为什么干部工资只有40%是固定的？因为党员干部要带个头，多作牺牲和贡献。工资、奖金与绩效牢牢挂钩，多劳多得，不搞一刀切、一般齐。但是泰钢又要适当照顾弱势群体，在改善员工收入方面广开渠道，让员工能合情合理地提高收入。

王守东以他的远见卓识，领先于国内许多同行，在员工管理上破除"铁交椅、铁饭碗"，较早实行了员工能进能出，干部能上能下；在分配上打破了"铁工资"，收入可高可低。尤其难得的是，在"破三铁"过程中，莱芜铁厂没有一人下岗，干部员工思想稳定，工资分文不少，奖金所得上升。透过改革，产能得到很大提升，干部员工的积极性空前高涨，各项事业蓬勃发展，主人翁精神充分体现出来。

"破三铁"之后，泰钢改革的步伐没有停止，而是一路走下去，在有效激励员工方面作了更多的有益探索。在王守东的推动下，泰钢制定了一系列奖励政策，把激励机制引入铁厂的每一个环节。成绩突出者奖，提合理化建议者奖，技术发明者奖，见义勇为者奖。奖项一个跟着一个，不拘形式，不拘一格，凡是对企业建设作出贡献者一律奖励。王守东希望，以激励来实现点石成金，精神变物质。

1992年，在中国改革史上曾被称为"砸三铁"之年。全国各地很多地方都轰轰烈烈地开展了与泰钢类似的改革，但结果却不尽相同。有的半途夭折，不得不在伺机日后重新启动；有的处理不当，酿成群体性事件；有的力度不到位，旧瓶装新酒，实际效果有限。

而泰钢的改革何以顺利推进，并获得成功？这应当归功于王守东有理、有据、有节的发动,和他多年来在员工心目中建立起的崇高威望。员工们知道,改革是为了工厂好、为大家好,相信王书记办事是出于公心。这种信任,就是企业改革时期最宝贵的财富,比黄金更珍贵、更难得。

"信心重于黄金"。上至国家,下至企业,改革必然会打破原有的利益格局,必然会触动部分群体的切身利益,必然会遭遇反对之声。因此,高昂的改革成本常常是人们面对变革踌躇不前的根本原因。王守东不是不知道这些,但他勇于踏出这一步,以他的勇气、智慧和人格魅力,给当今社会的改革者以启迪:我们应当怎样涉过改革的"深水区"?

第二节　以身作则,舍己为众

王守东为人耿直、面善,他特别注重和强调以自身素质和人格力量来感染人、鼓舞人、激励人、带动人,工作上严要求,生活上低标准。

王守东一直奉行群众路线,喜欢和人交往,很多年里他的家里一到晚上就很热闹,屋里坐满了来串门的同事和工友,有的顺手拿点花生之类的土特产进门,有的空手而来只为聊天,王守东不分贵贱高低一概欢迎。大家无拘无束,各抒己见,有时候还会脸红脖子粗地争论起来。为此他家特地准备了十几个小马扎,每晚沏上几大壶茶,接待那些来聊天的员工。

在办公室里,王守东也常和很多人一起讨论问题,特别是有重要决策论证的时候,参与的人会更多:下属、专家、同行,等等。和在家里一样,他会笑眯眯地坐在一旁,听大家彼此争论,自己很少发言。但当最后阶段他一开口,往往是把大家的意见集纳起来,最后来个一锤定音。他会耐心说服不同的意见,但是只要他看准了的事,一定会干到底。说他高瞻远瞩也罢,说他"独断专行"也罢,倒真是做到了"先民主后集中"。

"锅不热,饼不贴",这是王守东常说的一句话,意思是只有当干部的心先热起来,对群众真诚热乎,群众才能围在你身边,才会有积极性。

王守东早年在部队和战士一起摸爬滚打,在企业也是一样。水泥厂立窑出故障了,他棉袄一脱带头钻进窑里排查。在铁厂,他时常戴着柳条帽到一线车间看望员工,见到员工光着膀子挥舞锤子干活,他会抢起锤头也加入叮叮当当挥汗如雨的行列。干完活到饭堂,就和工人们一边吃饭,一边说长道短唠家常。

在上马创业的艰苦日子里,王守东一边与员工们昼夜奋战,一边谈心,从改革谈到工厂的未来,从柴米油盐谈到个人小家,一句句鼓舞人心的话说得员工心里暖融融,觉得前途光明、大有可为,潜在的积极性被充分调动起来。"宁让汗水漂起船,不让生铁少半钱"是当时的口号,也是工人的心声。只有具备真正无私宽广胸怀的人,才会有如此的感召力。

王守东非常重视节假日的慰问员工活动,不管多么忙都要亲自参加。春节团拜时,他一身大红唐装,见人就抱拳祝福。恢复炼铁那几年,大年初一一早,饭堂里饺子一出锅,抬到高炉边,王守东亲自掌勺,一碗一碗递给劳苦功高的工友们,高炉边、车间里到处都是浓浓的年味,到处洋溢着欢声笑语。

在重大技改和建设项目时,王守东总会亲临一线,事必躬亲地检查了解一线情况。施工建设的每一天他都去现场巡查,出差回来必然先到工地。在夏天他和大家一样戴着安全帽、穿着工作服出现在现场。每到设备安装和调试的关键时刻,王守东总要亲自盯着,按程序最后检查一遍,看螺丝拧紧没有,现场清理干净没有,安全空间预留没有……

王守东是农民的儿子,他时常教育员工:农民很不容易,种地不容易,一粥一饭当思来之不易,不要浪费粮食,浪费就是犯罪。他自己每次开会、或者外出考察都是在小饭馆里用餐,或者去战友那里吃饭,除了招待客户轻易不去餐馆。有时出差时间长怕吃不惯外面的口味,就带上家乡的煎饼。煎饼伴随他走过了欧洲、东南亚的多个国家。

1994年他到济南参加省人大代表会议,除了公务用餐,基本都是在地摊上吃饭。济南市井胡同里哪家小饭店地道,他了解得一清二楚。一次在当地作报告时他信手拈来,博得了现场观众的一片掌声,人们很诧异有这样一位"亲民"的企业家。

王守东军人出身,喜欢连续作战的风格,出差在外经常是轻车简从、马不停蹄,对于吃住、排场从不讲究。住宿从来不住大酒店,早年住地下室,年事已高后住快捷酒店。这种"苦行僧"式的工作方式显然不符合他的"大老板"身份。但王守东并不在意,他最看重的是高效率把事情办成,然后赶回公司处理其他事务。

一次,王守东带建安公司经理去北京出差,经理很高兴,以为会有游览的机会,结果一路上的行程是:晚上8点出发,早晨6点到京吃过饭,马不停蹄到协作单位办完事后,中午12点吃过午饭又开始往回返,晚上10点回到莱芜,往返26小时,连北京的一家商店都没有进。

1990年夏天,王守东去济南出差。下午2点半赶到济南,一路拜访了省委办公厅、经贸委、计委,晚上又到人行行长、省经委主任家拜访。一直到晚上10点多了还没有吃饭,餐馆都关门停业了,他又决定买上干粮上青岛,一行人夜半时分在路上停下来吃干粮,喝着八宝粥,觉得真香。

凌晨5点,大家赶到青岛,忙碌一天后顾不上休息又坐夜车往回返。第二天凌晨4点回到莱芜,王守东没进家门,先到厂里看看现场,凌晨6点半和夜班工人一起下班回家。工人问:书记,你上的夜班?王守东由衷地说:对!这次持续三天两夜的"大夜班"到此告一段落。

每年年初赴京出席一年一度的全国人大会议,是王守东这十几年来的固定规律。每次他都只身或只带一两个工作人员进京,通勤坐会议代表团的大巴，利用会期认真学习了解有关政策和信息，反映情况，和各方人士交流。有趣的是，他时常会遇见带着"浩浩荡荡"的团队和车队进京、四处宴请的省内同行，彼此的作风形成了鲜明对照。王守东不在意，他要的是实质，不是这些华而不实的派头。

作为企业领导人，王守东经常遇见试图和他做权钱交易的人。早年泰钢属于国企，清廉自持对很多国企的当家人来说是个考验，但是对王守东来说根本不成为问题。为什么？因为他的思想上根本就没有贪腐念头的存身之处，一心为公、服务大家的信念已经融进了他的血液，不是金钱能改变的。

1992年，内蒙古一家大型焦化厂的业务员找到他推销焦炭，许诺一吨5元钱的回扣。铁厂是用焦大户，一年要购进十多万吨，只要他答应，一年就是60万元。王守东断然拒绝。

但这件事引起了王守东的警觉，本着管好干部、为干部负责的精神他连续给业务部门开会，在会议上语重心长地说："当干部一定要看长远、看大势，为了眼前的蝇头小利深陷泥潭不值得。管住自己的手，伸手必被捉。要向古人学习，贫贱不能移，富贵不能淫，威武不能屈。看好自己的门，管好自己的人，一定不能在经济问题上出问题，防微杜渐，防患于未然。常在河边走，就是不湿鞋。"

1993年，泰钢准备预购美国一家公司的二手轧钢机。在谈判接触中，对方大献殷勤，似有所求，他加了小心。果然，在考察中他发现了轧钢机存在很多问题，他立即中止谈判，避免了几百万元的损失。

人对物质的渴求和需要源自本能，也是人生的直接动力。在利益的诱惑面前，傻瓜也会怦然心动。但是王守东作为企业的负责人，为了员工、客户及社会的福祉，他毫不犹豫地舍弃了自己及家庭的利益，处处主动舍小家、顾大家，唯恐会影响企业的发展。他更多地想的是企业的利益、员工的利益，是身上的社会责任感，而非一己之私，他对自己的要求近乎到了苛刻的程度。

由于王守东为地方发展作出的巨大贡献，市里连续几年都发给他一笔丰厚的"特殊贡献奖"，少则五六万，多则十几万，他自己却分文不取，不是奖给厂里的功臣，就是发给生活困难的员工。他说："工作都是大家做的，我一个人做不了什么。"君子好财，取之有道。政府发给的奖金，他尚且不取分文，不义之财就更不会染指。

在1993年之前，他和员工一样住着68平方米的旧房子，一家七口拥挤不堪，他习惯了。有人建议他改善一下住房条件，他笑笑说："住习惯了，小房子聚人气，还是小房子住着舒坦。"泰钢员工代表大会三次通过为其建别墅的决议，他坚决不同意。他是员工的主心骨，不愿脱离群众，不愿先于员工住进新房。

市里奖给他一套住房，他退还给了市里。他说："我确实需要房子。但离员工远了心里不踏实，还是跟员工住在一起好。谁家有个事，闹个矛盾，能帮的帮一把。"

十多年的时间里，泰钢先后建起40多座宿舍楼，员工们住上了水、电、气、暖、闭路电视一应俱全的新房，而且员工取暖不收费、水电价格为当地企事业单位最低，员工子弟上学车接车送。然而他却直到2003年才搬进新房。干干净净做事，清清白白做人，这就是王守东的选择。

王守东的清廉，来自于对文化、对生活的领悟，来自于视名利富贵如浮云的个性。他常说这样一句话："我一不吃私，二不搞男女关系，我怕什么！"泰钢干部员工之所以"怕"他，正是因为他站得直，行得端，走得正，公正廉明，不徇私情。

王守东生活的全部就是他的事业，没有任何个人动机，不投机取巧，不哗众取宠，不计个人得失，默默地工作。他是一个工作狂，只有事业才能激起他英雄情怀，才让他变得雄心勃勃。

王守东用了30年的时间，去实践他的管理和经营哲学——"公生明，廉生威"。领导树形象给党员、给员工，员工才会忠于企业，企业才会充满活力，永远立于不败之地。领导尤其不能讲空话，空话说惯了，群众不买账，工作就变虚了。

王守东对亲友严，对下属严，对自己和家人更严。他说："待人要宽，责己要严。当领导就要处处当表率，群众的眼睛糊弄不了。"身正不怕影子斜，打铁先得本身硬。一个领导者如果对别人是一套，自己是另一套，那么他的话就显得无力，他的行为也必然失去公信力。

王守东的家乡离泰钢很近，许多老家人前来求情，要求给泰钢供货，要求贱买泰钢的产品，要求安排子女和亲属就业，等等。对于这样的事，王守东采取两个办法：

第一，作为"老家人"，一律以礼相待，请到家中当客人，由陈玉兰招待，做点拿手菜，喝点好酒，聊点家乡事，总之不让乡亲挑理；

第二，要求办的事情，凡不符合情理，一律当面讲清楚，该解释的解释，该拒绝的拒绝，该驳面子的驳面子，半点不含糊。

这样做的结果，既维护了原则，又不让那些想走后门、办私事的人有可乘之机，还不失人情味。

1999年，莱芜市政府决定对包括泰钢在内的全市12家企业进行改制，由国有企业改为民营企业或产权明晰的股份制企业。2004年，泰钢经过重组转制，改为民营企业。

改制后王守东并不像同期有些企业家那样以富豪而自居，他还是以前的他，依然生活简朴，潜心于工作。他的敬业与无私容易使人产生错觉，似乎他依然是国企领导，是公众财富的"看门人"，事实上他也是这么看待自己的。如果说他有变化，那就是在经营上变得更加谨慎、细致，更关注资金链的安全，更关注日常管理的细节，因为企业如今已经是完全的民营企业，作为当家人要对上万员工和他们的家人负责。

大音希声，大象无形。常人难以逾越的金钱、享受、排场、面子等障碍，王守东不在意地轻轻越过，不声张、不炫耀。因为他的心中自有天地，那是一个奉献者的无私领域，足以让心存不鬼者自惭形秽。

第三节　精心育才，广采众长

人才是一切事业成功的根本，对于人才王守东非常重视。他认为，企业发展战略决定之后，人才就是竞争的决定因素。也正因此，他惜才如金，求贤若渴。

王守东创办泰山钢铁30年来，始终坚持"既出钢材、又出人才"的宗旨，把人才的培训、开发和提升作为关系企业生存的基础性工程，紧抓不放，常抓不懈。

王守东身为泰钢的最高领导，职责是通观全局、决策指挥，而他最喜欢的事是和员工谈话，给他们上课。莱芜铁厂恢复上马伊始，每月26日在饭堂定期给员工作形势报告是王守东的一个习惯，也成了厂里的一道风景线。到报告日，饭堂里坐满了员工，场地有限，屋里坐不下，有人坐在门口，有人站在了窗下。

如果不做企业家，王守东此生必然会成为教学名师。多年的讲课生涯让他练就了炉火纯青的表达能力，他的讲话诙谐生动，富有感染力和鼓动力，大家都爱听。从国际讲到国内，从小农思想讲到改革开放，从哲学讲到炼铁，深入浅出，工人听得很明白，大学生听得津津有味，一堂课后大家的激情点燃了，视野开阔了。

培养人才看似只是学校的事，但企业作为用人单位，早晚都会碰到人才瓶颈这个企业自身难以解决的问题。

莱芜铁厂上马之初，人才问题让王守东很伤脑筋。厂里的工程师、技术人员要么是六七十年代的大学生，要么就是自学成才的"土专家"，知识老化，结构单一，人才断层。这跟企业的发展速度、技术需求严重不对称，大的工程做不了，机器坏了没人修。师傅带徒弟，口传心授……专业人才的缺乏可想而知。厂里最缺的是冶金、机械、机电、液压、会计等专业技术人才。

从1984年到1992年，莱芜铁厂在长达8年的时间里，没接收一个大学生。市里每年下来几个大学生，政府视若珍宝，大多留在了机关事业单位。而没有一流的技术人才，就办不了一流的企业，企业发展就成了一句空话。

既然"外援"暂时不到位，只有自力更生与自我培养。王守东提出把铁厂建成一所大学校，做到工作学习化、学习工作化。而这所学校应该有企业的特点，不应该是经院式的，也不应该是草堂式的，应该是始终与工厂的发展目标同行的。

1991年，莱芜铁厂和莱芜技工学校联合办学，办了一所职业中专，公开面向社会招生，培养一批焊工、钳工、刨工、铣工等生产中急需的人才。中专教师有分配来的大学生，有技术熟练的员工，还有的就是从技工学校聘来的职员。为了保证教育质量，王守东任命高振民为首批学员校长，把铁厂最宽敞的房子拿出来用做教室，还建起了学员食堂。

办员工中专仅仅是权宜之计，只能培养技术工人，离王守东的人才需求还有很大差距，他要的是复合型人才、高技术人才，说求贤若渴一点也不过分。铁厂采取了一些措施，送出去、请进来都搞了，效果却不理想。关键技术学不来，重点人才留不住，徒劳无功。

铁厂没有强有力的技术支撑，没有一支稳定的科技人才队伍，要壮大发展很困难。解决人才问题，迫在眉睫，该怎么突破这个瓶颈？

1992年7月，在党委会上王守东提出办大学的计划："我的意思，自己办一所大学。这样做的好处显而易见，第一，适口对路，需要什么样的人才，我们培养什么人才；第二，自己培养的人才，用着放心，大胆使用，合理配置，放到哪里也行；第三，通过办大学，促进技术改造、换代升级。"

党委会成员提出：企业办大学，尤其像莱芜铁厂这样的企业办大学，闻所未闻。办大学必须省教育厅备案批准，省里不点头，谁也没办法。王守东定了调子，"大学必须办，早办早主动。就是因为难，才没人去做。工作抓紧做，我们等不得，今年一定招生。三年一个周期，现在不着急，三年之后怎么办？路是人走出来的，我们不走，迟早有人走。"

王守东心中始终有一个教育情结。他在小学、部队、"721大学"都教过书，"721大学"解散后，担任中央广播电视大学的《党史》教员。他喜欢教育这个行业，懂得教育教学规律，对办大学充满信心。

王守东去了济南，跟山东工业大学校长会谈此事。他的博学和远见，让山工大的领导很佩服。这一次谈得很顺利，双方就相关的事宜达成了一致意向：在莱芜铁厂成立山东工业大学莱芜分部，山东工业大学聘请王守东为客座教授兼任学校分部校长。教学、实验、所有教学环节跟山工大校本部一样，全部纳入山工大的教学计划和管理。

这年9月份，山工大莱芜分部开门招生，开设工业管理工程、工业自动化两个专业，招收85人入校学习。课程从时事政治、宏观经济到冶金技术、机械锻造，学习课时、成绩考核、文凭发放都按大学标准办。

山工大副校长带着十几位教授副教授参加开学典礼，王守东在开学典礼上作了热情洋溢的讲话："今天你们是山工大莱芜分部的学生，明天就是莱芜铁厂的主力。企业靠你们发展，技术靠你们进步。你们的前程将和铁厂的前程牢牢结合在一起，企业发展得越快，你们的进步就越快，你们前程远大，前景美好。寄希望同学们，珍惜机会，把握未来，用你们的学识和感情，把咱们铁厂建设成一个现代化钢铁企业！"

学校开课之后，教学抓得很严谨，办得很成功。学校离王守东的家很近，只有一墙之隔，王守东非常关心大学生们的生活，隔三岔五就来到同学们中间,和大家一起谈理想、谈生活、谈人生、谈未来,对他们的人生观改变很大。

王守东决心要把这一批学员打造成人才。在他眼里,每个学员都非常出色,他在心里给每个学员规划着未来。一到寒暑假,王守东安排学生分到各科室、分厂、车间实习,让学生提前感受铁厂火热的生活,熟悉生产工艺流程,在工作中学习,在学习中工作;假期结束,对学生的学习、工作、生活,给予中肯的评价,每个学生都拿到了一笔可观的生活费。

当他们毕业的时候,王守东和他们座谈,说:大学毕业后就要走上社会,不管干什么工作都是一种锻炼,要珍惜这个锻炼机会,不要挑三拣四,朝秦暮楚;要学会吃苦,不要贪图享受;要不断学习,不能自我满足,是金子放在哪里都会闪光的。

王守东的话深深地影响着这些学子们,对同学们启发非常大。分配的时候,没有一个提要求的,分到机关的不沾沾自喜,分到脏苦累险岗位的不愁眉苦脸,他们立足本职,积极工作,为以后脱颖而出奠定了基础。如今,在泰钢的中层干部中,有好几十位毕业于山东工业大学泰钢分部,都处于重要岗位上。

在立足自身人才培养的同时,引入外部人才也是一条重要渠道。王守东领导泰钢制定出台了一系列引进人才的优惠政策,通过竞争上岗、公开招聘的方式,从外部吸引了一大批高层次的人才。结合部分技改项目和高新技术工程项目的实施,建立了高级专家选用制度。对高层次的人才和紧缺技能人才实行协议工资制,"特才特薪"。

1993年10月2日,泰钢组展参加国家人事部组织的全国人才交流大会,王守东亲自带队进京。这是改革开放以来国家组织的第一次大型人才交流活动,时任中共中央政治局常委、书记处书记、中央党校校长胡锦涛前来视察,在泰钢展区仔细询问情况,紧紧握住了王守东的手:"祝愿你们发扬莱芜战役的精神,打好现代化建设的人才战!"

随着泰钢的人才建设走上正轨,每年分来的大学生数量也在不断增加。在他们进行入职培训时,第一堂课都是王守东开讲。一堂课讲下来,颇为自负的天之骄子们常常心服口服,在内心把王守东当成了良师益友。有些大学生遇到困惑的事情会主动向王守东请教,到办公室当面聆听他的教诲后,经常是醍醐灌顶,茅塞顿开。

学历教育之外,员工的日常培训非常重要。泰钢从1994年起实行周六学习日制度,从1998年起开展岗位大练兵;创建学习型班组、争创学习型个人的全员员工培训长年开展,员工队伍素质不断提高。

通过岗位轮训、出国深造、挂职锻炼、联合培养、在职学习等多种手段,通过"因人施教、以需定培、发展创新"等整合措施,泰钢不断加大员工就业培训力度,形成了丰厚的人力资源储备。在泰钢的人才方阵中,不仅有企业经营、炼铁炼钢的专家,还有在当地知名的书画家、歌手、诗人、武术家、厨师,各类人才济济一堂,为泰钢的产业链延伸打下了良好基础。

对企业来说,中层干部的培养意义重大,难点在于没有统一的模式和方法。2002年,王守东提出在泰钢实行目标管理和计划管理。为了使广大中层干部掌握管理的基础知识,他拿出10天的时间给中层干部集中授课,讲述"如何当好厂长经理"、"怎样算是一个合格的管理者"、"计划的指挥协调控制"、"生产的管理"、"设备的管理"、"技术的管理"、"有效的沟通"等课程。

那个时候,他的身体不是很好,糖尿病的折磨常常让他感到口干舌燥。但这一切,课堂上没人看得出来。他晚上仔细备课,白天认真授课,把自己几十年管理的经验和体会毫无保留地传授给中层干部。

10天的基础管理知识学习使泰钢所有的中层干部见识大增。消息传开,许多管理人员也不请自来,挤进了课堂,他们不愿放过这极其难得的学习机会。

为了更好地做好人才培养工作,王守东还亲自担任厂教材编辑委员会的主任。在他领导下,《跨越》、《泰钢进行曲》、《员工手册》、《高炉冶炼操作法》、

《炼钢操作法》、《轧钢操作法》、《焦化常识》、《热退火酸洗生产经营大纲》等教材陆续诞生。

《跨越》是泰钢一本经典的企业教材,2004年出版。在这本30万字的书籍中,收录了关于领导艺术的"方法篇"、关于中层干部的"管理篇"、关于管理经验的"思想政治工作篇"、关于一线管理的"班组建设篇"、关于技术革新的"先进操作法篇"、关于学习榜样的"技术状元篇""标兵篇"、关于生产管理的"业务操作篇"……

一本好的教材胜过万堂冗繁的大课。《跨越》的特点是内容实用、语言实在、可操作性强,它涉及劳动管理、教育管理、生产管理、供应管理、设备管理、质量管理、标准管理、计划管理、监测管理等门类,诸种要领,一目了然,即学即会,立竿见影。

一系列内培外引政策的实施,使一批批技术和管理人才在泰钢如雨后春笋般脱颖而出。目前,泰钢已经形成了以国家级企业技术中心为主体,以博士后科研工作站、国家级实验室、省级不锈钢工程技术中心和省级院士工作站为平台,完整的技术攻关、科研开发和试验研究一体的,人才培养和管理体系。现拥有本科研究与开发人员863人,研究生学历以上技术骨干217人,高级以上专业技术人员176人,技师、助理技师398人,享受国务院津贴9人,国家级技术权威28人,省级有突出贡献的中青年专家16人,山东省有突出贡献技师12人。以人才为强大支撑,泰山钢铁已经成为国内钢铁行业自主创新和成果转化的重要基地。

第四节 知人善任,英才满园

王守东善用人、会用人、能用人,量才而用,知人善任,他提出了"人人都是人才"的用人观念，打破了年龄、学历、出身的限制。他常说：一个好的领导应该把人才看成一种资本，特殊的资本，资本的资本。如此方有容才之胸、识才之眼、留才之心、用才之胆。

"容才之胸"是说要有胸襟，宽容，宽厚，宽严相济，恩威并重；

"识才之眼"是说要有眼力，知人善任，量才置放，各得其所；

"留才之心"是说对人才要给位子、给空间、给待遇、给前程；

"用才之胆"是说对人才要信任，大胆使用，敢于放手，既不拘一格又善于破格。

正是靠着独特的人才战略，泰钢形成了一个尊重、包容、催化、激励的人才机制，坚持"能者上，平者让，庸者下"，抓住"吸引人，培养人，重用人，管理人，激励人，提高人"这一理念，为员工搭建施展才华的舞台。就是说，你能施展多少才华，泰钢就给你多大的舞台。

1998年6月29日，王守东主持召开座谈会，参加会议的都是中层以上干部，差不多都是1969年的第一批泰钢人，为泰钢建设作出了巨大贡献。这一天，在王守东的安排下，42名老同志发扬风格提前退休，为42名年轻有为的青年干部腾出位置。

企业要发展，有能力有本事的人上不来，企业就没有活力。王守东辗转不眠，终于下定决心，把泰钢的新生力量用起来。他一个个找老同志谈心，一遍遍做工作，工资不变、待遇不变，感谢老同志为大局作出的牺牲。

王守东是念旧的人。老同志们还不到退休年龄，让他们提前退休，他心里很不是滋味。他心里舍不得，在饭店一次一次给老同志们敬酒，谈到在恢复炼铁的日子里，是大家没日没夜地拼搏，备尝艰辛，才有了今天的泰钢，说着自己的眼圈忍不住一次次发红，眼泪不断往下掉。

老同志们是识大局、顾大体的，大家一起感慨，一起流泪，一起为企业的未来而高兴。没有铺路石，就没有通天大道，为了明天的辉煌放弃自身的利益，在泰钢已经蔚然成风。

泰钢技术总监陈培敦从年龄上讲，在泰钢的管理层中属于年轻少壮型的。他1972年出生，1997年毕业于北京科技大钢铁冶金专业后，来泰钢工作。

陈培敦农家子弟出身，踏实肯干，在一线勤勤恳恳，一点也没有大学生的派头。因为缺乏技术人才，从陈培敦一入厂，王守东就开始注意观察他。半年之后，他一个电话把正在车间值班的陈培敦叫到自己办公室谈话："小陈，你进厂半年了，说说你的想法。"

陈培敦以前没单独见过王书记，初次见面有些紧张，但他毕竟是"初生牛犊"，大胆进言，把自己对于生产上的一些想法毫不保留地说了出来。

王守东当即决定："你到炼铁厂当副厂长去，你想怎么干，按照你的思路大胆去干，公司不给你条条框框，不给你硬性约束。"

陈培敦怎么也不敢相信，他进厂才半年时间，一没资历，二没关系，这种提拔也太快了吧。但第二天任命就下达了，陈培敦"空降"到了炼铁厂。为了给陈培敦更多的发挥空间，炼铁厂不配书记，所有人都给陈培敦让路，王守东在会议上强调，"工艺上、技术上听小陈的，他怎么说，你们怎么干。厂长要带头配合小陈工作，任何人不得给他设置障碍。"

就这样，陈培敦在泰钢走上了一条"超高速发展"的道路，先后担任科技处长、总经理助理等职。

王守东对干部放手使用，但是也严格要求。2003年，陈培敦在参与筹建泰钢工业园时，因为工作进展不顺，挨了不少批评，这让他感受到了很大压力，甚至一度有了辞职的想法。但是最终他挺过来了，当年年底被提拔担任集团副总，成为班子里最年轻的成员。

这就是王守东对年轻干部的培养策略：给机会、压担子、帮一程。王守东说："人才是企业成败的关键，唯有顺其自然，不凭自己的好恶用人，容忍与自己个性不合的人,并尽量发挥其优点,才能造就人才。提拔年轻人时,不可只提升他的职位,还应该给予支持,帮他建立威信。"

王守东对干部工作的要求很高,总是希望他们尽快成长起来。他经常把自己的一句座右铭和大家分享:"胆要大,心要细,脑要灵,身要猛,志要坚。"就是说,泰钢的干部要具备优秀品格,足够承受压力,足以完成任务。他经常以自己的经历来勉励大家:人是逼出来的,要学会承受压力,把压力转换成动力。

重压之下,当然不是所有人都是称职的。王守东经常当面毫不留情地批评干部,而且根据能上能下的原则,时常罢免干部。但是他光明磊落,从来都是出于公心,不搞挟私报复那一套。

王守东是仁义厚道的,他在心目中把所有干部都看成家人,对他们的处置都是出于公心。有时某个干部需要处理,他总是翻来覆去地考虑,设身处地替对方着想,照顾对方的感受。而且,每当批评或是责罚了人,使其丢了"面子"之后,一定会把"面子"还给人家,给人家"东山再起"的机会。

王守东平时很少请人吃饭,但有例外的时候:就是勉励干部,给人鼓劲的时候。1994年春节,他没请泰钢下属效益好的单位负责人吃饭,唯独邀请了上一年业绩不佳的水泥厂、机械设备总厂等单位的负责人。席间王守东频频给他们敬酒:"有亏损的厂长经理,没有亏损的企业,工人们要吃饭,全靠你们了……请!"

这种盛情和鞭策,让几位负责人既感动又惭愧。不到三个月,各亏损单位全部实现了扭亏为盈,用实际行动答谢了王守东的谆谆教导。

1994年年底,由于销售工作没做好,造成产品大量囤积,资金难以回笼,影响了生产,泰钢销售处的四名处级干部被就地免职。在宣布免职处分时,有人口服心不服:工作没少干,全国钢铁形势不佳,哪家企业都一样,凭什么处分我们?

12月30日晚上,被免职的四个人突然接到王守东的电话,让大家到饭堂去一趟。人们走进饭堂,眼前一亮:王守东坐在桌边,微笑着跟大家打招呼:"忙了一年了,没时间跟你们几个吃顿饭,过年了,一起拉拉家常。"

盛情之下,四个人又是激动,又是羞愧,一时不知说什么好,在大家的眼里,他们是厂里的"罪人"。王守东一一给他们敬酒,"哪里跌倒哪里爬起来,没啥大不了的,往后好好干,机会有的是。"大家端着酒杯,热泪盈眶,心里很过意不去。

没过多长时间,他们以出色的成绩挽回了"面子",再次受到公司重用,相继走上了处级干部的岗位。

爱护人、教育人、锻炼人、培养人、重用人是王守东多年来的一条重要用人理念。他把"一是盈利;二是发展;三是出人才"作为兴企创业的根本目标。在他看来,人人都是人才,人人都能成才,关键是要用心引领,他把自己放在一名长者、一名老师、一个工友、一个朋友的角度去设身处地呵护教育身边的人,竭力去构筑一个人人都可以获得全面发展的良好环境。

市场竞争是人才的竞争。为留住人才,许多企业不惜付出重金。然而泰钢留住人才的主要因素不是优厚的物质待遇,而是施展才华的舞台,是职业道德的爱岗敬业精神。王守东领导艺术的核心,是知人善任,礼遇下级。他的"御人之术"很简单,诚实待人,不计前嫌,唯才是用。

泰钢的干部轮换很快,对管理人员建立了以业绩为依据的薪酬考评制度,实行"能者上,平者让,庸者下"。干部要上去完全靠业绩说话,工作上去了,生产搞好了,群众威信高了,公司肯定会把你放到最适合的位置上。

王守东善于识人,用人毫无私心,他一直倡导"人人都是人才"的理念,用人得法,恩威并重,奖罚分明。在干部提拔使用问题上,他所用的人凭的是真本事,凭的是实干精神。那些工作无实绩,专会做表面文章、阿谀奉承、拍马溜须之徒,在泰钢没有市场。

正是靠着独特的人才战略，泰钢形成了一支特别能战斗的团队。经过长时间的耳濡目染、口耳相传，很多领导干部也都像王守东一样成为张口能说、提笔能写、遇事会干的全才型管理者，成为做思想政治工作的行家里手。

干部带头，这是泰钢的典型特点。在泰钢，艰苦的工作领导干部都走在前头，大修、安装工程都在现场。雨天、雪天别人往家跑，泰钢的干部却往厂里跑。在历次重点工程建设中，泰钢的干部从高层到基层，无不身先士卒，眼睛熬红了，嗓子累哑了，依然顶在第一线，种种事例比比皆是。

王守东直言不讳这个问题："党风不是抓出来的，是带出来的。靠命令命令不出来，靠罚罚不出来，靠扣工资扣不出来，是靠干部带出来的。既要言教，又要身教，身教重于言教。"

2004年，在泰钢恢复上马20周年的纪念会上，王守东在讲话中总结其实施人本战略的启示时说：

"经营企业就是经营人。离开了人，所有指标数字和利润增长都失去了意义。"

"正因此，泰钢在实践中坚持把员工当成上帝，当成企业的宝贵财富，千方百计为群众创造成长成才成功的环境和舞台。"

"在观念上，泰钢提出'人人都是英雄，人人都是人才'的口号，主张因人施用，唯才是举，在措施上，泰钢采取培训、竞赛、奖掖的三重机制，重定制引进，重潜能挖掘，重激励鞭策，使大批人才脱颖而出，各色人才尽展雄姿。"

正是王守东这种睿智的人才观和用人之道，使得泰钢在实现跨越式发展的同时，一批思想品质好、政治素质高、工作能力强的骨干队伍逐步成长起来，各条战线上都涌现出一批特别能吃苦、特别能战斗、特别能奉献的模范和典型，培养造就了一支讲大局、讲奉献，凝聚力和向心力特别强的战斗团队。

很多年来，杜跃进、高振民、潘佐生等企业高管，一直忠实地站在王守东的身边，不离不弃。困难的时候，大家一起吃苦，一起担当，抱团取暖；顺利的时候，大家一起分享快乐和希望，一起庆祝成功。王守东的人格魅力将泰钢的领导班子牢牢团结在一起，自始至终铁板一块。

第五节 赤子之心，日月可昭

事业和家庭，在很多成功者眼里是难以兼顾的，因为人的精力是有限的，一心一意干事业，就顾不了自己，顾了"大家"，就牺牲了小家。作为泰钢这个"大家"的当家人，王守东把事业看得比生命还重要，爱"大家"超过自己的小家。

从年轻时起，种种教育就给王守东的灵魂打上了深深的烙印：要先公后私，作为党员更要大公无私。他真诚地遵循着这项原则，把自己的精力交给了企业、社会，但留给家庭的很少。因为他首先是集团董事局主席、党委书记，然后才是丈夫和父亲，他无可选择。

妻子陈玉兰是王守东力量的源泉，是这个家庭的支柱，几十年里默默地站在王守东身后，承担着家庭的全部重担。当王守东把他的全部奉献给企业的时候，她把她的一切，毫无保留地奉献给了这个家庭。

王守东在部队时，妻子带着三个孩子住在老家两小间南屋里，和母亲、二哥家、三哥家住在一起，几十平方米的院子住着十几口人，兄弟妯娌很和睦，大人孩子从未红过脸，家里管理的井井有条。

王守东爱孩子，但管教严格。他很少训斥孩子，但是板起面孔来孩子们都怕他。他有他的教育方式，一直给孩子做榜样，吃苦耐劳，生活简朴，待人热情，潜移默化之中孩子都很勤奋好学，个个都是热心肠。

可是，妻子一手辛辛苦苦带起来的三个孩子，却有两个在王守东的眼皮底下眼睁睁成了残疾，这让他终生负疚，也是他心中永远的伤痛。1995年，在接受电视台采访时，这位军人出身的钢铁汉子，面对镜头泣不成声。他的心里始终有一个结，他欠妻子、欠儿女们太多太多，多到他难以偿还。

在外人眼里，王守东风光无限。的确，他是幸运的，他有机会实现理想抱负，张扬个性，有机会把自己的全部能量全部释放出来，贡献给社会。但是他又是不幸的，他可以仰首面对天地，面对世人，面对一切挑战和艰难险阻，却难以面对自己最挚爱的亲人。

女儿玲玲从小乖巧，是两个哥哥之后的小女儿，自然很得父亲宠爱，从小跟父亲特别亲。但对孩子来说，父亲总是很忙，常常见不到他的影子。父亲总是很晚才回家，半夜里还坐在灯下看书，很少有时间像其他父亲一样，牵着孩子的手去春游，去放风筝。

1984年，正当王守东忙着给市里打报告要求铁厂恢复上马的时候，患有先天性眼疾的女儿病情突然加重，以致都看不清身边人的脸了。才要打算带她去济南诊治，报告批下来了。紧接着，各项工作紧锣密鼓展开，招工人、筹资金、抓施工，整天东跑西颠，王守东根本抽不出时间。王守东只能一次又一次哄女儿："等爸爸忙完了，就带你去看病。"

1985年，泰钢第二座高炉的大修到了冲刺阶段。王守东依然是没日没夜地忙碌着，他虽意识到女儿的眼疾更严重了，但是厂子实在太忙了，只能忙完这一阵再带女儿到大医院看眼。结果，就在第二座高炉点火的前天，玲玲视网膜中央动脉严重栓塞，双目完全失明，再也无法诊治。

玲玲那年才13岁，她的人生之路还很长，她要做的事情还很多很多。可是，就因为自己没有尽到做父亲的责任，却使她永远失去了光明。这至今让王守东椎心泣血。

不论什么场合，每当讲起女儿，王守东都会声泪俱下，难以平复心情。

这个钢铁意志的汉子，从来不为权力、金钱、名誉折腰，但在女儿面前，他无法面对，他对不起自己的女儿。

母亲的精神着实令王守东敬佩，他一直把自己的成长和奋斗看作对母亲最好的报答，而母亲也一直以儿子的成功为骄傲。转业到莱芜后，王守东把母亲接到城里去住，可老人家怕孩子们分散精力，总是来去匆匆，停留很短。

母亲是坚强而伟大的。有时生病了，她也不让家里人给王守东捎口信，总是硬撑着，怕分他的心。忠孝难两全，一心扑在工作上的王守东实在太忙了，虽然从工厂到老家只有二十几公里的路程，但他很少回去看母亲。

1992年4月，母亲弥留之际他正在外地出差，以致未能与母亲见上最后一面。母亲弥留的时候，仍旧口齿不清地念叨他的名字……

母亲的突然离去令王守东十分悲恸。回来后他请了两天假回家为母亲办理丧事，而这也是从铁厂上马以来的8年间，他仅有的一次休假。

悲伤的王守东不断地埋怨自己：可怜天下父母心！怎么就没挤出时间来和母亲多相处，说说话呢？这成了他不堪回首的遗憾——子欲孝而亲不在！

王守东是无奈的。他已经不像是这个家庭的成员了，繁重的工作把他牢牢地拴在了车间、办公室和客户那里，家里的事情几乎与他绝缘了。这就是全身心投入事业的代价。

母亲离开的悲痛还未完全平复，1993年8月，又一场灾难向王守东和这个家庭袭来，其痛之巨，让人难以承受。

这一年，王守东依旧很忙，泰钢刚刚挂牌，炼钢项目刚刚投产，轧钢厂在筹建，计划、设计、奠基、开工，分秒必争，还有数不清的会议、接待、采访，当选省人大代表，获得全国"五一"劳动奖章、"全国优秀经营管理者"称号，他恨不能把一天掰成两天过。

8月，全国钢铁行情见好，为了抓住机遇，厂里抓纪律、压指标，生产很紧张。王守东的二儿子王永凯是个朝气蓬勃的小伙子，生性好强，这一年从北京科技大学毕业后投入企业的升级改造，被一向严厉的父亲安排到高炉检查工程质量。为了解决设备问题，他常常夜以继日地工作，有时在现场一蹲就是一两天，常常熬夜。

8月14日，永凯急着上班，把钥匙丢在了家里，下班后爬上了四楼翻窗取钥匙，因过度劳累不慎失手，从十多米高的阳台上摔下来，生命垂危。

永凯被推进了手术室，而父亲此时却正在参加一场重要的座谈会，无法陪伴在死亡线上挣扎的儿子。

半夜11点，王守东赶到医院，在巨大的悲痛面前极力克制着自己，不发一言。当他探视完永凯，走出楼外，发现黑压压站满了泰钢的工人和家属，他们有的默默肃立，有的眼含热泪。人们在为王守东的不幸而难过，为他的情绪而担心。

这一刻，王守东的眼泪才"哗"地一下流出来了。他真切地感到：自己全家的命运，和泰钢广大员工的命运已紧紧地连在了一起。自己不管遇到多大的困难，多大的挫折都要挺住，为了员工们，决不能倒下。

第二天是周日，例行的领导工作碰头会，王守东一早准时出现。他把巨大的痛苦压在心间，依然神态自若地和大家讨论问题，作决策。因为他知道，自己作为企业的掌舵者，没有倒下不干的权利，没有轻言放弃的可能。

经过抢救，永凯的生命保住了，但是高位截瘫。一个正当年华的小伙子从此躺在了床上，再也站不起来。

噩耗让王守东几度失控。如果……如果当时不自作主张派儿子去高炉一线；如果给儿子更多的休息时间；如果不给儿子加担子，一个劲地催他逼他，他就不会忙得连钥匙也忘在家里，就不会……回想起来，他总是愧疚，一直埋怨自己没有尽到父亲的责任。

永凯伤势很重，在医院里抢救了整整两个月，王守东每天下班后直接驱车去医院，给儿子换尿布、擦身子，亲手给儿子喂饭。为了锻炼儿子的语言能力，王守东不停地跟他说话，有时候一字一句给他读书，读《钢铁是怎样炼成的》，读那些伴随父亲成长的英雄事迹，经常是言语凝噎。

出院后，为了照顾儿子方便，王守东一直住在永凯身边，下班后不管多么辛劳，他喂完儿子之后，自己才吃饭。作为一位父亲，他把自己深沉的爱融进一点一滴的琐事里，无言地抵御着更大的情感风暴。

30年了，因工作需要，王守东的足迹踏遍祖国大江南北，行至欧美亚非多个国家，但不论身在何方，他心里总是牵挂着"家里面"，这个家包括泰钢的大家和自己的小家。王守东恋家，在外边待不住，外出一般不超过三天。每次出国访问，只要飞机一落地，他做的第一件事就是打电话询问家里的情况。他恋着家里的大事小情，恋着"家"里的员工和亲人。

30年里，王守东在市场经济的浪潮中一直勇立潮头，迈过了无数坎坷险阻，战胜了无数挑战和困难，但却无法让病残的儿女重新康复。作为一个"殉道者"，他用火热的激情点燃了冰冷的高炉，成就了万家的安康。

1995年春节，王守东接受莱芜电视台采访，说起两个孩子时，这个钢铁汉子再也控制不住，对着摄像镜头泣不成声。记者走后，他还是无法把持，在屋里整整待了两个钟头，痛痛快快地把埋在心头多年的苦楚发泄了出来。但是，痛苦带给他更多的是强大的力量，是面对世间一切苦难的勇气。

人生的勇者，必将面对比常人更多的挑战与艰难，因为要做出非一般的事业，就要面对非一般的考验。古往今来，不屈威武的苏武，舍身求法的玄奘，正气凛然的文天祥，诸多先贤无一不在苦难中坚忍，在黑暗中闪现人性的光明，如同宗教圣者赤足走过荆棘铺就的道路，所收获的远多于所失去的。

王守东自己说："我走过了平常人没有走过的路，我教过书，当过兵，进过机关，落脚工厂，工农兵学商，样样都有体验。虽然我的家庭遭遇不幸，但是上天还是赐予我很多。我始终感激泰钢的工人和家属，他们给了我温暖和力量。"

"共产党员应当是特殊材料制成的。"家庭的不幸没有停止王守东前进的步伐，泰山压顶没有压垮他挺直的腰板。在尽可能挤出时间照顾家人的同时，他依然忙碌，依然在为企业而奔波。但是，他的故事开始为越来越多的人所知晓，感动了越来越多的人。

1994年6月，王守东参加山东省廉洁勤政先进事迹代表团，在全省17地市作巡回报告。所到之处，受到当地干部百姓的尊敬和欢迎。王守东的事迹传遍了齐鲁大地，很多人在听报告的时候流下了激动的泪水。

这一年，中国共产党中央纪律委员会表彰了10位全国廉洁勤政典型人物，王守东是其中之一。7月1日这天，中央电视台《新闻联播》节目中播出了王守东带领群众艰苦创业的事迹。他在屏幕中含着眼泪讲述了他的创业故事，他的生活，他的儿女，他的钢铁梦想。从此，国内多家媒体开始把关注的目光投向了这个传奇般的人物。

1995年4月27日，王守东获得"全国劳动模范"称号。5月1日，王守东进京参加"全国劳动模范暨先进工作者"表彰大会，作为劳模代表坐在主席台上，受到江泽民等党和国家领导人接见。

这一刻，他激动不已。他做了应该做的，他是一名共产党员，给群众带头，为人民谋幸福，是每一个共产党员的责任，国家给的荣誉如此之重，他感到身上压力更大了，肩上的担子更重了。如此熟悉的场合，像极了昔日的国庆观礼……

5月15日，王守东再次赴京参加全国劳模事迹报告团。武汉、长沙、广州、南宁、北海一路走来，一天一场报告，日程安排得很紧。他只有暂时放弃了家里的事，专心履行作为全国劳模的职责。

5月16日，报告团一行抵达广州。这一晚，他没睡好，几次起身，站在宾馆的阳台上久久凝望夜晚的广州。霓虹闪烁，他无心感受南国的繁华，思绪飞回到了10年前那段困难与希望并存的岁月。

1985年4月间，他第一次来广州，住在一家不起眼的旅馆里，整夜未眠，一边整理谈判资料，一边思考怎样敲开广州机械厅的大门。10年前，王守东是拓荒者，一路南下，在这块肥沃的土壤里，播种希望，收割理想，博弈命运。

在1985年，铁厂砸锅卖铁也拿不出1000万元，而没有广州机械厅的1000万元，就不会有100立方米的三号高炉，泰钢的发展就永远慢半拍。在他最困难的日子里，广州解了他的燃眉之急，成全了他的创业之路。而明天，他就要坐在主席台上，向广州市民讲述他的创业故事。

泰钢上马的事应该做吗？应该，十年间从废墟上崛起国家大型一档企业，新上马了10万吨轧钢项目，兼并了数个困难企业，实实在在地给家乡的发展添砖加瓦。但是，所付出的辛苦和代价呢？自己遭遇的艰难险阻自不必说，可是家人呢，妻子和孩子呢？

人生的成败得失，在这一刻似乎并不重要，重要的是，他在这里，在广州的土地上通过自己的努力、客户的支持，撑起了理想的风帆。一想到这里他就觉得心里发热，一切似乎都是值得的。

第二天，掌声潮水一样在报告厅里回荡，当他讲到永凯、永玲的时候，主席台下一片唏嘘。报告结束后，很多人在报告厅门口等着，为的是多看一眼这个来自山东的钢铁汉子，一睹他的风采。

在长沙，做完报告的间歇里他怀着崇敬的心情独自上了一趟韶山。在韶山毛主席纪念馆，他停留了很长时间。

自从参军起算，三十多年了，自己熟读领袖的所有著作，给无数人讲过，给泰钢员工讲过，自己身体力行过，可以说无愧于领袖的教诲。我只是大海里的一滴水，但是只要坚持，就能给社会作出更多的贡献。是的，困难很多，但当年国庆观礼的誓言仍在，老兵不老，将永远战斗下去……

1995年5月24日，《工人日报》头版头条刊发了王守东在湖南作报告的消息，引起了广泛的社会反响。

1996年6月28日，中共中央组织部授予王守东"全国优秀党务工作者"荣誉称号，参加在中南海举行的全国先进基层党组织、优秀党务工作者表彰大会，受到胡锦涛等中央领导同志的接见。

1997年4月21日，时任山东省委书记吴官正到泰钢视察。这是他就任山东省委书记以来，第一次在山东境内大范围视察。

吴官正一行在泰钢炼钢厂、轧钢厂进行短暂视察。戴着安全帽的吴官正看得很仔细，不时地问这问那，一边听，一边点头，表示肯定和赞同。吴官正对钢铁很熟悉，他在武汉的时候常常到武钢去，对炼钢工艺很熟悉。走出炼钢厂，他不停地向工人挥手致意。

回到泰钢会议室，吴官正认真听取了王守东关于企业发展情况的汇报，当王守东讲到为了工作，自己的一双儿女致残，吴官正眼圈不禁暗暗发红。汇报结束，吴官正对泰钢的发展给予了充分的肯定。

吴官正说："泰钢的发展值得肯定，艰苦奋斗的精神值得发扬。泰钢有一个好当家人，是莱芜的荣幸，是泰钢的荣幸。泰钢的同志，希望你们多向老王同志学习，多替他分担一些工作，市里的同志，多往泰钢跑跑，给企业提供一个好的环境，一定要给企业减压。守东同志，希望你多注意休息，身体要紧。我代表省委、省政府向你表示感谢。"吴官正说完，站起来向王守东深深鞠了一躬。

1999年春节，王守东收到了一份特殊礼物，省委书记吴官正从济南给他寄来一张贺年卡，上边写着：

守东同志：

您的党心、您的为人、您的工作、您的苦累，皆为我辈楷模。祝您身体健康、新年快乐、全家好！

朋友吴官正

一九九九年春节

这张贺年卡饱含着一名领导干部的拳拳情意和对王守东的高度评价，是肯定、是鞭策、是鼓舞。

这是王守东有生以来收到的最高奖赏，他反复看了几遍，心头热血涌动。多少年来，他摸爬滚打，他呕心沥血，有谁真正理解呢？有谁发自内心这样评价他呢？他以诗一首作为自己的应答："山外青山楼外楼，英雄模范争上游；争了上游别骄傲，更有英雄在前头。"

王守东自己在谈用人之道时说过："人都有赤子之心。"他自己就是这句话的最好注解。他牺牲了个人与家庭的太多太多，最终成为最好的企业领袖、最好的党委书记、最好的同事和朋友。这种人性的闪耀，如同阳光照耀下的温暖，让人们懂得什么是仁爱和美德，什么是使命与荣耀，什么是真挚的情怀。

第五章　思政之道：人的工作第一

◎ 在泰钢，党的领导、思想政治工作、企业管理、科技进步这"四个轮子"同步协调运转，保证了企业健康发展。其中党的领导和思想政治工作是前轮、方向轮。做好人的工作，企业管理自然顺势而下，到达成功彼岸。

连任四届人大代表的王守东

第一节　生命之线，常抓不懈

企业要战胜困难、实现发展目标，就必须善于凝聚思想信念、统一行动方向，否则企业就没有凝聚力和战斗力。邓小平指出：我们要经常教育我们的人民，尤其是我们的青年，要有理想。为什么我们过去能在非常困难的情况下奋斗出来，战胜千难万险，使革命胜利呢？就因为我们有理想，有马克思主义信念，有共产主义信念。

王守东有近五十年的党龄，和有些入党只为个人利益的"档案党员"不同，他从内心里一直坚信着党的理想，身体力行地履行着作为党员的职责，这也是他不同于很多企业家之处。

王守东多年来作为泰钢的党委书记，一直坚持不放松地抓党的建设。在泰钢发展的各个时期，党组织都是泰钢建设的领导核心，甚至当泰钢转制为民营企业后也不例外。在泰钢，大家都习惯于称他为"王书记"，不仅因为他的头衔，更因为王守东真正是个书记的样子：抓党建，抓思想，深入摸排员工思想情况，交流谈心，学习贯彻，落实行动……

在竞争激烈的行业，民营机制的企业里，抓党建有效吗？能促进企业发展吗？

与有些企业不同，党组织在泰钢是真正的中流砥柱，是各项事业的核心，是企业执行力的重要保证。泰钢起于危难之际，成于艰难之时，所有的人必须统一在共同目标之下，团结一致才能发挥出最强的战斗力，而没有党组织就没有这一切。

和在部队一样，王守东要求党组织必须成为企业建设的领导核心，泰钢的各级党组织健全，各级支部有专职的书记和副书记。"支部建在连上"在泰钢得了很好的印证，在泰钢编制内的生产单位，一定有党员，党员在三个以上，一定有党小组。所有的分厂、机关、后勤机构都有党（团）支部，配有党（团）专职书记，正常开展活动，而且有声有色。

在泰钢的生产单位，实行支部领导下的厂长分工负责制。接到生产任务后，支部先开会研究，制订生产计划、下达任务指标。厂长负责靠前指挥，其他工作，比如宣传发动、思想教育、后勤工作由书记来做，包括出黑板报、发广播稿、员工思想动员等。不分厂长书记，都深入生产一线，协调、解决问题。员工有了思想问题，厂长也帮着做，分工不分家。

这种模式很像部队的指挥员和政委互相配合，互相补充，政委必要时同样可以扛起指挥的重担。泰钢的支部书记们并非不懂专业的纯宣传队员，同样也是技术和管理行家。王守东非常重视他们的教育培训，除了三会一课，经常给支部书记们搞培训，单独吃吃"小灶"。

王守东堪称思想问题专家，研究人、解决人的思想问题很有一套办法。在繁忙的工作之余，他亲自编写了《思想政治工作的形势、任务、内容和方法》、《如何当好一个合格的政治工作者》等学习资料，全面、翔实、精辟地指导书记们工作，实践性很强。

王守东在讲到党支部书记的工作时说："党支部书记的任务有三条：一是统一领导，二是思想政治工作，三是调整关系。在决定事物的发展变化的诸多因素中，人的因素第一，思想工作第一，政治工作第一，活的思想第一。万事人为本，思想问题解决了，不管什么问题迎刃而解。支部书记的任务很重，就是解决人的思想问题，把员工的思想统一到生产、创新、效益上来，你们的工作就做明白了。"

热情爽朗的薛莲,是从泰钢政治部门成长起来的一员女将,从政治部工作人员成长为轧钢厂支部书记、冶金机械厂经营厂长。在肩负重任的轧钢生产一线,她和员工深入交流、妥善解决思想问题,但对整个工艺流程同样非常熟悉,在现场组织决策时为厂长提供了有力的支持。

在冶金机械厂,她从书记转型为负责经营销售的副厂长,发挥多年做员工思想工作的长处,有效地团结了涣散的销售队伍,用短短几个月的时间就将多年库存的消防器材销售一空,为冶金机械厂的进一步发展打下了良好的基础。

可见,在泰钢书记的作用不只是务虚,同样务实。而且由于书记的工作更注重人的因素,有些场合甚至更宜于务实。王守东在把一些优秀的支部书记调到业务领导岗位上时就很自信地说:怕什么,能做好人的工作就能做好业务工作!

王守东很重视党员的模范带头作用。每次发展新党员,他都挤出宝贵的时间和每个新党员一一谈话,实地了解每个人的特点与思想动态。经常有年轻党员感到不好意思,因为他们从这位长者的身上看到了一个理想主义者的坚守,看到了自己的不足。

要引导普通员工,就必须先发挥先进分子的作用。在泰钢,党员不计较时间、报酬,不计较个人得失,关键岗位、重要部位、急难险重任务都是党员干,出了问题,首先党员站出来承担责任。碰上大任务,成立党员突击队,发挥模范带头作用,每年的标兵、模范评比当中,党员的比例都在50%以上,这些对员工是最有效、最无可辩驳的教育形式。创业初期,每年都有400多人写入党申请,今天这个数字更多。党员带了头,群众就有干劲,这是推动泰钢发展很重要的一个"轮子"。

今天的企业里,党员搞义务劳动不多见,泰钢的义务劳动传统一直很好地保持了下来。有些机关一年一次两次偶尔搞搞义务劳动，走走形式，写进总结里当成绩。而泰钢的义务劳动是实实在在的工作，解决现实问题，发挥正常生产建设活动所具备的效能。厂区里的所有绿化工程都是义务劳动干出来的，不锈钢厂几十千米的地下电缆，也是机关干部义务劳动铺设的，电缆比胳膊还粗，手都抓不过来。王守东说："艰苦奋斗什么时候也不能丢，一直坚持下去，这是泰钢精神所在。"

干部党员带头，员工很快就跟上来了。义务劳动对员工没有硬性要求，但活动的时候，很多员工都来了，这就是榜样的力量。战争年代，"跟我上"打败了"给我上"，和平年代的竞争也是一样。

党的建设与思想政治工作密不可分。思想政治工作是党组织联系群众、影响群众、带领群众的主要手段，也是推动企业各项事业的有力工具。思想政治工作在很大程度上依靠党组织来推行，依赖于党组织的言传身教。王守东明白思想政治工作的意义，多年如一日一刻没有忽视过。

随着改革开放的深入，市场经济体制的逐渐完善，当今社会由封闭向开放、由传统向现代转型，企业转变为自主经营、自负盈亏，很多员工的自主和法律意识增强，强调个人主义和功利主义，他们的成分复杂和知识水平差异，这样一些变化给思想政治工作带来极大的挑战。

在泰钢发展的历程中，王守东很早就制订了一系列思想政治工作的理论、方法和措施，后来进一步提出"四个轮子"的发展战略：党的领导、思想政治工作是企业前进的"前轮"、"方向轮"，企业管理和科技进步是"后轮"、"动力轮"。这其中又把思想政治工作当做生命线工程常抓不懈，思想工作与企业实际结合，使之成为企业保持强大发展活力的动力源泉。

王守东经历过"精神原子弹"的年代，深谙思想政治工作的精神裂变作用，但也深知思想政治工作如果不能与时俱进、解决现实问题，就不可能被员工接受。过去一些形式僵化、缺乏人情味的做法，已经不能适应时代的发展。如果员工不欢迎、不接受，就达不到预期目标，也就不能推动社会和企业发展。

早在1985年，莱芜铁厂第一次党代会，就提出把思想政治工作同企业的实际工作相结合，做好经济改革、利润承包、生产经营中的思想政治工作。

1986年，王守东提出领导干部"七保一带头"，用此来促进基层管理者工作作风的转变，用最短时间扭转了生产被动局面。

1989年，开展了争创"五好四手"活动；当年12月，在莱芜市思想政治工作座谈会上，王守东提出思想政治工作要保证经济工作这一中心任务的顺利进行，及时解决生产经营、改革发展中出现的各种问题。

王守东30年如一日，把思想政治工作贯穿于整个企业发展的全过程，做到了全员、全面、全过程抓思想政治工作。困难的时候靠思想政治工作振奋人心，使员工不悲观、不气馁，保持良好的精神状态；顺利的时候靠思想政治工作鸣响警钟，使员工保持清醒的头脑，不自满、不停步，使企业克服了一个又一个困难，不断迈上新台阶。

比如，每年每到6月24日"厂耻日"这一天，当年地区铁厂高炉熄火的日子，他都会请老工人来给新工人讲往日下马的悲怆，讲人心涣散的惨相，讲失业彷徨的辛酸，教育全厂员工勿忘昔日耻辱，发奋振兴企业。

老员工王志勇说起恢复上马的情景："恢复上马那阵子，别提多难了。王主席没白没黑，没日没夜，磨破了多少双鞋底，说了多少话，只有他自己知道。有一次，半夜里下了一场小雨，秋雨冻人啊，听见雨声，我往外跑，在路上碰上王书记，浑身淋透了，冻得上牙对不住下牙。二号炉正砌炉，外面堆放着几十吨水泥，见了雨水，就泡汤了。王书记拦住我说，老王，别去了，水泥盖上了。"说着，王志勇泪流满面，在场所有经历过那个时期的人无不潸然泪下，包括王守东本人。

这种"忆苦思甜"并不是唯一的手段。每到二号高炉重新出铁的日子"重生节",王守东也会把老工人找到高炉之下,为大家讲解自己亲手点燃沉睡的高炉、亲手炼出久违的第一炉铁的故事,将企业多年来一步步走过的历程,将自己亲身经历的切身感受一一道出,勉励新员工发扬泰钢传统,珍惜来之不易的大好局面,努力奋斗,把企业做大做强。

一正一负的激励,本身就是一种有效的思想政治教育手段。从中可以看出,王守东的思想政治工作独树一帜,他靠的不是虚妄的说教,更注重实践性,紧跟时代,与时俱进,紧紧把握时代脉搏,结合干部员工的现实思想,避虚就实,不说空话,不说大话,而是把思想教育之根牢牢扎进员工心里,让人信服,扎实有效。

在钢铁企业工作是很艰苦的,泰钢的人均收入并不算高,但是员工的精神状态非常好,凝聚力、向心力非常强。靠的就是有效的思想政治工作,靠的艰苦奋斗的精神。

多年来,泰钢各车间都坚持每周两次学习的制度,雷打不动。公司每个月召开员工大会,讲形势,讲任务,讲公司的蓝图,信息量大,针对性强。这不仅能帮助员工了解国内外形势、行业形势、公司形势、下一步政策,而且能告诉员工改进工作的方法,极其有用。员工都认为听不到很亏,认为是个损失。

30年来,经过王守东和泰钢人长时间的共同探索和总结,泰钢积累了一套做思想政治工作行之有效的理论、经验和做法。

如做思想政治工作要"平等待人,一视同仁","锅不热,饼不贴",与员工"先感情交流,再思想接触";

做思想政治工作的目的是"干啥爱啥,干啥像啥,聚精会神";

思想政治工作的原则是"四性一典",即"及时性、针对性、群众性、广泛性"和"抓典型";要遵循"及时发现,准确弄清,正确解决"的三大步骤和"灌输、沟通、引导和以身作则"的基本方法。

思想政治工作与人打交道，与人相处，不同于其他工作，不确定因素多，不能预见的变量多，因此，要因人、因事、因场合、因环境做好工作，在实践中一定要把握九项原则：

1. 灌输的原则；
2. 民主的原则；
3. 耐心说服教育与严格组织纪律相结合的原则；
4. 思想教育与经济手段相结合的原则；
5. 解决思想问题与解决实际问题相结合的原则；
6. 思想工作与经济工作一道去做的原则；
7. 表扬与批评相结合，以表扬为主的原则；
8. 精神奖励与物质奖励相结合，以精神奖励为主的原则；
9. 身教与言教相结合，以身教为主的原则。

正是不间断的学习培训以及企业制度与文化的传承，使得泰钢的员工思想形成了深厚的积淀，他们对企业有共同的认知，共同的愿景，因而无论是顺风顺水的岁月，还是逆风逆水的季节，都能如王守东所形容的"处变不惊、临难不移"，与企业生死相依、荣辱与共。

王守东把唯物主义的观点，实事求是的方法，矛盾的观点，一分为二的方法和实践的观点，从群众中来到群众去的方法，有机地融合到泰钢的思想政治工作中，不断改进，不断创新，使泰钢文化时刻保持与时俱进的鲜明特点，及时跟上了企业的发展和形势的变化。

在泰钢的发展过程中，思想政治工作的队伍、网络不断延伸，每上一个新项目，都会及时配备专职支部书记、政治干事。思想政治工作与企业管理工作一起建立制度，一起检查考核，把思想政治工作纳入班组建设、文明岗位创建、先进单位评比的重要内容，做到思想政治工作没有漏项、没有空白，跟上企业发展的形势需要。也就是说，泰钢的队伍发展到哪里，"政委"就配备到哪里。

泰钢的思想政治工作这棵大树之所以永葆长青,关键是有一套完善的班子和网络。这些年,随着改革的深入,不少企业在不停地裁减政工人员、撤销政工部门,王守东却坚持设立专门的政工部门政治部,工作人员由7人逐渐增加到15人,各分厂、车间都配备了支部书记,有的厂还配备了政治干事。

有了专职部门,还要有传播网络。王守东以队伍建设为突破,以阵地建设为基础,创建了一台(泰钢电视台)、一站(广播站)、一报(《泰钢报》)、一刊(《泰钢思想》)、一校(党校)、一会(思想政治工作研究会)为主体的思想政治工作阵地体系,使思想政治工作无时不有、无处不在,贯穿于生产经营的全过程,渗透到企业的方方面面,真正达到入耳、入脑、入心。

前文所述,早在恢复上马时期王守东就利用宣传手段造势,推出了工地油印战报、黑板报、演讲会、读书会,形式多样,不拘一格,很好地发挥了作用。1991年编印了《莱铁报》(后改为《泰钢报》),成为泰钢内部上传下达、交流思想的重要平台,王守东亲题报名,并撰写了热情洋溢的发刊词。

1995年4月,在生产建设资金十分紧张的情况下,泰钢投资400多万元,建成了有线电视台,使家家户户能通过电视了解公司的大事小情。

1995年10月,自办党刊《泰钢思想》创刊,贴近基层、贴近一线、贴近生活、贴近群众,成为传达公司董事会决策、干部群众交流思想、畅谈企业发展大计的良好场所。

《泰钢报》、《泰钢思想》、广播站、有线电视台这"一报一刊一站一台"成为泰钢思想政治工作的四大阵地,再加上一校、一会,各车间以板报、专栏形式建起的文化阵地,可以说方方面面、立体覆盖了泰钢的每个角落,确保思想和动态及时传达到每个员工那里。

王守东百忙之余,还经常到政治部了解情况,召开座谈会,他对一报一刊、一台一站非常关心,跟政治部的同志一道探讨思想政治工作体会。大家一起就如何办好《泰钢报》、《泰钢思想》交流,题目怎么起,专栏怎么设,怎样让员工喜欢看,等等。

走进泰钢,外人会恍然有时光倒流之感,似乎步入了"桃花源"。因为在泰钢感受到的一切今天似乎已很少见,似乎只属于理想主义的时代。但是,王守东和泰钢员工们对此早已习以为常。泰钢的"生命线"还在不断加强和完善,并将继续传承下去。

第二节　思想引领,斗志不减

王守东对思想政治工作看得很重,在实践中注重利用各种手段引导员工思想,即泰钢常说的"对症下药"。但是现实中"症"是经常变化的,及时开出不同的、正确的"药"是对"郎中"的极大考验。思想政治工作在有的企业里变成"鸡肋",和"郎中"的懈怠无为是分不开的。

王守东认为,改革开放这些年来,国家的现代化建设取得了举世瞩目的成就,综合国力日益增强,国际地位与日俱增,人民生活不断改善,但是也应该清醒地看到,党的三大作风淡薄了,"雷锋叔叔"不见了,"一切向钱看"的风气盛行。

他认为,党的三大作风必须坚持,党的形象必须维护,就算大环境改变不了,小环境可以自己创造。所以,30年来他在泰钢党员中,尤其是党员领导干部中,坚持讲党性、树形象,坚持"理论联系实际"、"密切联系群众"、"开展批评与自我批评"的三大作风,坚持用思想政治工作来引领干部员工的思想。

1990年的一天晚上,王守东刚从省里开会回来,稍事休息就到了厂里。先到办公楼一看,办公楼里静悄悄的,生产调度室竟然无人值班。再到各分厂和车间一看，分厂厂部也是一团糟，车间里员工吊儿郎当，只见机器转，产量上不去，干部顶班作业的少了，牢骚怨言多了，怠工现象很严重。他很着急。

王守东明白，员工素质先天不足，工作中产生消极懈怠在所难免。怎么办？许多企业以罚代管由来已久，重罚重奖，把员工逼到悬崖上，结果怨声载道，效果不好，与其强制，不如怀柔。以人为本，要从根本上，从员工的思想上解决问题。

一连几天，王守东苦苦思索，铁厂恢复后这几年教育没少搞，上课培训、大会小会，搞得多了员工反应麻木，一定找到一个合理的突破口，给员工树立一面镜子，让员工找到问题，自我修正，通过修身立业，改变企业萎靡不振的风气，保持和发扬昂扬向上奋发进取的精神状态。怎么办呢？

在不断思索中，王守东的思路渐渐清晰、完善起来，逐步形成了"五条姿态"的思想，并首先在厂中层干部培训会上发布。这是泰钢企业精神的一部分，是一个贯穿企业发展、振奋企业精神的核心思想。

《莱芜市铁厂员工应有的姿态》包括：

一、诚实、忠诚、合作；

二、工作成绩；

三、纪律和礼仪；

四、守信用；

五、讲效率。

王守东提出的"五条姿态"，每条都有详细阐述，让员工一看就懂、一看就明白，便于实际学习领会。

他这样写道：

"不管是多么有能力的员工，绝不允许他对企业不诚实，不允许他有背信弃义的想法和行为。对于具有共同目标、以企业为中心谋求共同发展和繁荣的同志来说，不背叛企业比有能力来得更为重要。……"

这就是王守东对员工应有姿态和行为的思考。语言很平实，没有硬性的规定，也没有上纲上线的说教，更像循循善诱的劝勉，但是他抓住了员工的脉搏，具有很强的针对性，使大家入心入脑。

春节之后一周开中层干部会，这是铁厂的传统。1992年的会上，王守东和蔼地先把"五条姿态"解读了一遍，语重心长地说："同志们，铁厂走到这一步不容易，大家都是过来人，当时的创业精神还记得吧？我们之所以一步步走过来，靠什么呢？靠的就是一股气，靠的就是团结奋斗艰苦创业！大家看看眼前，士气低落，萎靡不振，怎么干好工作？五条姿态是一面镜子，你们自己好好照一照！"

"这样下去，只有死路一条！"王守东激动起来，"我们现在是好过了，欠人家的铁偿还完了，也有了一点积累，自己跟自己比好像了不起，故步自封要不得，同志们！我们不做井底之蛙，不能坐以待毙，发展还早着呢！现在迫切需要解决的问题，就是干部员工的精神状态，就是工作态度！"

"我们没有别的办法，我们的法宝就是奋斗。……铁厂到了今天，就是靠奋斗得来的。不能打开自己的眼界，不知还有别的新天地，这就叫夜郎自大。在莱芜你觉得铁厂发展得很快，你走出莱芜一步，就觉得走慢了，走晚了，我们不做跟屁虫，跟在人家后面没出息。"

王守东要求把"五条姿态"作为文件发放到每个班组，并且全面学习考察，谁也不得缺课。所有员工不但要学习、讨论，而且要会背、会讲、写心得、记笔记，还要联系实际检查对照，落实行动。总之，这实际上是铁厂的一次"整风运动"。

"整风运动"如一场台风，真的把一些浑浑噩噩的员工猛烈冲击了一把。首先是"五条姿态"要背下来，一时间，厂里但凡有僻静角落，都会有人在那里喃喃有词。

然后是学习，各项标准下发后，每周都设立固定的学习日，一是学政治、学政策，二是学标准、学制度、学业务，各车间都有学习小组，学习有计划，心得有园地，考核有分数，末位淘汰有制度。

在强大的舆论声势和制度压力下，那些背不下来文件、考核成绩不佳的员工因为感到丢脸，星期天也要找人辅导，死活要把"五条姿态"背过去，背诵完，还要按"五条姿态"对照检查写好笔记，考好试。

学"五条"、背"五条"成了这一年泰钢的重要大事。喇叭里反复播放"五条"、黑板报连续表扬学习"五条"的好人好事、班前会总结、大会小会讲评、干部辅导、互帮互学，一如当年学习毛主席著作。

当然，学习的目的是改善现有工作。各级管理部门配合学习，也完善了绩效考核制度，细化了诸多管理手段。一如王守东所要求的，学习重点放在理解、落实执行上。

1995年元旦刚过，泰钢召开全体干部会议，王守东在会议上提出了"忠诚、诚实、合作、高效、创新、拼搏、文明、有序、活泼"十八字方针，正式确立了"泰钢精神"。

"泰钢精神"是泰钢企业文化的核心，它和"五条姿态"相辅相成，成为一个完整的文化体系，这个文化体系强调的是如何建立企业应有的精神面貌，达到精神变物质、物质变财富，从更深层次揭示了王守东的文化理念和职业理想。

"泰钢精神"勾勒出王守东理想中的企业面貌：和谐、高效、科学、文明、人才辈出、生机勃勃、充满人性关怀、奋斗不息精神的现代企业。

每一个老板都希望自己的员工忠诚企业，这是首要的，是对员工要求的基本标准，也是每一个员工应有的道德。1990年王守东在"五条姿态"中已经阐明了这一点。在泰钢精神中，他依然把"忠诚、诚实"放在首位，不允许员工不忠诚于公司，不履行职责。泰钢的干部员工要不折不扣按照下达的意图去做工作。创造性地开展工作没有错，可以创新、发明，但必须建立在忠诚企业的基础上，不可以不落实岗位职责。

"高效"体现了高效率、高效能、高效益。

"创新"代表了一个精神状态问题，代表水平问题，代表能力问题。有没有创新能力是灵魂，"手中无新牌必死无疑"，每天都得改进，每天都得创新，每天都得发展，停止的论点、悲观的论点、骄傲自满和无所作为的论点都是错误的论点，因此泰钢要有所发现、有所发明、有所创造、有所前进。

"拼搏"也代表了一种精神状态，有一种豁出去的劲头，不怕苦不怕难，要勇往直前，要战胜对方，对工作是这样，对困难是这样，对一些落后的、腐朽的思想、文化、风俗、习惯，都体现一种斗争的、拼搏的状态。

王守东认为泰钢要体现出良好的作风，要体现文明。但是要有一定的约束力，就是有序，要体现出规章制度。

"忠诚、诚实、合作"是基础，"高效、创新、拼搏"是实质，是核心，"文明、有序、活泼"是一种归宿，是一种体现，体现出泰钢人的文明、高雅、有素质。

应该说泰钢精神是王守东自身的一次厚积薄发，坚持不懈的学习、丰富的实践和总结提高已经使他超出了一个企业家具备的素养，对于驾驭企业，他已经上升到企业经营哲学的层面上来。执行力、亲和力、凝聚力、战斗力、文化力的催生需要一种精神来支撑。由此，泰钢精神水到渠成，应运而生。

2003年，泰钢开始建设工业园，公司一下子涌进大批新员工，两年时间里已达2000人左右，占员工总人数的30%，这些新成员存在"三低"、"三慢"、"三差"、"三大一粗"现象，即思想素质低、文化程度低、业务技能低，作风转变慢、角色转换慢、进步提高慢，组织纪律差、团结互助差、劳动态度差，架子大、口气大、嗓门大，严重影响了公司员工队伍的整体素质。

同时，泰钢近年来部分新进厂的大中专生、技校生，既不知道泰钢过去建厂初期的困难,又没有进行严格的训练,没有扎实的基本功,对单位的规章制度一知半解、似懂非懂,怕脏、怕累、怕吃苦,工作上低标准,待遇上高标准,而且好高骛远。相当一部分新进厂的大学生自以为满腹经纶,说得头头是道,但是眼高手低,工作上不去,技术不过硬。

2005 年,泰钢进入了快速发展时期,工业园一期工程全面投产,全国钢铁形势处在一个较为稳定的时期,震荡幅度不大,总体情况良好。王守东认为,这是个难得的稳定阶段,必须加强新员工的教育、培训,使其尽快提高素质。要找到一个适当的教育方式,改变目前制约泰钢发展的不负责任的风气。

2005 年 8 月 31 日,泰钢集团公司召开全体员工大会。在会上,王守东发出开展"忆、比、查、思、干"活动的总动员。要求全体干部员工统一思想,转变作风,夯实基础,全力推进泰钢发展进程。

王守东习惯于思想创新,从 1984 年恢复上马以来,他在员工政治思想教育上不断探索,可谓奇招百出,花样翻新,根据不同形势、不同环境,教育方式屡有创新。"忆、比、查、思、干"就是他的独创。

"忆、比、查、思、干"是什么?很多泰钢人感到莫名其妙。但很快,各级会议一个接着一个,《泰钢报》、《泰钢思想》接二连三发表文章,以此为宣传发动造势,一场新的"整风运动"在泰钢蓬勃开展起来。

首先是"忆"。"忆"就是回忆,泰钢的发展史写满了奉献和牺牲,写满了泰钢人艰苦创业、奋发向上、不屈不挠的精神,但青年人不了解过去那段难忘岁月,对今天泰钢的成就漠然视之,不懂得珍惜。王守东再三强调,泰钢发展到今天来之不易,是老一辈洒血流汗拼出来的,要让工人明白,要铭记过去,把艰苦奋斗的作风继续发扬光大,有作为才能有地位、有贡献,才能有进步,不能忘本。

泰钢组织了王守东等领导与劳模的多场报告会,给大家讲企业的发展历史，尤其"下马"的困境与"上马"的艰难，希望大家不忘历史，发扬当年恢复上马的那股干劲、那种创业精神，给"忆、比、学、思、干"活动注入了激情、增加了感染力。

在泰钢公司、泰钢工业园，强有力的传统教育使员工的思想得到了升华、发生了积极的变化。新员工无论原来是农家子弟，还是大中专毕业生，开始认真地观察和思索自己所在的这个企业，而不是仅仅把它当做一个谋生的环境所在。

接下来就是"比"。跟谁比？怎么比？1992年后，王守东为政府分忧，接收了很多下岗员工再就业，如今泰钢的员工中很多是从其他单位转岗过来的。要与前后左右、内外上下、过去现在进行充分对比，比学习，比进步，比贡献，比指标；和建设泰钢建工业园前比一比，比待遇、比收入、比地位、比前途；和周围农村比一比；和高新技术开发区的老百姓比一比；和周围破产下马、惨淡经营的厂矿企业比一比，通过回忆对比，比出不足、比出差距、比出干劲，达到饮水思源的目的。

查。查纪律、查斗志、查干劲、查思想、查作风、查自觉程度、查公私关系。广泛听取意见、认真对照检查、深刻自我剖析、自觉接受批评和评议。

思。针对存在的问题，深挖思想根源，牢固树立"泰钢靠我发展，我靠泰钢生存"的思想观念，开展"振兴泰钢我该怎么干"的大讨论。焕发朝气、增强斗志、鼓足干劲。

干。坚持党的三大作风、坚持"三实四严"、坚持"三反两学一批"（反浪费、反保守、反疲沓作风；学先进典型、学科学理论；批判一切不良倾向），在此基础上深入开展"六好运动"（学习好、业务技术好、完成任务好、团结互助好、文明安全好、遵纪守法好），认真贯彻十八字泰钢精神，抓住五个重点，落实六项工作，转变观念，振奋精神，聚精会神，扎实苦干，切实把打基础、抓落实、求质量、全面提高素质的建厂方针落到实处,把泰钢的发展事业推进到一个新阶段。

在开展"忆、比、查、思、干"之后,还要做以下几个具体的工作:

1. 首先从纪律抓起。像解放军一样,严格执行三大纪律:一切行动听指挥,一切场合讲文明,爱护一切公共财产。

2. 做好"三基"工作。即基本功训练、基础建设、基层建设。

3. 要狠抓设备管理。

4. 狠抓班组的基础建设。

5. 狠抓基层建设。

……

在为泰钢这艘大船掌舵的过程中,王守东殚精竭虑,时时跟踪一线动态,分析处理思想问题,为企业设计了多种思政手段和方法。正是靠着多年如一日的常抓不懈、紧密结合实际推陈出新的思想教育手段,才实现了今天泰钢的万众一心、众志成城。

王守东曾自信地说:"十八字泰钢精神、五条姿态都得从现在开始,深刻领会、认真执行、坚决落实,我们的工作就能无往而不胜,谁也赶不上我们。"

第三节 情感沟通,解开心锁

创新求变、以变应变是思想政治工作的生命力所在。改革开放的年代,人们的自主意识普遍增强,信息多元化、分配机制的调整,给思想政治工作带来了新问题,对人们旧有的理想、信念提出了新的挑战。思想政治工作只有不断超越自身、发展自己,才能紧跟形势,发挥优势。

王守东在长期的工作和学习生涯中养成了实事求是的作风。30年来,他总是根据企业发展的形势要求，不断改进思想政治工作的形式和方法，使思想问题与实际问题相结合，思想工作由虚变实，解决了思想政治工作与经济建设"两张皮"的现象，政治工作与经济工作一道去做，使其与泰钢的发展互相促进、相得益彰。

思想问题往往是因为员工工作生活中的实际问题引发的，特别是随着企业经营机制、分配方式的改革，员工的收入、工作环境以及住房、就医、子女上学就业等情况发生变化，带来了新的问题。

王守东和泰钢党委始终坚持"依靠员工办企业"的方针，在工作中不停留在泛泛地说教，而是通过实施"暖心工程"，将思想问题与解决员工工作生活中的实际问题结合起来去做，起到了药到病除的奇效。

王守东对员工很有感情，走访员工是家常便饭，在走访中了解他们的喜怒哀乐：夫妻矛盾、孩子入学、住房问题、同事关系、与领导闹矛盾，等等。同时，员工有事也愿意找王书记反映，把自己的喜怒哀乐传递给他。

经过实践磨合，王守东对泰钢的中层干部提出了"三必须"和"三必访"的工作制度。"三必须"即各级领导都有职责建好家园留住员工，必须办好事实事稳住员工，必须提供帮助温暖员工。这似乎有悖情理：这属于企业的职责吗？但是制度没有商量，必须执行。

在这一思想的指导下，泰钢在紧张的生产经营之余，挤出资金和精力，逐步解决了员工所关注的住房、养老保险、就医、暖气、煤气、子女就业、孩子入托入学等诸多切身利益问题，把为国为党的"大道理"转化为群众易于接受的为家为厂的"小道理"，让每个员工都切身感受到泰钢大家庭的温暖，感受到只要努力工作就有盼头、有甜头、有奔头，让人从心底里觉得只有泰钢好、国家好，自己才能好，这是最真实、可信的道理。

王守东从小习惯了艰苦的生活，成为企业领导后依然生活简朴，但他很看重员工的生活处境，总是想方设法改善员工的生活状况。毕竟，革命的目的是什么呢？如果人们的生活水平始终不能提高，这不叫社会主义，更不符合公平与正义。

从创业伊始，王守东就很在意为员工解决实际困难。在二号高炉会战的间隙，铁厂投资 4 万元打井，给员工提供好的水源；因为员工的无意中的一句话，厂里翻建了浴室，给员工一个舒适的休整环境。

1987 年，为解决员工子女的上学问题，泰钢在恢复生产时期资金异常紧张的情况下，放弃建招待所的方案，投资近百万元建成了高标准的子弟小学，并配上高水平的师资，保证了教学质量。2001 年，泰钢在莱芜市鲁中西大街黄金地段建成幼儿园，并按高标准进行装修、装备，使幼儿园成为孩子学习成长的快乐家园。

20 世纪 80 年代，泰钢员工大多数住的是平房，90 年代搬进筒子楼，世纪之交大部分都分到企业建造的两居、三居楼房，如今又纷纷住进获得企业补贴的现代化高层产权房。

泰钢为自己的员工提供了优越的安居条件。员工的住房享受很多福利：水免费、电和煤气便宜、暖气免费；子女入学只交学杂费；厂医院就诊不收挂号费。还有住宅区卫生费、物业管理费全免，这些看似不起眼的账算下来，仅物业费一户一年就节省好几千元。何况，新住宅的价格远在二线城市平均价之下，这是泰钢人幸福指数的保障。

历来暗箱操作产生腐败，谣言止于公开。泰钢实行厂务公开，对提干、分房、入党等员工关注的敏感问题通过壁报栏、黑板报及时公布，接受群众监督，让群众了解事实、参与到企业发展改革中去，从而理顺了情绪，化解了矛盾，增强了干部员工的凝聚力。

王守东在多年的教员生涯里总是循循善诱，在企业里他也一再强调思想问题必须遵循"及时发现、确实弄清、正确解决"的三大步骤，思想问题不能靠"压"、靠"堵"，而必须靠"疏通"的办法妥善解决，利用"疏通"的方法，及时发现并积极解决员工的思想问题，使员工心平气顺。

多年来，泰钢建立了与员工沟通交流的多种渠道，使员工道理有处说，意见有处提，牢骚有处发。在各厂，泰钢建立了民主议事会制度，每月随机抽出一定数量的员工代表召开议事会，让他们在会上畅所欲言，大到管理决策，小到日常生活中的问题，都可以向厂领导当面提出并得到及时解答。

深入基层，才能发现问题。思想政治工作不是浮在会上的内容，而要深入到员工中去，把握住员工的思想动态，及时发现萌生的问题和矛盾，积极做事前和事中的思想工作，尽力减少形成矛盾后的思想工作，同时还要讲究思想工作的方法、质量和最终效果。

王守东总是催促泰钢的政工人员下基层、了解基层动态、反映基层的心声，因为这才是思想政治工作该干的事，而不是搞形式主义、作假大空的报告。他要求公司领导和中层干部每月必须有百分之八十的时间在一线，及时解决员工工作生活中的难题。

他自己多年如一日养成的习惯就是：每天一定到厂区里走走，看生产情况，查值班记录，跟工人聊聊天，了解工人们的思想，帮助员工解解思想疙瘩。不到车间走走，心里总是空落落的，不踏实。直到年过七旬以后，他下一线的次数才有所减少。

王守东说："实践证明，人的思想要通，人流、物流、信息流都要畅通，物流畅通产品不积压，思想通了，干部员工就能团结起来，凝聚力、向心力、战斗力就强；思想不沟通、不谈心、不交流，就会相互猜疑，降低凝聚力，削弱战斗力。要打开窗子说亮话，思想一通，干劲就起来了，所以要解决思想问题就要广泛地开展谈心活动。"

上行下效，泰钢的政工人员把下基层作为主要的工作形式，而不是一味坐在办公室编写报告。擅长和人谈心的王守东时常和他们交流：怎样和员工拉近距离，怎样找到他所关心的话题，对员工怎样进行关怀，怎样进行引导，等等。

以理服人、说服教育是思想工作的重要形式，采取"引导式"、"激发式"、"鼓励式"、"互动式"的方法，易于被人接受，能达到启发心灵的效果。善于做思想政治工作并且能做好的人，往往并不是绝顶聪明或是有什么高招，主要原因就是他能和人双向沟通、交朋友，最关键的一条就是以诚待人。

人是世界上最富有感情的高级动物。俗话说，人敬我一尺，我敬人一丈，讲的就是人与人之间感情交流的一种方式。

王守东多年如一日，和干部员工交流谈心。早年泰钢的员工他都能叫出名字，现在公司规模大了，但他依然坚持经常和员工谈话。每年公司发展的新党员他都逐一谈话，以可亲长者的身份和他们谈人生的理想，对工作和学习的建议，做好本员工作的意义，等等。每个谈话对象看到年长的董事局主席如此坦诚地和自己交流，都深受感动。

王守东在所撰写的《如何当好厂长经理》一文中，对厂长经理做好思想工作提出了明确要求：

第一点，关心员工从点滴小事做起：同员工一起上班，主动与员工打招呼，告诉员工，衣服应该挂在哪里，不要认为这是小事，往往一些小事能影响人的一生；对从事某一岗位工作时间较久，有厌烦心理的员工，不妨试一下轮换岗位制；对员工的合理化建议，千万不要充耳不闻，不能不当回事；当领导的不能整天板着个脸，认为自己就是上级。

第二点，提出问题而不是简单地下命令。当生产难题摆在大家面前时，是不是简单下一道命令就解决了呢？并不是。提出问题比下达命令更能激发人的积极性，如果让员工参与到命令的制定过程，就更容易接受这道命令。

第三点，做给他看，讲给他听，叫他做做看。

第四点，经常到现场走走，和员工打打招呼，也不失为与之亲近的一种策略。

第五点，对有意义的失败，给予重奖。

王守东强调，做思想工作一定要有韧劲，不抛弃，不放弃。员工出了问题，违反了厂规厂纪，开除他行不行？不行，不能让他背着包袱走到社会上。这么做倒是简单了，但对员工没尽到责任，对社会也没尽到责任。培养一个员工不容易，不能一棍子打死。做思想工作和当医生一样，治病救人，该吃药吃药，该打针打针，病好了，走到岗位上，还是泰钢的员工。

这就是王守东的"人性化"工作方式，尊重人、爱护人，他总是温和地引导人该怎么做，怎么发挥出每个人的能量，施展出全部的才华。他的智慧很朴素：尊重人就得到了人的全部。

第四节 与时俱进，手段创新

数字化网络时代，信息极大丰富，思想政治工作光靠黑板报、光荣榜、大会小会等传统形式已经远远不够了，必须及时增强思想政治工作的吸引力、感染力。王守东对新事物历来有浓厚的兴趣，他不仅鼓励大家积极想办法创新思想政治工作的新形式，自己也时常和大家一起讨论、激发新的思想火花。

比如，计算机系统在泰钢管理中广泛应用后，王守东倡议：能不能在电脑网络上对干部进行民主评议？人们积极行动起来，很快就开发出民主评议干部系统和重点人员管理系统，员工可以通过网络随时对干部进行民主评议，对干部的思想作风、工作水平、管理措施提出建议。干部可以通过网络及时与员工进行沟通，有针对性地进行帮教工作。在敲击键盘声中，干部与员工彼此的互动大大加强，有效地促进了思想政治工作的开展。

泰钢思想政治工作的创新手段多种多样，这些手段各有千秋，但都是为大局服务，互相配合补台，起到了不一般的作用：

一是以企业文化建设为载体。通过泰钢精神、五条姿态和泰钢员工座右铭、各种员工应知应会知识的灌输，加强企业文化建设，营造出文明、现代、活泼、进取的发展氛围。

企业文化的建设说起来容易，似乎就是大会小会、学习手册、标语口号，但是真正要传达好、落实好企业文化，还要让员工心悦诚服地接受、在工作中予以体现，那就是一件非常困难的事情。在诸多企业里，企业文化流于形式、员工涣散的情况可谓比比皆是。

走进泰钢厂区，就能感受到泰钢企业文化建设百花齐放、百舸争流的局面。泰钢建设了一道文化长廊、一座厂史展厅，在主干道、壁报栏、车间值班室、员工阅览室、街头广场等场所悬挂企业理念牌板、标语，这些无处不在的文化形式无时不在提醒和教育员工：身为泰钢的一员，要履行好职责，对得起自己的身份。

泰钢下属生产单位和分支机构较多，业务特点各不相同，显然不能一刀切地搞企业文化建设。好在王守东是泰钢第一流的"布道者"，通过他和外聘专家的共同推动、口传心授、示范讲解，各单位部门都热火朝天地推动了自己的子文化建设。

冷轧部结合自身特点推出了以精细管理、精细操作为核心的厂文化，全厂从学习《细节决定成败》开始，全员养成求精求细的工作作风，成功研制出 0.14 毫米规格冷轧薄板，厚度等同于一张纸，实力达到了国内领先、国际一流。

轧钢厂推出"接受任务愉快，执行任务坚决，完成任务彻底"的执行力文化，倡导人人学习《致加西亚的信》，"不为失败找理由，只为成功想办法"。热轧生产线产能从原设计的 70 万吨一路飙升到 165 万吨，员工的执行力也随之水涨船高，以优秀的软件支撑了硬件的提升。

不锈钢系统以学习、创新、超越为理念，迅速启动现代化生产线的投产、达产、达质、达效工作，各项技术指标逐步实现设计要求，为集团的整体跨越提供了有力推动。

二是以管理为载体。以理服人、说服教育是思想政治工作的重要方法。但说服教育不是万能的，企业必须建立与之相结合的管理制度，把自律与他律结合起来，把内在约束与外在约束结合起来，把思想政治工作的导向性体现在各项规章制度中，才能保证思想教育的实际效果。

前文所述，王守东坚持把正确的思想观念、道德情操渗透到法律法规和各行各业的管理制度中，把自律与他律、内在约束与外在约束有机结合，启发员工自我教育、自我提高。

三是以群众性文化活动为载体。群众性文化活动可以增强思想政治工作的吸引力和感染力，影响持久，形式喜闻乐见，易于接受，使人们在不知不觉中受到感染，产生"润物细无声"作用。各种活动都能在一定程度上交流思想，潜移默化地使员工形成一定的意识和行为。泰钢一直根据员工求知、求乐品位不断提高的实际，把思想工作巧妙地融入寓教于乐的文化娱乐活动之中。

王守东是一个热情洋溢、热爱生活的人，也一直热心打造一个员工参与而又喜闻乐见的文化平台。在泰钢，"铁流之声"文艺会演、"钢花杯"青年歌手大奖赛、五四青年文化展示周、摄影大赛、篮球赛、乒乓球赛、羽毛球赛、拔河比赛等各种文体活动长年不断，让企业内部充满了活力。这些看似是"闲事"，但有力增强了员工的参与意识和归属感，也在不知不觉中加强了泰钢的"软实力"。

早在 1989 年，莱芜铁厂羽翼还未丰满之时，王守东就拍板举办"铁流之声"文艺会演，并使之成为泰钢的一项传统活动。由此还诞生了完全由一线员工组成的文艺队，他们业余时间排练、专业水准建设，参加了省内多次重大活动的文艺表演，屡获殊荣。

每次文艺会演的时候，王守东总是积极热心的参与者。他和泰钢的员工一起坐在观众席,一起欣赏来自各部门、各单位的员工表演的精彩节目,来自身边的人和事,总是最吸引人的。

他和大家一样,时而凝神注视,时而开怀大笑,时而激情喝彩。台下看得鼓舞,台上演得投入,在热烈的气氛中,泰钢这个大家庭实现了同乐,泰钢精神在无形中得到了传导、贯彻和升华。这就是软实力的作用,这就是活的思想政治工作方法。

莱芜的正月十五元宵节历来热闹非凡,政府广场、大街小巷都挂满花灯,是莱芜长盛不衰的一道文化景观。这其中要数泰钢的"花灯文化"名头最响,从总公司到各分厂扎制的花灯,个个别出心裁,争奇斗艳。元宵节这天,泰钢员工与全市市民一起涌上街头,看灯猜谜,他们在享受节日欢乐、参与文化活动的同时,也潜移默化地融入了泰钢这一大家庭。

四是以劳模表彰带动和教育广大员工。王守东重视劳动模范的发掘与表彰,用这种方式来净化员工思想,凝聚干劲,在活动中突破工作指标,在泰钢营造出一种团结活泼、奋发向上的气氛,成为思想政治工作的好方式。

泰钢人对"劳模"不陌生,早在"小钢联"时代,全国劳模汤存义就在厂里工作。汤存义原是莱芜十里铺铁厂高炉炉长,1959年被授予"全国劳动英雄"称号,后来进入"小钢联"。在铁厂恢复上马期间,他作为老模范代表,也发挥了重要作用。

王守东很重视这些榜样的力量,经常组织他们给大家作报告,激励大家保持过去的优良传统。同时,也在新员工中积极寻找闪光点,通过每年一度的劳模评比来树立正气新风,传承泰钢精神。

在泰钢,每次评选公司员工劳模都是一件大事,从活动酝酿、宣传预热、思想发动,到标准公布、层层推举到民主公议、层层筛选、专家审核、领导投票,前后经历差不多100天时间。期间,人们能充分看到典型人物身上所表现出来的优秀品质,被评议过程中所传颂的人格与思想魅力所感染,从而产生比、学、赶、帮、超的那样一股奋发劲头，看到流淌在群体之间的那样一脉人性的光辉。

以泰钢近年来的劳模为例：轧钢厂轧钢车间副主任李刚、新材料事业部粉末车间主任曹乃红、冶金机械厂维修二车间主任狄元虎、焦化公司检修车间主任高隆建、工程建设部副部长刘军、技术部副部长陈坤等，他们来自不同部门、不同岗位，但具有一些共同的特点：善于学习、勤于思考；立足本职岗位，在做好本职工作的情况下，利用业余时间刻苦学习、钻研技术，使自己的工作能力和素质得到提升。

此外，泰钢的劳模除具有高超的业务技能外，还具有高尚的品德。每一个劳模都能给周围的人们带来动力。劳模们乐于劳动、忠诚企业、无私奉献的高贵品格，开拓创新、锐意进取的拼搏精神，脚踏实地、谦虚好学的工作态度，务实高效、纪律严明的优良作风，为泰钢创造了非常可观的利润，值得泰钢全体员工所学习。

王守东是高明的设计师，他将劳模评比的过程拉得很长，刻意通过这一过程去实现"群众教育群众、榜样激励榜样"的目的。他希望泰钢员工不仅要学习劳模，更要树立一种劳动光荣、劳模更光荣的社会氛围，从中吸收他们优秀的品质与精神，立足于本岗位，认认真真做好自己的每一项工作。

在泰钢经贸大楼前，矗立着一座红色大理石基座，通明的不锈钢碑表的纪念碑，像一把锋利无比的剑，直刺苍穹。它被称作"丰功碑"。"丰功碑"不同于一般意义的纪念碑，是泰钢人创业情怀的写照。每年厂庆日、国庆节、春节，纪念碑都要装扮一新，是泰钢的精神地标。

1994年，泰钢10年大庆期间，党委会讨论如何表彰先进人物，会上有人主张给大家发奖金，帮助员工解决生活问题，王守东则提议建一座纪念碑，把所有建设者的名字刻上去，把泰钢的创业精神留下来。这种做法既树立典型，表彰先进，又激励后人，两全其美，大家举手赞成。

"丰功碑"大红的基座上镌刻着 1997 个建设者的名字,从 1984 年到 10 年大庆,不论身份高低,不论贡献大小都有其名,一律按姓氏笔画排序,他们为泰钢建设作出了巨大贡献,也分享着泰钢的成果和荣誉。

"丰功碑"落成典礼很隆重,各路记者、来宾 400 多人以及泰钢员工见证了这一时刻,王守东作了鼓舞人心的讲话。王守东说:"创业 10 年,涌现出许许多多可歌可泣的英雄事迹和先进人物,他们是泰钢的建设者、缔造者,忘记过去,就意味着背叛。泰钢把 2000 名创业者的名字镌刻在丰功碑上,希望后来者学习他们团结奋斗、艰苦创业精神,把这种精神传承、光大下去,建设一个新泰钢、大泰钢!"

典礼结束,员工们涌向丰功碑,大家在基座上寻找着自己的名字,心潮澎湃,激动不已。他们没有想到,自己一个普通建设者的名字会和后世瞻仰的丰碑联系在一起,心底里迸发出由衷的自豪。他们是泰钢的建设者,也是泰钢的真正主人,他们的命运和泰钢紧紧维系在一起。

"丰功碑"是泰钢的精神图腾,是泰钢的文化和内在力量。老员工退休前,都来"丰功碑"前合影留念。每年分来的大学生,参观"丰功碑"是培训的第一课。这里不仅仅是一道景观,更是一种精神、一种催人奋发的动力所在,让人不由得肃然起敬。未来一代代泰钢人,都将来此敬仰、缅怀他们的前辈们,从他们的身上汲取激流勇进的创业情怀和源源不断的精神动力,这是最好、最有效的思想政治方式之一。

第五节 风正气顺,心齐劲足

思想指引,三军用命。在外人看来"特立独行"的泰钢,万众一心,具有很强的凝聚力和向心力:上万员工心往一处想,劲往一处使,眼往一处瞅,脚往一处迈。这所有的一切，就是王守东几十年来对员工的持续教育和企业不间断的思想政治工作，而孕育出的成功之花。

有王守东的战略统领，有泰钢精神的鼓舞，泰钢人屡屡创出这样的奇迹：说干就干，说上就上，说改就改，一夜之间变模样，一月一个大变化，一年一个新泰钢！这就是泰钢速度和泰钢作风。

在泰钢，依靠强有力的思想政治工作调动员工的内在力量，经常会创造奇迹。泰钢人曾经35天安装一套板坯连铸生产线，88天建一座320高炉，225天建一座60吨炼钢转炉，11个月建成一条中宽带生产线……员工以项目的早日投产达效为旨归，可以连续几天几夜不合眼，可以几个月不回家，吃在现场，住在现场，为了工程的早日投产而顽强拼搏，他们用智慧和汗水创造了一个个奇迹。

例如，1999年9月，炼钢厂设备大修，其中难点是混铁炉残渣清理。炉内温度高达上千度，按常规要待炉内温度降下后再清残渣，至少得半个月。为抢时间，在党支部领导下，一支30人的青年突击队很快组成，两名副厂长带头，轮流冲进温度尚高的混铁炉内，突击队员们穿着厚厚的棉衣、拿起钢钎钻进铁炉，一过去就是四五分钟，鞋底的胶皮烤化了，手中的钢钎冒了烟，才被催促出来换班。原计划5天，最终仅用半天时间就拿下了这个难关。

例如，2000年在原三号高炉拆除时，工人们冒着100多度的高温进入热风炉工作，突击队员每3分钟换一班，衣服被烤得变形，护目镜被烤得脱落，人则变成了黄土人。就是在这样的情况中，泰钢人依然斗志昂扬，而外单位的协作人员则看得目瞪口呆。

这样的事例比比皆是。员工们自豪地说：在泰钢除了工资外还有精神收获，这是最大的收获。

在泰钢，王守东是统帅，是调度大师，他总是密切关注市场和行业技术的发展走向，不失时机地发起一次次攻坚克难的战役。而泰钢的干部员工队伍，这支他一手带出的精锐之师也总是勇往直前，敢于争先，做到无坚不摧、无险不克。

在 2002 年 9 月，王守东敏锐地感受到钢铁市场对带钢产品的旺盛需求，而此时泰钢的生产能力却很有限。王守东立即决定企业总动员，抓紧时间、开足马力、不惜一切代价"大干快上"，迅速扩大生产、抢占市场份额。用他的话说，时间就是金钱，时间就是发展！

指令下达的第二天，泰钢厂区北门一侧立起了"大干九月份生产进度擂台榜"，红柱代表计划指标，蓝柱代表完成指标，红蓝分明，一目了然。整个泰钢上下，从干部到员工，谁经过那里都要朝榜上瞅几眼，看看自己单位所在的位置，看看红蓝比拼的高低错落。

擂台已设，泰钢上下群雄争霸。部门与部门之间、车间与车间之间、个人与个人之间都在悄悄竞争着，大家勇争上游，成千上万人的智慧和能量激发出来，就是排山倒海的力量。

炼钢厂迅速制定了领导干部 24 小时值班制度，分析生产进度与形势，作出了"保顺行、保产量、保作业率、保炉龄、保作业周期"的"五保"措施。

轧钢厂在党员中开展了"上岗位、亮旗帜、树形象"活动，要求党员争做劳模，并针对卷取机易发生堆钢事故的情况成立技术攻关小组，专门研究对策，终于使卷取成功率保持 98% 以上。

烧结厂提出确保月烧结量 9.2 万吨、力争 9.3 万吨的指标，并且强化岗位责任制，将任务分解到具体环节具体人。

炼焦制气厂提出"主要产品达到一万一，成本消耗降低 5% 至 10%"的目标并上墙，天天过目不忘，人人努力。

炼铁厂按照"大矿批、正分装、全风温、全风量"的操作方针，积极做好炉温控制，一举创出超产 583 吨的好成绩。

公司团委发出了"团员青年冲在前、争做克难制胜生力军"的倡议，每当遇到苦活累活总是抢在前，没人计较报酬，没人吝惜汗水。

……

王守东暗暗高兴。他要的就是这股劲儿。重要的是激发群众的斗志，把公司的期望与要求变为大家的自觉行动，看来这一点做到了。一个领导者纵是铁人，全身能打几根钉？不止一次，他为干部们的作为感动，为员工中的"拼命三郎"劲头感动，为泰钢人的进取精神感动。

连铸岗位的拉钢工每次拉钢，都与千度高温铁水近距离接触，高温时他们不断呕吐，但吐完抹把嘴工人们就又接着干。有人被溅出的铁水烫伤了手臂，白纱布一包又投入战斗。

这是个刷新纪录的9月，灿烂辉煌的9月，当国庆节来临时，泰钢收获了沉甸甸的果实。统计表明：产量比上年同比增长9%，效益比上年同比增长11%。而比产能与效益增长更大的是泰钢人的心态、意志和突击精神。

30年来，在王守东的大力倡导与推动下，泰钢将思想政治工作深深地根植于企业发展之中，不断创新思想工作的新思路，积极探索新时期思想政治工作的新路子、新途径、新方法，把思想政治工作贯穿于整个改革发展的全过程，做到了全员、全面、全过程抓思想政治工作。

从泰钢的例子我们可以看出，思想政治工作对企业管理的影响是全方位的，今天的企业在重视传统管理手段与企业文化建设的同时，应将思想政治工作放在企业建设的重要位置。

思想政治工作与现代企业管理手段有何相通之处呢？

1. 对象相同。思想政治工作与现代企业管理手段的对象都是人，都遵循以人为本的原则，都是做人的工作。它们都强调尊重人、理解人、关心人、激励人，培养员工的集体意识，最大限度地调动员工的积极性、主动性和创造性。

2. 目标一致。员工素质的高低与企业的兴衰成败有着直接的关系。企业思想政治工作的着力点放在教育人、培养人上，不断提高员工的思想道德素质，努力造就一支有理想、有道德、有文化、有纪律的员工队伍，现代企业管理手段注重提升员工的职业素质、职业道德、职业纪律、职业技能，两者殊途同归。

3. 方向一致。两者都是为企业发展与经营服务，确保企业根本目标实现，坚持经济与社会效益相统一，保证企业的正确发展方向。

4. 方式手段相通。思想政治工作与现代企业管理手段采取的很多方式手段是相通的。如开展寓教于乐的各种活动，建设企业文化；鼓励员工参与管理，做员工的"贴心人"，营造一个和谐的人际关系；加大对员工的培训，提高他们的素质；树立典型，学习榜样等。

从王守东和泰钢的实践中我们可以看到：

1. 企业思想政治工作是企业改革和发展的生命线，同企业整个经营活动相互渗透，影响企业经营效果。

30年来，泰钢经常处于激烈的市场漩涡之中，但往往有惊无险，与思想政治工作所释放出的巨大正能量是分不开的。同期许多只知道走偏门、只懂得物质刺激的同行纷纷消失，泰钢却依然挺立潮头。

泰钢经验表明，在充分竞争的市场环境下，要求企业从生死存亡和发展的战略高度把思想政治工作纳入企业战略之中，充分发挥思想政治工作的职能和作用。同时，也要求企业的思想政治工作必须紧紧围绕效益中心，从企业发展的大局出发，渗透到生产经营的各个环节，为企业经营和发展提供强有力的思想保证。

2. 企业思想政治工作是推动企业经营和发展的精神动力。

企业经营和发展涉及诸多利益相关方，特别是泰钢这样有过国企背景的企业往往面临深层次的体制和责、权、利关系的调整问题，要背着包袱与具有体制优势的对手竞争，就必须求助于思想政治工作。

泰钢经验表明，要协调好各方面利益关系，使企业经营顺利进行，除了相关制度和政策因素外，最根本的就是要发挥思想政治工作的教育、激励和引导作用，以形成上下同心、激流勇进、开拓进取、争创一流的蓬勃生气和良好的内部氛围。

3. 企业思想政治工作是培养企业核心竞争力的重要途径。

企业核心竞争力是企业持续创新的能力，即吸纳先进技术工艺、合理科学组织生产、适应与拓展市场、完善内部管理的能力，其中创新是核心竞争力的精髓。

泰钢在多年实践中，靠人的因素做好了这些工作，其经验对中国企业而言具有可行性与可复制性。其经验表明，企业只有切实加强思想政治工作，不断提高员工整体素质，才能为企业核心竞争力的提高奠定坚实的思想基础。

4. 企业思想政治工作是企业文化的塑造者。

企业思想政治工作不仅是企业文化的重要体现，也是企业文化的塑造者。企业文化的实质和核心是企业的核心价值观，决定着企业的经营目标、经营方向，规范着员工的行为，也是员工树立正确的世界观、人生观的基础。

泰钢经验表明，企业核心价值观的形成离不开思想政治工作的推动，企业思想政治工作能够通过宣传教育来化解矛盾、增强认同感，促进企业文化发展和核心价值观的形成，这是企业思想政治工作自身地位和作用的重要体现。

第六章　管理之道：人和的力量

◎ 向外界学习，锐意改革，不断完善管理方法和理念，依靠人的积极性和创造性完成一个又一个经营奇迹，这是泰钢的独特企业文化。依靠人的团结合作，泰钢迎难而上、茁壮成长。

王守东与某部官兵在一起

第一节　反复抓，抓反复

王守东十分重视企业管理研究，除了研究中国的经验，还喜欢研读西方的管理著作。他不仅反复阅读，而且结合企业和工作加以思考，找出解决现实问题的办法。

企业要防风浪、经久不衰，就得抓基本点、练基本功。就像打篮球一样，要想百发百中，就要反复练投篮，一直练到投篮动作成为球员的本能反应。同样，支撑企业发展的，诸如思想作风、纪律、信念、技术等是看家本领不能丢，是支撑企业的基本点、基本功，不打坚实就不可能把企业搞好。

王守东开始着力强调"打基础、抓落实、求质量、全面提高素质"的建厂方针，并围绕这一方针，强调要把各项基本点反复抓、经常抓、抓反复。

他指出：基本点学成很难，丢起来却很容易。人们有个普遍的学习习惯，那就是：喜新厌旧、前紧后松，好的东西稍不坚持就会慢慢放弃。

有了这种认识，泰钢上下各级领导班子对各项基本规章制度和基本点反复抓、反复学、反复练。天长日久，这些基本点融入员工血液，永不消退。

比如抓班组建设。"条条河流归大海，样样工作到班组"，班组是企业的细胞。天天抓班组，核心抓责任制，关键抓交接班，坚持"七不交接、五不走"，反复抓、抓反复，养成习惯，形成作风，变成传统。

又如抓标准。"没有规矩，不成方圆。"工作标准、管理标准、技术标准既是企业的纲，又是企业的目，泰钢的一言一行、一举一动都认真贯彻标准、执行标准、规范标准、落实标准，做到贯彻标准不走样，使标准化变成泰钢模式，无空白、无重叠、全覆盖。

再如抓思想作风，用泰钢员工应有的"五条姿态"和十八字泰钢精神作为尺子、镜子，天天量、天天照、天天学、天天背，使员工印在脑子里，融化在血液中，落实在行动上。

企业经营管理讲究的就是成本，少花钱多办事。王守东在管理上一直重视成本控制，提出：企业中层以上干部在工作中要把一切着眼点放在降低成本上，部门要是不能降低成本，负责人自行离职。为此，他不断加强管理创新，在不同时期"反复抓"，从多个角度压缩泰钢的经营成本。

早在1984年铁厂上马恢复炼铁时，王守东就提出了"效率第一"的原则。1986年，铁厂生产经营出现了问题，投入多，产出少，生产看似搞得红红火火，细一算账却不挣钱。问题究竟出在哪儿？

他蹲到车间，算成本，算产量，逐个生产环节分析调查。在调查中他发现效益之所以上不来，主要是"两高"、"两低"造成的。"两高"是指产品成本高、焦比高，"两低"是指利润低、成品合格率低。怎样才能解决"两高"、"两低"问题呢？

他忧心忡忡，这个问题不解决，很可能重蹈再下马的覆辙。"小钢联"就是因为成本降不下去，越生产亏损越严重，滚雪球似的亏损，把地区铁厂终于压垮了。根据各个生产环节的连贯衔接程度，他果断提出了"七保一带头"，制定了"按程序，不蛮干，抓控制，考核严，高效率，负荷满，算细账，深挖潜，刻苦学，争模范"工作方针。由于措施得力，很快实现了扭亏为盈，效益大幅提高。

河北钢铁集团下属的邯郸钢铁集团以其独特的"邯钢经验"曾经在全国名噪一时。"邯钢经验"的实质是"模拟市场核算，实行成本否决"的经营机制。从市场接受的价格开始,用"倒推"的方法,通过挖掘潜力,测算出主导工序的目标成本,层层分解落实,直到每一名员工。这种经营机制能够有效控制经营成本,提高企业经营效益。

和邯钢殊途同归的是,王守东几乎在更早的时间段就身体力行于此,根据莱芜铁厂的实际探索出了自己的成本控制方法,不断推行和完善模拟市场核算机制,整合好自身的生产要素。

1986年,莱芜铁厂探索实行经济责任承包制,但面临的最大问题是:对车间基础业务数据掌握不全面,所有的岗位都要进行测算,掌握一手情况,企业和车间、车间和个人之才能准确地进行结算。

为了搞好调研,王守东来到各个车间蹲点,经常一蹲就是一个月的时间,中午吃在车间,晚上睡在车间。为了解产量数据、质量数据、成本数据、电耗、水耗、气耗、设备的消耗、油耗等,他有时在一个岗位一待就是一个班次,看设备是不是满负荷运行,员工是不是满负荷工作,设备是不是按规定维护保养、是不是有跑冒滴漏的现象。有时几个班次的数据对不起来,他要反反复复来几次,细心观察,查找原因。

王守东不是搞形式主义、热衷于作秀的领导,而是实实在在地掌握情况,比内行更内行。高炉车间报上来模拟承包方案,王守东却把方案打了回去,因为以他参与高炉管理的经验,认为高炉风温、出铁量及消耗的铁沟料、渣沟料、电耗等数据都不准确。

事后,王守东组织职能科室的同志进入高炉车间,重新对数据进行了摸底调查,结论和他分析的一样,实际数字与车间方案所报大相径庭:高炉用电没有电表计量,用电量估算不准,高炉消耗的烧结矿、焦炭称重、高炉的风温不准确,铁沟、渣沟未及时维护,降低了材料消耗,等等。

把各个车间的数据摸清楚了,王守东召集相应车间班组长和骨干分别召开讨论会,就数据的合理性和科学性、可操作性展开了激烈的讨论。因为承包方案和每个员工的利益切实相关，王守东鼓励他们大胆地把自己的意见提出来，员工对采集的数据有异议的，就继续深入岗位摸查，和员工说明白、讲清楚，不能"差不离"就行。用了这种办法，定额数据得到了员工的广泛认可。

在车间里，过去人们因为分配的事情没少产生矛盾，主要是没有让数据说话。这样一来，以后就不会因为工资分配闹意见了，车间主任也不会因此闹心了，多劳多得、不劳不得的分配原则更好地体现出来了。

王守东对经济承包责任制的开展举了一个形象的例子：农村承包必须把土地的类型划分科学，一类地、二类地、三类地、等外地的标准必须达到所有人的认可，因为他们要根据土地的标准交公粮，到时候他们会锱铢必较。工厂搞经济责任制承包也是这个道理，定额不清楚，到了分配的时候，你多了我少了，都不服气，就会出现矛盾，甚至打架斗殴。所以要搞调研就要实实在在，一定要扑下身子，不要搞蜻蜓点水、形式主义的东西。

1998年，王守东先后到炼钢厂、热电厂等分厂调研，出台了厂长目标经济责任制，对炼钢厂等8个生产单位实行经济责任奖惩办法，对实现目标责任的厂长给予大奖，反之，则就地免职。其他领导成员，视其贡献，分别按厂长奖金的30%至60%予以奖励。这一激励机制，用王守东的话说，是对干部领导能力、管理水平和综合实力的一次大检验。

效果如何呢？长期以来，高炉利用系数太低，高炉操作过于保守，实行厂长目标责任制后，高炉利用系数很快提了上去，炼钢厂连铸比达到100%，热电厂前几个月亏损20万元，很快扭亏为盈，效益节节拔高。

钢铁企业摊子大，经营上"大进大出"，原料采购直接影响企业的成本。王守东一直非常关注采购资金的利用效率，2001年，泰钢创新采购流程，公司所有重大采购都实行招标采购，成立了以王守东为主任、部分部门负责人参加的招标采购委员会，每次招标和揭标时王守东都亲自参与。

体制的改革迅速创造了可观的效益。2002年，泰钢签署设备采购合同24份，供货方最高报价4183万元，招标后报价为2885万元，实际成交价格为2642万元，与最高报价相比省下了约1500万元，这是货真价实的真金白银。

在技术改造上，王守东强调要调查研究快，设计快，施工快，都在"快"字上下工夫，所以技术改造的速度至关重要。时间就是金钱，速度就是效益。建龙、国丰、魏桥、沙钢等泰钢的同行企业，都是抓紧技术改造的速度，白天黑夜地干。与此相同，泰钢在历次重大技改中同样是朝发夕至，屡创纪录。

从1998年以后，泰钢几乎年年上新设备、新项目、新技术，企业发展由此进入一个全新阶段。

然而王守东清醒地看到，企业的技术与装备进入了一个新阶段，管理并没有跟上。客观上说，新项目上得快，新工人招得多，必然跟不上，消化不了。而从主观上讲，则是泰钢的主观意识不够，管理的工作有些懈怠。

根据多年企业管理的经验，王守东认为泰钢的管理应该通过归纳、整理、上升使之标准化、程序化、规范化的，成为形成日常化、制度化、严细化的模式。假如这些东西能够形成一个科学规范的文件，不管谁在这个岗位上，只要学习熟悉了文件的内容就能独当一面开展工作，这就是企业的传世之宝。

为了把这项工作做得扎实、具体、有效，能够持久地坚持下来，2010年，王守东将泰钢经历二十多年实践检验延续下来的成功做法和经验概括为企业管理最基本的原则、要领、制度与办法，即"泰钢模式"，并加以贯彻推行，人们将其简称为"贯模"。

泰钢的"贯模"包含五大内容：

企业理念；

行为规范；

管理制度；

内外关系；

操作纲要。

之所以要贯彻"泰钢模式",在于公司扩张过快,年轻干部居多,管理出现断层,需要了解的予以温习,不了解的予以学习,从事管理的予以提升,逐步形成有效的规范。

在《泰钢报》上公布的《贯模基础知识》共有106条,包含管理原理、管理规范、管理文化、管理程式、管理定位、管理权限、管理环节、管理职责、管理标准、管理条律等,堪称管理的"百科全说"。其公示不仅是管理知识的大普及,利于泰钢干部员工学习、对照、检查和落实,还作为考评以及争议判别的依据。

对于"贯模"的要求,王守东提出四点:标准化,程序化,制度化,精细化。

"标准化"指的是条令、条律、法规要科学和健全,便于量化管理、数据管理和精微管理细化地进行贯彻;评判、检查和验收,必须依据现已制定的标准,进行动态、量化、实时的考评。

"程序化"指的是在贯彻管理条例过程中,工作人员必须严格按照操作要求进行顺序、节点和过程的流程控制,实行科学操作,通过不良习惯的改变和良好行为的固化,将自觉的意识变为自觉的行为。

"制度化"就是法制化,强调管理的严肃性和制度的权威性,改变那种"写在纸上、挂在墙上、就是不落实在行动上"的坏毛病,强调令行禁止,有法必依,有章必循,有令必行,有旨必办。

"精细化"指的是"贯模"要将中心、重点、主体精神等细化开来,做到一点一点地悟,一步一动地练,一点一点地改,强调言传身教,互学互帮,你追我赶,达标争优。

企业管理的本质是标准化、程序化、制度化的落实。显然,不认真"贯模",泰钢就不可能形成规范的管理,无法有序、有质、有效地发展。王守东认为,泰钢在"贯模"上所花的工夫越大,大家的学习能力越强,泰钢的办事效率就会提高,供应链、市场链、价值链就会更优化。他给大家举例:

泰钢娱乐城刚开业时,招聘的员工仓促上马,结果文明礼仪不懂,服务程序不明,分工责任不清,服务不好客人不满意。后来经过整顿,重点抓培训,抓规章制度落实,提高人的素质,服务才有模有样儿了。

王守东说,正反的对比说明,"贯模"就有模有样,"弃模"就变形离谱。

对照"贯模"的要求,泰钢干部或单位要联系实际改善自己的工作,包括制度的改善、程序的改善、角色的改善、管理方式的改善和效果的改善。

比如一个车间有一个主任、三个副主任,那么主任负责全面工作,副主任必须向主任汇报工作、主任必须对副主任作出分工,不能越俎代庖;而一般情况下,副主任不能越过主任向上汇报工作,防止出现程序混乱。假如发生生产责任事故,分管生产的副主任负第一的责任、主任负第二的责任,第一责任为直接责任,第二责任为领导责任。

又如安全工作,如果主任未安排安全教育,主任负第一的责任。主任安排了,分工副主任未落实,负直接的责任;主任、副主任安排教育,员工发生安全事故,个人负第一的责任。

再如劳动纪律的落实,涉及制度完善、考勤、记录、检查和考核。以请假来说,分为病假、事假、工假、续假等。常见的病假需要口头报告、书面报告、病假证明和病假记录,续假必须经过批准,重大病假或长假必须经过领导认定和审批,等等。

王守东常教育泰钢干部员工:企业经营是一场马拉松,要脚踏实地、稳中求进、稳中向好、稳中求快,这样看似走得慢,但是每一步都很踏实,一步一个脚印。急功近利、华而不实只会促生表面文章,甚至会导致从头返工,得不偿失。

经过不断调研、设计、研修、培训,泰钢的企业管理规范了制度,理顺了程序，明确了责任，提高了效率，为今后的发展夯实了基础。泰钢已成为一个部门职能详细、管理人员职责明确、程序简洁、制度全面的现代企业，没有部门之间的相互扯皮，没有管理制度的冲突，没有管理事项的疏漏，泰钢在这样的新平台上重新出发。

第二节　上马中宽带，后发先至

钢铁行业历来以门槛高而著称，竞争激烈。在 30 年的实践中，王守东选择差异化发展，领导泰钢一直走着一条与他人完全不同的经营道路：不随大流，不模仿抄袭，不人云亦云，不跟风盲进。

这种差异化战略的制定，是王守东审时度势的结果。他很明白泰钢的弱点和自身在行业中的位置，因而在市场竞争中力图找出适合自己的方向、道路、方法。

比如，在山东钢铁行业中，泰钢与济钢、莱钢、青钢位置相邻，竞争激烈。一开始王守东把泰钢定位为"游击队"：别人是大型国企，历史悠久、家大业大、实力雄厚，是正规军，而泰钢是后来者，是小打小闹的非正规军，只能打游击战。

当其他厂家都在上设备、上规模炼钢时，一向心气很高的王守东却将泰钢定位为"原料供应商"，提出"我炼铁来他炼钢，一心一意抓产量"的口号，专注于给炼钢企业配套。这些引起了一些人的疑惑：这是不是安于现状，不思进取？

王守东之所以如此定位，出于三点考量：

莱芜当地矿石丰富，原料供应充足且运输距离近，成本优势突出，炼铁条件得天独厚；

泰钢的技术、设备和营销渠道，比较利于炼铁的简单操作，便于扬长避短的竞争。从"小钢联"开始就炼铁，对购料、拌料、烧结、高炉、冶炼、淬火等炼铁工艺以及分销渠道掌控非常成熟；

生铁求大于供，市场看好，只要把握客户就有效益，"皇帝女儿不愁嫁"。

所以，早年的泰钢一门心思抓炼铁，抓产量，抓现金流，给其他炼钢企业提供原料。泰钢炼的铁锭也随行就市，在市场上卖了好价钱。

因为自身的弱小和"船小掉头快"，初期的泰钢制定宏观计划和具体目标时，一般不作中长期规划，主要根据自身条件和环境变化相应处置，防止因拘泥于条条杠杠，而身陷被动和丧失机遇，正如王守东所说："不唯上，不唯下，只唯实，一切从实际出发，走一步看一步，随变化而变化，是我们泰钢经营的一大特点，也是立于不败之地的保证。"

这种"游击队"模式其实纯属无奈，企业必须先行原始积累，具备实力后才可能考虑转产产品、更新设备、配套技术。当流动资金都依靠当家人出去"化缘"时，你拿什么去打正规战？用王守东的话说：你得先有钱，买得起门票，才能看人家踢球。然后才是你自己有实力组织球队加入俱乐部，和人家一起踢球。

1992年6月，王守东审时度势，决定启动炼钢项目。钢材需求一天天增大，钢铁价格全部放开，对泰钢来说，这是一个难得的机遇。但是大家却觉得这两年生铁大量囤积，销路不好，还是看看形势再说。一说炼钢，大家心有余悸：1975、1976年原泰安地区钢铁厂就两次启动过炼钢，因为技术不成熟，都是半途而废。

王守东坚持自己的看法，形势一旦明朗起来，同行肯定一哄而上炼钢，发展起来就被动。这时候上炼钢项目，可以超前一步。他提出了"尽快恢复炼钢、制氧，确保年底出钢"的战略目标，迅速成立炼钢、制氧指挥部，1993年新年刚过，泰钢年产10万吨炼钢项目正式投产。

此时，中国的钢铁市场一直缺少宏观调控，市场上看好什么，大家一拥而上，今天看起来短缺的技术，明天就会饱和。王守东在决策时常为企业的品种结构调整而费尽心力。

从90年代初期起，随着国内城市化进程加速，各地楼市火爆，建筑装修所需钢筋、钢材、角钢、工字钢、特殊钢不断涨价，王守东也瞅准了市场随时调整生产的品种比例，新上了螺纹钢。

2000年秋天，市场向好，国家基础建设高歌猛进，线材市场空间放大，泰钢的螺纹钢在市场上很是抢手，订单雪片般飞来，正是大干一场的好时机。此时王守东却标新立异，主张泰钢不跟风，抛弃螺纹钢上窄带钢！

这个主张使泰钢的党委成员们一下子蒙了，突然来个急刹车，白白扔掉现成的金饭碗上带钢，不是自找苦吃吗？何况，泰钢对带钢知之甚少，带钢的技术要求更高、灵敏度更强，能拿下吗？比泰钢条件好的济钢、莱钢都没上，泰钢何必冒这无谓的风险呢？

王守东的根据是：看市场走向，线材两三年内仍有一定市场空间，但线材附加值低，用途受限。无论泰钢做怎样的努力，做线材都无法独占鳌头，在市场上无足轻重。而中国已经成为钢材第一生产大国、第一消费大国，带钢奇缺，山东作为机械加工大省，企业大多进口日本、韩国、欧洲的带钢，市场需求量很大。早上带钢，就能早点适应市场。再过两年，等人家都上了，牌子立起来了，泰钢再回过头来上就晚了！

有的党委成员提出：带钢技术还不很成熟，等条件成熟了泰钢再上也不迟。白白放弃眼前的好形势，一眨眼丢掉泰钢的优势项目风险太大，是经营的大忌。

久议不决，王守东生气了，茶杯轻轻一蹾，"不同意可以保留意见嘛。出了问题，不用你们说话，我王守东负全部责任！"说完，抽身而去。

王守东并不是刚愎自用之人，没有充分调查研究，没有深思熟虑，他不会草莽地去做任何决断。他实在是看到了市场机会的稍纵即逝，难以按捺急切的情绪。

泰钢的传统是，一旦王守东拍板了的事情，只要他一句话，事情就这么定了。领导们绝不会在私下空发议论，一门心思抓落实就是了。

在王守东的推动下，泰钢确定了以"板带材和后续加工"为特色的产业发展道路，果断地拆除了30万吨螺纹钢生产线和两座技术落后、污染严重的小转炉，集中精力转产窄带钢。

2001年3月，王守东出席九届全国人大四次会议。会议期间，他一次次从北京打电话询问工程进展情况。15日会议闭幕，16日他就赶回泰钢，直接驱车进了工地，挨个检查了一遍，听完汇报，长长舒了一口气。

经过半年多的建设，2001年6月28日，泰钢40万吨轧钢技改项目竣工投产，莱芜市的主要领导莅临剪彩。精轧机组采用了意大利PL数控技术，少走了弯路，降低了成本，提高了效率，工程整体现代化达到了国内同类企业先进水平。

40万吨轧钢技改工程投产后，泰钢产能得到很大提升，每年可实现产值8亿元，销售收入7.6亿元，利税超过1亿元。昔日不入流的泰钢迅速跑在市场前面，一举占领了窄带钢市场20%的份额。

时任市委书记李玉妹听了王守东的介绍，一脸兴奋，微笑着对身边人说："将来我们的饭碗里有了钢铁的滋味。大家都要全力支持泰钢，泰钢发展好了，我们的钱袋子才会鼓起来。"

泰钢的转产给了市场竞争对手强烈的冲击，很多同行赶忙调结构、上设备、抓进度，极力想继续维持在市场上的优势地位。然而此时，刚切入窄带钢市场的泰钢，又在王守东指挥下，悄悄新上一条950毫米的中宽带钢生产线，设计年生产能力为70万吨，再次领先一步。

就在泰钢公司40万吨轧钢项目投产不久，2001年9月8日，唐山建龙集团三期技改项目之一的热轧中宽带工程举行了隆重的开工典礼。该工程是我国第一条全部设备国产化的中宽带生产线。这条生产线属于国内首创，是第一条国内设计、国内制造、安装的生产线，年产量60万吨普通碳素钢、优质碳素结构钢、低合金钢、合金钢，主要用做焊管、冷轧料和高速公路护栏板。

王守东坐不住了，虽然泰钢窄带钢投产以来运行一直非常稳定，产量接连攀升，市场效益很好，虽窄带钢目前看不出市场的饱和度，但不出三年中宽带、宽带在市场上的比重肯定会越来越大，必须尽早准备上中宽带。

时不我待，王守东的气魄再一次表现出来。上，大干快上，争速度、抢时间，赶在时间的前头。

钢铁市场年年花样翻新，不论你怎么追、怎么赶，总有人跑在前面，当钢铁行业的"带头大哥"难上加难。泰钢的窄带钢才运转不久，王守东已经开始思考下一步行动了。这一次，他没有像以往那样急切宣布，而是逐步推动，安排人手做市场调研、前景预测、技术支撑，相机而动。

优秀的企业家能透过市场表象看到以后的发展，看到明天的财富在哪里、后天的决战如何打，在今天就提前做好准备，这种洞察能力常人所不具有，也是优秀企业家的价值所在。

王守东反复考虑的是产品定位问题。上窄带钢避开了线材竞争，但是窄带钢目前又一哄而上，必须再次发力起跑甩开对手。山东省内的几大钢铁公司，莱钢主要生产棒材、型钢，济钢主要生产中厚板和螺纹钢，青钢主要生产线材，如果泰钢生产和他们同类型的产品，在省内就掐起来了。而泰钢规模和资源都不如它们，失败是明摆着的。必须提前选择，敢于超越，才能获得足够的发展空间。

市场数据显示，带钢在市场上卖到4000至5000元一吨，一吨的利润是1000元，年产100万吨，利润就是10亿元。

机不可失，时不我待。要是等别人也醒过梦来，也上了，还有咱们的份儿吗？早起的鸟儿有虫吃，谁先下手，谁就占有市场主动地位，万万不可放弃先机！

泰钢的技术人员穿梭于石家庄、唐山、大连之间，货比三家，优中选优，最后选择一家设计单位进行技术设计，静悄悄地上马带钢。

对泰钢来说，面临最大的困难仍是资金问题。由于这些年来一路再投入、再扩张，企业的负债率已经达到12亿元。如果再上宽带设备，需要再投入8亿元，要再从银行贷款。

增加负债，标志企业的负债率调高，但收益也会提高；

减少负债，表明企业的负债率降低，但收益不会增加。

对于经营者来说，风险与收益成正比，你是为了高收益去冒险呢，还是放弃挑战、裹足不前？

会议室里，激烈的辩论此起彼伏，但大家的共识也在一步步靠近，渐渐地朝向当家人的思路：顶着压力、承受风险、坚决再上宽带。领导成员最终认同了王守东的想法：上，坚决上，刀山火海也要上！

2003年，王守东综观省内外冶金行业产品的品种结构特点，提出"单纯、集约、高效、清洁"的产业发展方向，在"轻、薄、短、小"上下功夫，重点生产附加值高、竞争力强的带钢及其后续产品，不断向冷轧、镀锌、彩涂方向延伸、拓展，着力把泰钢建设成为华东地区乃至全国的带钢生产及深加工基地。

确定了上中宽带，那么上什么尺寸的呢？800毫米、850毫米的已有不少厂家在生产，但800毫米热负荷过长，产量稳定性不好，不太划算。而950毫米在目前的市场上缺位。因此，要上就上950毫米，一来可以与已经上马的厂家差异化竞争，与800毫米、850毫米拉开距离；二来950毫米及950毫米以下的带钢生产起来相对耗能高、效率低，因而这一类型的带钢，大型钢铁集团都不愿问津。而中宽带钢所具有的精度，是宽带钢所无法比拟的，因此也就有了属于泰钢的广阔市场。

王守东得到一个消息，德阳二重正在给四川一家钢厂上950毫米宽带钢生产线。德阳二重950毫米宽带钢生产线是四川省重点项目，当时还在试生产阶段。

2003年2月26日，王守东进京出席第十届全国人大会议。出发前例行召开会议安排工作，叮嘱高振民找二重孙总直接谈上中宽带的事。高振民立即赴四川德阳二重谈判。到了德阳，高振民拿到了对方的技术材料，和工程技术人员整整分析了一夜，对中宽带的核心技术有了了解。

第二天，高振民给王守东打电话，告知二重采用的是液压系统，性能稳定，技术成熟，产能很高。他们的液压系统使用美国的，技术比较成熟。王守东在电话里立即授权高振民负责此事。

3月中旬，高振民返回泰钢的时候，王守东已从北京开会回来，在办公室等候他了。了解了情况之后，王守东很开心。虽说下手晚了点，但现在高起点上马，就把失去的时间和市场找回来了。

建设中宽带生产线的工作量很大，超过人们想象：

180页的申请报告先后修改了13次；图纸重达5吨之多；建设区域东西长1400米，南北长1600米；基础最深要挖到地下25米处，设备最高达到64米；最重单件设备达200吨以上。

建设的时间紧，任务重，战线长，技术要求高，包括立项、环评、土地、资金、障碍物清除、公路迁移、电力、水气管网、天然气等。

问题接踵而来。为了抢在竞争对手前面完工，泰钢必须立即行动起来：

规划、设计、制图，只用了36天。

新建800米长、20米高、20万平方米空间的宽带厂房，只用了3个月。

自产、购买、安装、调试、培训、会用宽带生产设备，用了5个月。

王守东对大家总的要求是16字令：**争分夺秒，抢抓机遇，顽强突击，多快好省。**

泰钢举全企业之力，万众一心，众志成城，经过11个月的奋斗，终于迎来开工剪彩之时，成为国内第二条、华东地区第一条同类型板带材生产线。当第一卷宽带钢材呈现在大家面前时，许多人流下了激动的泪花。

在与同行的竞争中，泰钢虽然晚出发，但是却后来居上，超过对手冲线了！

投资8亿元的泰钢950中宽带生产线是国内第一条拥有自主知识产权的热轧中宽带钢生产线，主体设备、控制系统均采用国际先进技术，全数字、全液压、全自动，集成了机械、液压、电气、自动控制的最新成果，核心技术从美国、日本、德国引进，技术装备和自动化程度达到国际一流，装备的档次和能力实现了全面超越。事实表明，泰钢的宽带不仅方向对，而且技术含量高，自主创新水平超历史。

2004年4月20日，泰钢隆重集会庆祝恢复生产20周年暨950热轧中宽带工程竣工剪彩。这一天恰好是泰钢恢复上马20周年华诞，一千多各界友人共同迎接了这令人自豪的一刻。

在生产线上，第一道工序炼出来的6米多长的透红色发亮的钢板缓缓送出，火一样的热浪扑面而来。钢板在传送带上自动滑动，像擀面似的来回数次压轧，最后成为钢板材料，卷成一层一层的大卷，自动打包成型。

因为中宽带上马成功，精品板材成为泰钢新的增效亮点。泰钢生产的"四通牌"热轧中宽带钢产品被评为"山东名牌产品"。这种产品的生产，引进宝钢软件控制技术，突破了超宽、超厚和超薄三大技术难题，最厚达到15.5毫米，最宽达到865毫米，达到国标的高精度控制范围，外观质量、性能合格率达到国内先进水平。

紧接着，泰钢在2006年建成填补山东及周边地区高档冷轧薄板空白的950冷轧带钢生产线，2008年7月建成全国第一条国内自主设计自主制造的不锈钢生产线，形成了山东省不锈钢生产基地。伴随着"入世"后中国经济大踏步地走向世界，泰钢的热轧中宽带、冷轧薄板、不锈钢等产品，先后销往德国、意大利、比利时、韩国、日本、印度、越南、菲律宾、俄罗斯、南非、尼日利亚、土耳其等国家和地区。

总结"后发先至"的经验时，王守东说："30年来，残酷的市场竞争使泰钢悟出了这样一个道理：企业发展不能'随大流'、赶时髦，要力戒浮躁、冷静思考、独辟蹊径，在世界发展大势中明辨发展方向。"

"总之，变与不变，完全取决于市场，完全取决于泰钢的应变与把控能力，完全取决于对企业有益与无益的关键点。"

泰钢何以实现"后发先至"？王守东的经营策略至关重要，是这项成就的首要保证。他的策略注重三点：

一是注重市场超前预测和技术储备，即"设计一代，生产一代，储存一代，抢先一代"，先期市场和技术研究尽可能走在前面，条件成熟时新项目随时上马；

二是与北京、德阳、大连、哈尔滨等大型冶金研究机构建立紧密联系，使之成为自己的外围合作组织和利益共同体，一旦决定产品上马，随时协作攻关，在最短时间内推出实施方案；

三是泰钢内部设立可调控的灵活机制，及时调集和整合人员、资金、设备、市场营销等资源，随时可以执行新的使命，开辟新的市场。

第三节 转产不锈钢，深拓蓝海

2001年"入世"前后，借世界制造业向中国转移，以及外汇储备大涨的东风，南方沿海、沿江地区钢铁产业开始爆发式增长。2001年中国钢产量达到 1.8 亿吨，相当于美国和日本钢产量的总和。此后，全国钢铁产能一路飙升。

由于无计划的冶炼与盲目的扩张，中国钢铁产能严重过剩，不仅造成资源的浪费和资金的占压，还造成环境的破坏。因此，2004 年起国家开始宏观调控，推出"控制总量、调整结构、淘汰落后"的国家产业政策，严令钢铁企业压容压产，进行钢铁行业的整合与购并，查处了"铁本事件"。

整个钢铁行业都在密切关注着形势动向。国家取消了生铁、钢坯等半成品的出口退税是淘汰落后产能的信号。此外，钢铁企业的联合重组在加速进行。河北组成了以唐钢为中心的河北钢铁集团，山东也组成包括济钢、莱钢等企业的山钢集团。而未参与重组的钢铁企业，将面临压缩和转产的命运。

2005 年以前，利润丰厚的钢铁产品主要是高端板材和普通中厚板，因为此时工业化过程中该类材料供不应求；2005 年以后，国内各类板材生产线大批量投产，前述产品利润回到正常区间。当全国钢铁形势还是一片大好的火红年代，泰钢未雨绸缪，潜心研究新技术、新产业的发展动向，决定转向世界短缺、先进的不锈钢产业。

最近几年，泰钢虽然也实现了规模增长，但和一些迅速扩张的同行相比似乎并不特别显眼。有人感到着急，王守东却安之若素。因为他早已断定，传统产品前途不看好，泰钢必须要强化自主创新能力，通过实实在在的夯实基础、练好内功来求得长远发展，而不是计较于一时得失。

王守东的危机意识一直很强，泰钢如今已经有了相当的规模，船大掉头慢，对战略决策成功率的要求更高。行业态势不断演变，泰钢不能被动地适应，而要主动出击，要走自己的路。

王守东潜心研究欧美大型钢铁企业的发展规律，发现走专业化发展的路子才是成为行业强企的唯一捷径。钢铁企业要立足于不败之地，首先是要做"大"，以规模取胜，这需要做到行业的前五名才行。其次是做"优"，产品必须高人一等，领先市场。最后就是做"特"，做出自己的特色，通材做优、短材做特。

同时,王守东率团对国内规模前十家钢铁企业及优特钢企业进行了实地考察,综合分析了国内外多家企业的布局及产能、技术、效益等情况,最终把发展的目标锁定在不锈钢产品上。山东还没一家不锈钢生产企业,干脆泰钢来上!

与普通钢铁产品相比,不锈钢技术含量高,经济效益高,具有生态环保、附加值高、应用范围广、市场前景好、发展空间大、产业带动能力强的特点。不锈钢不仅坚实耐用,而且美观,用途广泛,除传统用途外,已经进入建筑领域、装饰领域、艺术创作领域。

王守东看重的是:不锈钢行业作为国家提倡的环保清洁型生产行业,有国家产业政策的支持,可以避免传统产品屡屡受限、"无地自容"的尴尬境地。

不锈钢是在空气中或化学腐蚀介质中能够抵抗腐蚀的一种高合金钢,因其具有良好的耐腐蚀性、可加工性、表面美观、综合机械性能优良等特点,被广泛应用于化工、石化、航空航天、能源环保、轻纺等行业。

随着国力的增强,人民生活水平的提高,中国市场对不锈钢的消费量迅猛增长,但由于本土不锈钢年产量一直徘徊在300万至400万吨,导致不锈钢的供应主要依靠进口。不锈钢产需严重失衡受到了国家的重视,首先加大了对上海宝钢、太原钢铁集团等国企的投入,这两家企业已经建设成为国内规模最大的两家不锈钢企业。

但是,不锈钢项目对技术的要求较高,投资较大,好多企业搞了十几年都没成功,已经上的企业也付出不少代价。国内很多规模较大的钢铁企业都曾想上,但最后还是放弃了。

险中取胜、苦中作乐是泰钢精神所在。泰钢不畏艰险,不怕困难,很多事就是因为难,别人不去做,才有发展空间。事实上,常态钢材项目厂家数量多,竞争激烈,很多领域已经无利可图。泰钢避开这些"红海",进入高科技、新产品、高收益的"蓝海",一旦成功将受益无穷。当然,一旦失败风险也将巨大。

用王守东的话说:"容易做的、好做的,我反倒不去做。越是容易的,大家一窝蜂上,搞来搞去,搞成了重复建设。越是难的,把胆小的挡在门外,市场是给胆大的预备的。泰钢要上不锈钢,我反复想了,走出这一步,起码在10年之内,泰钢不落后。"

是的,从上环烧机、高炉、40吨转炉,到窄带、950毫米宽带、冷轧薄板,哪一样都上对了,现在又要上不锈钢,王守东的眼光与胆气经受住了重重考验。

在王守东的授意下,泰钢秘密组织了筹建班子,悄悄开始了不锈钢项目的前期调研运作,设法赴同行处取经。但很快发现,国内已上不锈钢的太钢、宝钢等集团对不锈钢的事只字不提,讳莫如深,显然是不愿意让泰钢分一杯羹。

同行的冷淡反应并没有让王守东着急,他反而哈哈大笑:"碰壁好啊,越是封锁、抵制,越说明该项目是'蓝海'。我们一定要进入,我们的战略很对!"

泰钢作为新的挑战者,下定了决心要瓜分这个新市场的蛋糕。但是困难重重,国内有实力的同行企业不愿与自己合作,不愿分享技术,如何打开局面?

正当泰钢高层为不锈钢项目苦苦寻找合作渠道的时候,一次偶然的机会,从中国金属协会得到一条消息:乌克兰获得了国家对话权,有可能向中国出售不锈钢技术。

乌克兰位于欧洲东部,1991年苏联解体后独立。乌克兰冶金工业基础雄厚,近年来用新开发的 GOR 工艺取代传统的 AOD 工艺,取得了很好的效果。最近几年,乌克兰国内经济不景气,通货膨胀居高不下,失业率激增。为了化解危机，乌克兰主动开放技术市场，愿意出售本国具有优势的不锈钢技术。

得知这个消息，王守东感到心情舒畅。东方不亮西方亮，泰钢当年就是靠着"外脑"指点修复高炉，现在有了自己的技术队伍、自己的技术储备，再结合外部技术支持，一定会如虎添翼，拿下不锈钢。

为防止走漏消息，王守东直接通过大使馆与乌克兰方面联络，于2005年10月向乌克兰不锈钢专家、国家科学院院士、国立冶金大学终身教授、专利技术持有人尤里·萨道夫尼克发出来泰钢考察、合作的邀请。

同时，王守东邀请全国知名专家教授，在泰钢召开技术咨询会议，论证项目。与会专家教授对泰钢与乌克兰的技术合作给予了充分肯定。对不锈钢技术进行了分析和对话。专家认为，就不锈钢技术而言，乌克兰的镍铁和GOR工艺无疑是最先进的；如果合作成功，泰钢将改变中国不锈钢布局，成为这个行业的重要角色。

参会的莱芜市府领导更是眼前一亮，他们看到的是泰钢产业升级给莱芜地方发展带来的巨大机遇。市长当即表示坚决支持泰钢上不锈钢，政府将全力以赴。

专家的积极肯定和政府的表态，给了王守东莫大鼓舞，为了打破技术壁垒、突破泰钢在钢铁行业夹缝里发展的困局，泰钢必须奋力一搏，不锈钢不但要上，而且要确保成功。

10天后，尤里·萨道夫尼克院士果然依约前来考察。泰钢提出主要引进乌克兰的关键设备、图纸和软件，而对方则有所保留。双方经过几番艰苦的谈判，终于达成共识。王守东作为泰山钢铁集团公司的代表，和乌克兰国立冶金大学代表分别在《镍铁和GOR不锈钢转炉生产技术合同》上签字，一个年产300亿元的项目诞生了。

根据协议，泰山钢铁集团与乌克兰国立钛科研设计院共同研究开发世界第一条集群式精炼不锈钢生产线，整条生产线集成了当时世界不锈钢冶炼的最新技术，具有"粗料精作、铁水精制、钢水精炼、高温精轧"的特点，全流程集约高效，全线 ERP 信息化集成控制，代表了当时世界不锈钢生产技术的最高水平。

合作是皆大欢喜的。尤里·萨道夫尼克院士十分欣喜，整个乌克兰不锈钢的年产能力才 60 万吨，可泰钢一期项目就是 60 万吨，从中可以看出泰钢的实力、信心与干劲。

王守东也非常激动，乌克兰刚刚向中国打开冶金技术的大门，泰钢就接上关系、搭上快车，并且引进一流的镍铁和 GOR 不锈钢转炉生产技术。急于寻求出路的泰钢也是幸运的，未来一段时间的战略方向就此确定，不必再为企业航向的转变而担忧了。

通过反复论证和科学研究，王守东拍板决定通过压缩规模、淘汰落后，转产不锈钢产品，项目一期规划年产不锈钢板材 60 万吨；在此基础上，进一步提升达到 180 万吨规模，规模实力要达到国内前列，技术实力达到世界领先。

王守东做出的决策众多，但是这项决策与众不同，吸引了外界前所未有的关注：不仅积极响应了国家的钢铁产业政策，而且强烈地触动了山东省、莱芜市两级政府谋求经济突破的神经；这项决策使泰钢既摆脱了多年来在夹缝中生存的被动局面，又将在改善国家钢铁产业布局、优化钢铁产业结构、引导钢铁产业升级上产生积极的推动作用。

项目决策一出笼，就得到了国家相关部委的密切关注，山东省委省政府也高度关注工程的进展。项目尚未建成，得到消息的中国不锈钢协会就为泰钢预留了理事席位。2007 年 3 月，在北京开全国人代会的王守东就不锈钢项目的报批立项与国家、省市等有关领导作了沟通，相关领导作了批示，对项目的批准立项打下了坚实基础。

先进的 GOR 不锈钢转炉生产技术，必须匹配优秀的轧钢工艺，接下来要解决的就是轧机问题。可选择的合作厂家有很多，多数是国外企业。中国一重已经掌握了炉卷轧机的核心技术，但技术还不成熟，存在着一定的技术风险，国内不锈钢生产企业一直采用国外的技术装备，目的就是降低风险系数。

不过，中国一重的炉卷技术是很成熟的，这为中国装备与西方技术的融合打开了一扇窗户。王守东断然决策马上跟一重联系，认为国内装备不见得不行，工艺难点可以一块商讨解决。

王守东的眼光独特，他的大胆也是显而易见的。当初上40吨转炉，用的全部是中国技术，950中宽带也是如此，不但为中国装备打开了一扇窗，也为泰钢节省了大笔装备费用。

中国一重获悉泰钢大胆采用他们的炉卷技术，大为兴奋，这对他们来说，不仅仅是拿到一个项目，或可由此打开国内市场。在很短的时间里，两家签订了1800不锈钢炉卷轧机合作协议。中国第一台国产1800炉卷轧机自此在泰钢诞生。

剩下的问题就是资金。不锈钢项目总共需要几十亿元资金，这在泰钢的融资历史上可谓空前绝后。遥想当年，从300万元、1000万元、几个亿元到几十个亿元，泰钢的事业规模越来越大，融资的盘子也越来越大。

不过，今非昔比，如今的泰钢已经不是当年那家处处求人的弱小企业，而是一个拥有从炼铁、炼钢、窄带钢、中宽带钢、不锈钢的数字化全自动控制技术的产业集群，在银行面前具有谈判的底气。很快，多家国内外银行齐聚泰钢，就数十亿资金的筹措达成了协议。让王守东高兴的是，这件事解决得如此顺利。

泰钢已经搞过若干次大规模建设会战了，但这一次格外重视，王守东直接将之称为"淮海战役"，可见意义之一斑。这次技改建设规模空前，用一般的工作状态、一般的思想认识根本不可能完成。

对泰钢来说，这是一次前所未有的挑战，是又一次生死考验。项目选址在莱芜城西一片高低不平的贫瘠丘陵上，有水井 300 余个、果园 18000 多平方米，坟头 400 多个，还有 20 多户沿街个体经营户的经营房 4300 多平方米，正在生产的化工厂、冷库 2100 多平方米，地下管线 1700 余米。涉及 22 个村庄，以及数条高压供电线路。拆迁、平整、建设工作量都很大，要求高，工期紧。

60 万吨规模、20 万平方米厂房、千米流水生产线，牵涉到土建、转炉、轨道、电路、给排水、能源、内部管理、管网、大型仓库、消防系统、绿化带等工程，动用人员逾万，机器千台，工程之浩大不亚于一场战争。

2008 年对泰钢来说，又是一个极不平常的年份，铁矿石、焦炭价格一路走高，国内钢铁市场饱和，国外市场降温，节能减排压力增大，各种困难接踵而至。因此，王守东在会议上强调，这一工程是填补山东空白，改变莱芜形象，是实现泰钢大发展大跨越的必由之路，完成历史性转折的生命线工程，任务艰巨，责任重大，只许成功，不许失败！

王守东在不锈钢工程建设誓师大会上下达动员令：

"全体干部员工要把此次技改看做是一场工程建设的'淮海战役'，在建设中疾慢如仇，发扬'高效、创新、拼搏'的精神，秉持'严、细、准、狠、快'的技战方针，没有条件创造条件，横下一条心舍身以赴，用激进、跳跃的方式，大干、快干加猛干，全力夺取不锈钢大决战的最后胜利。"

每一句话都掷地有声。

2008 年 4 月 19 日，王守东签发下达《关于成立 60 万吨优特钢工程战役指挥体系的通知》，宣布成立"淮海战役"总指挥部、前线指挥部，成立了炼钢作战、炉卷轧机作战、生产准备、设备器材保障、施工技术保障、外围公辅保障、治安消防和战地宣传 8 个作战纵队，宣布了各纵队组成人员名单及作战目标、职责，要求纵横交错，战线连接，明确任务落实责任，保证不锈钢工程全面建成投产。

文件提出，工程建设已进到最为关键的阶段，必须进一步明确任务，落实责任，确保不锈钢工程 5 月 20 日全面建成投产。建设期限非常紧张，必须日夜兼程，加班加点。

沧海横流方显英雄本色。似乎只有王守东这样有魄力、有胆识、有毅力的领导人才当得起这样的伟业，只有泰钢员工这样久经考验的队伍才扛得下这样的重压。

号炮响处，大军开动。工程建设者们以"建一项工程，树一座丰碑"为誓言，迅速展开建设。削平了山头，填平了沟壑，开挖了渠道，打下了桩基。为了赶进度，三十几台挖掘机昼夜不停地向前掘进土方，大型吊装设备穿插互动，近百台重型自卸车来回穿梭，几十吨重的打夯锤强烈打压着地面，声声震荡，锤锤撼动。

工地上机器声、号子声此起彼伏，大家以冲天的干劲，不畏艰险、不怕疲劳、昼夜鏖战。工地上车来车往，人山人海，铁塔林立，机器声喧哗。当时的"战地宣传部"指挥长曹爱青激动地说："场面太激动人心了，工地上到处是人，到处是机器的轰鸣声。晚上天冷，工地上热得流汗，满眼里都是灯火、奔忙的人群，让人看着心里发热。"

仅仅半个月的时间，各纵队先后硬化路面 18000 平方米，平整场地 24 万平方米，动用土方 360 万立方米，浇注混凝土 20000 方，动用毛石 19000 方，把一座座山岭夷为平地。

王守东的指挥部就设在工地的板房。他态度从容，目光炯炯，运筹于帷幄之中，决胜于千里之外。

与二十多年前不同，他不可能再冲在一线，和员工一起干体力活了，但是他的心却和以前一样急切，恨不能和员工一起挖土、铺设、打桩、吊装。只要有可能，他总是出现在现场，关注着一线的一举一动。

平时稳如泰山的王守东这次破例睡不着了。上这么大个项目，环节这么多，技术含量这么高，超越了往日的所有项目，心里哪能不牵挂呢？但值得庆幸的是，泰钢的员工队伍太好了，多年的培养没有白费，大家拧成一股绳，心往一处使，把"泰钢精神"的要求落到了实处。

一天，夜已经很深了，王守东忽然来到管网突击队看望大家。年轻的小伙子们又惊又喜，纷纷表决心："王书记你回去吧，我们知道利害，会精心施工，打好这一仗的！"

"你们也要注意休息呀。"王守东叮嘱着，就又往别的地方视察去了。他的心里充满了复杂的感觉，又欣慰又幸福，仿佛看见了自己孩子的成长。

各级指挥员们更是冲在第一线。副总经理邵书东晚上直接睡在工地上，白天在工地上协调，每天晚上主持调度会议。安排的一项设备安装任务没有完成，他当即下令撤销负责人的职务，下去当一般工人。自己胃病犯了，一只手按在胃部，一只手指挥电炉安装，直到工程结束也没踏进医院大门。

项目的建设不仅是泰钢一家包揽，而是"多国部队联合作战"，中外多家设计单位、设备制造厂家均派出自己最强的实力团队，参与到工程的设计建设中来。那段时间的每一天，在泰钢三层办公楼的六个会议室内，坐满了来自五湖四海的技术人员，操着不同语言就技术问题同泰钢的技术人员进行交流，有时激烈争论，有时激烈争吵。

作为项目的主要参与方，乌克兰的专家目睹了泰钢会战的场景，很受感动。尤里·萨道夫尼克院士亲眼看到了什么叫"泰钢速度"、"泰钢精神"，什么叫"抓住机遇""大干快上"。

60万吨不锈钢是乌克兰这个国家全年生产数字的总和，开初他们对泰钢的能力还有所保留，现在目睹工程的进展速度，他们再也不怀疑泰钢人的运营能力，再也不对"神话""奇迹"的字眼陌生了。这样一个极具执行力的合作伙伴，是可遇不可求的。

2008年9月23日，泰钢1800炉卷轧机一次试轧成功。在人们期盼的目光里，火红的钢坯在轨道上缓缓运行，经过五道次轧制，体态平稳地进入炉卷轧机。然后，轧机里流出来的已经是一条银色的河流，像一卷银亮的绸缎。最后，轧机将这匹"绸缎"来回加工，将其变成一个完美的热轧不锈钢卷。

当吊车把轧卷吊向空中的时刻，现场掌声雷动，欢呼声响成一片，在这幸福的时刻，王守东跟大家一一握手，相互祝贺轧卷成功。

10月10日，泰钢迎来了一批客人，国家商务部、中国钢铁工业协会、国家环保部、中国物流与采购联合会、全国工商联冶金业协会、联合金属网的专家官员，以及来自俄罗斯、韩国、新加坡等地客商云集一堂，观摩、考察泰钢的不锈钢工程。200多名参观客人以专业的眼光和行业标准，对泰钢的不锈钢冶炼、轧钢技术给予了高度评价。

他们看到，在不锈钢退火酸洗生产线和不锈钢热轧生产线，巨大的车间几乎看不到员工，只有机器在自动运转。在主控室，操作人员每个人面前一台电脑，在认真工作着。而在成品库房，不锈钢板材和卷板，无论从外观板型还是内在质量，都达到了国际一流水平。

10月12日，2008年中国不锈钢年会及原料市场研讨会全体与会人员云集泰钢不锈钢厂参观，来自国内外的专家、学者对泰钢项目称赞不已，称之为高新专特发展战略的杰作。

2008年7月，泰钢一期不锈钢工程如期建成，对于整个山东省乃至全国的钢铁产业格局都产生了重要的影响，泰钢一举成为全国重要的不锈钢精品板材生产基地，结构调整走在了全国钢铁企业的前头。这不仅使泰钢的主要工艺装备达到国际先进水平，同时在规模不增加的情况下实现销售收入和经济效益的成倍翻番，主要经济技术指标处于全国领先地位。

不锈钢项目投产之后，仍有相关的技术问题需要解决，关键是热退火酸洗这一环节。这是一项新工艺，也是存有风险的项目。

酸洗，指利用酸溶液去除钢铁表面上的氧化皮和锈蚀物的方法。酸洗后金属表面呈银白色，同时钝化表面，可以提高不锈钢抗腐蚀能力。刚出炉的热钢采用直接酸洗的办法，可以省去平常的淬火程序，大大降低了生产成本，对提高产品质量具有重要作用。但这一工艺也具有很大风险：酸洗时间一旦过长，将造成产品腐蚀；时间过短，则产品不达标；二次整容，势必增加成本。一旦酸洗失败，损失数额巨大。

要在快捷的酸洗处理过程中保持不锈钢的光洁度，关键是酸洗液度和酸洗时间的把握，其中技巧非常微妙，稍一不慎，满盘皆输。为了防范这一风险，王守东组织泰钢技术专家会诊，决定由北京自动化研究所进行设备制造，从硬件角度解决这一难题。

同时，培养熟练的技术操作人员也非常重要，泰钢发动基层挑选性格沉稳、脑瓜灵敏的年轻人，分别派往唐钢、沙钢、宝钢培训实习，掌握技术要领。同时，泰钢并借项目投产的势头组织员工技能大赛，把基层力量调动起来。否则没有一流的员工队伍，技术潜力发挥不出来，效益还是上不去。

经过泰钢精心组织、持续攻关，酸洗这一重大技术问题得到了妥善的解决，有效提升了产品质量。

王守东的"淮海战役"带来了泰钢战略形势的全面好转，企业自此步入更高一个竞争层面。2007年前后，普通钢铁的经营形势到达顶峰，之后不断下滑，很多钢铁企业处境险恶，但泰钢依靠高附加值的不锈钢走上了一条优质发展之路，现在泰钢年产普钢400万吨、不锈钢100万吨，但产值各占一半。

针对越来越多同行瞄上不锈钢的现状，泰钢通过与西门子奥钢联、德国西马克两家世界一流企业强强联合，不断加强不锈钢技术升级改造，拉开与追兵的距离，确立了市场竞争的领先位置。

现在，泰钢已经形成了从炼铁、不锈钢炼钢、不锈钢热轧、酸洗退火到不锈钢冷轧一条完整的不锈钢产业链，工艺、技术和装备达到国际一流水平。

依托不锈钢建成了国家级技术中心、博士后工作站、国家级理化检测中心，其中，"高效环保型不锈钢冶炼新工艺技术集成创新与实践"于 2010 年荣获国家科技进步一等奖。目前已成功开发出 20 多个品种、60 多种规格的不锈钢产品，以明显的技术优势和品种优势迅速占领国内市场，并出口到 20 多个国家和地区。

第四节　集群出击，产业链制胜

在莱芜这座城市，泰钢这家企业的影响似乎无处不在。安泰首府、泰山饭店、名人会馆、保龄球馆、泰钢娱乐城、胶东庄户城、泰钢连锁超市、足浴广场、溜冰场、儿童乐园、雅鹿山公园……泰钢的发展时刻牵动着莱芜的神经，牵一发而动全身，没有哪一座工厂，跟一座城市联系得如此紧密。

目前，在主业持续亏损的情况下，非钢产业在钢铁企业里的地位与日俱增。在国际上，如奥钢联、蒂森克虏伯等世界著名钢铁集团，其非钢收入均已接近或超过钢铁主业。我国钢企也把非钢产业的发展摆上了重要位置。2013 年上半年，宝钢和沙钢非钢产业收入分别占到总收入的 33% 和 44%。

泰钢的非钢产业门类多、规模较大，但这一开始倒并非王守东的刻意而为，而是泰钢早早地肩负社会责任、为当地政府分忧、兼并问题企业的原因，结果无心插柳打造了自己的非钢产业，建立了多元化的产业链。

自从转业回到家乡以来，王守东一直关心着莱芜的发展，不遗余力为当地百姓谋利益，为政府解难题。1988 年他投资近千万元上了热电联产，让莱芜人过上一个温暖的冬天，明摆着是一件"赔本"的买卖，别人不干，他干。他说："莱芜铁厂是莱芜人民的，做企业不给群众解决问题，打自己的小算盘，这样的企业不干也罢。"

1989年治理整顿后，莱芜市一些企业经营不善，效益欠佳，下岗工人一片怨声，政府对王守东寄予厚望，欣欣向荣的莱芜铁厂就成了"扶贫状元"，一时间不同行业、不同情况的亏损企业纷纷塞给王守东，这不可避免地占用了厂里的资源和精力，引起很多人的担忧，担心这些包袱会拖垮厂里。

1987年，市里把破产的食品技术开发公司介绍给王守东，他二话不说，一肩把"包袱"挑了起来。1991年国家治理整顿期间，莱芜铁厂生铁大量积压，效益连续下滑，形势很不乐观。就在这时市里找到王守东谈及第二发电厂问题，他没有推辞，爽快地接过来。

1994年，莱芜设备总厂即将倒闭，700名工人面临下岗，这一次，没等市里说话，他找到市里领导，主动要求把设备总厂接过来。他不能眼看着工人流离失所，不能看着领导犯难，咬咬牙，勒一勒腰带，不但挺过来了，而且很快见到效益。

1995年，莱芜纺织机械厂又面临同样的问题，他同样毅然接过来。十几年的时间里，他先后接纳了近2000名下岗工人，为当地社会稳定作出了实质贡献。

对兼并亏损企业，王守东一开始只是抱着为政府分忧、避免员工下岗的朴素想法，但随着市场经济体制在国内的推行，他开始主动地从战略角度去看待此事，开始把企业兼并看成泰钢成长壮大的必由之路。

王守东认为，任何企业要壮大、扩张，离不开兼并收购。方法有两个：一个是付出真金白银，买贵的，效益大的，增加力量强的；一个是等待时代组合并购，付出的钱不很多，代价不很大，但改造的工夫花的比较多。泰钢缺钱，但是不缺管理经验，适合后者。因此，他对亏损企业的收购开始是政府主动推动的结果，后来就是头脑清醒、积极主动的行动。

企业兼并历来是一件成功率不高、成本高昂的事。西方曾有数据，企业兼并的成功率只有30%，有很多成功企业都曾兼并不善，导致自己被亏损企业拖垮。国内知名的 TCL 集团、联想集团、中铝集团、上汽集团都曾因兼并国外企业带来的"消化成本"而承受经营压力，付出了相当的代价。

泰钢索兼并的好多亏损企业都朝不保夕，连年欠薪，员工叫苦不迭，但泰钢接收后从来没有拖欠工人一分钱工资，而是通过有效经营使得员工工资年年上升，企业效益节节攀高。其中的玄机有很多，但是善于把握被兼并企业员工心态，用泰钢"决战决胜"的思想政治工作开路，是泰钢成功趋利避害、化解风险的独特方法。

王守东关注被兼并企业员工的命运，对他们不压制、不歧视，不搞单纯的"增员增效"，而是把员工当成贴心人。对于干部员工的担忧，他不但给大家讲道理，启发引导，更注重采取现实措施打消大家的顾虑，让他们亲眼见识新措施、新政策的效果，切身体会当做自家人的感觉，彻底地融入泰钢这个大家庭里。

设备总厂是个老厂，在计划经济时期是省公安厅的定点厂家，产品有固定的销路、固定的收益，在莱芜曾经很红火。1989 年治理整顿，设备总厂资金难以维系，一直负债经营，干干停停，结果一年多不发工资，工人们无事可做，生活无着。市里也没好办法，有人提议说，干脆交给王守东，于是一纸公文下来，设备厂划到了莱芜铁厂的名下。

厂子接收过来，王守东立即提出了"人员不动、建制不动、债权不动、给足资金、恢复生产"的二十字方针，原先接手的几家企业都是大换血，这一次他却三个"不动"，其他常委成员茫然不解。

王守东的想法是：设备厂的问题不在管理，主要受制于资金问题，巧妇难为无米之炊。原有的厂长书记还是想干事的，只是没干到点子上。对于设备机械泰钢是外行，外行不能领导内行，所以管理权还是应该放给人家。用人不疑，疑人不用。

王守东跟设备总厂的厂长书记谈心，谈发展、谈创业、谈远景，指出他们的管理问题，工人劳动纪律松散、工艺水平上不去、创新手段不够等。下一步的工作是大抓生产，搞技术革新，淘汰落后工艺，节约挖潜，成本下去了，效益就上来了。与此同时，泰钢的各级机构对设备总厂大力支持，机械设备总厂需要多少资金，泰钢就筹备多少资金。

设备总厂的干部原先担心泰钢会将他们撤职，没想到还让他们留任并且扶出一程，很受感动。他们主动找王守东谈心，检讨自己过去工作的缺点、错误与不足，恳求他的指点与帮助。厂长书记都蹲在车间，和技术人员、制造工人一起研究，一起干活，没几个月就拿出三个新型号的锅炉产品，一举赢得客户青睐，洞开市场之门。

总厂还是原来的总厂，干部还是原来的干部，工人还是原来的工人，设备还是原来的设备，归并泰钢半年光景就什么都变了。如今的设备总厂，已经发展成为具有铸造、机械加工、热处理、钢构、钣金制作、自动焊接及安装调试、检验检测等技术的先进企业，年利润逾4000万元，是泰钢集团不可或缺的组成部分。

王守东说：一切的转变都在人，人是资产的核心要素，是起决定作用的东西。人的资产搞活了，一切都将激活。

莱芜纺织机械厂1958年建厂，1990年之前在莱芜是数得着的好单位，工资、福利一直很好，好些人削尖了脑袋往里钻，员工也很有优越感。此后纺织企业产能过剩日益凸现出来，纺织企业最先受到猛烈棒击，"减员减锭"之风很快蔓延全国，一大批中小纺织企业轰然坍台。

像莱芜纺织机械厂这样的企业处在纺织企业的上游，纺织企业倒闭，生产的纺织机械卖给谁去？莱芜纺织机械厂在册员工1008人，一旦全员下岗，流向社会，莱芜安定团结的大好形势将一去不复返。市委市政府迅速做出决断：把纺织机械厂交给泰钢，以求生计。

1995年，泰钢刚刚突破危局渡过难关，还没来得及喘息，接连上了炼钢、轧钢、制氧三个分厂，资金几乎告罄。市里在作这个决定的时候，也是反复权衡：万一把泰钢拖垮了怎么办？没办法，这个重担也只有王守东能挑起来。王守东知道市里很难，毫不犹豫地作出决定：全员接收，债权债务一块接手。他不能看着市里领导为难无动于衷，不能看着纺织机械厂的员工无家可归不援手。

兼并纺织机械厂在泰钢反响很大，很多人不理解：纺织机械行业已经见底，毫无希望，一下子涌进这么多人，背上一个沉重的包袱，把刚刚形势好转的泰钢拖进泥沼怎么办？不说别的，500多个退休员工泰钢就养不起，光医药费一年就几十万。而且纺织机械厂跟泰钢一路之隔一步之遥，机械厂里荒草遍地，接过来不好管理。

人们议论纷纷。有些干部公开反对，甚至有些朋友也做王守东的工作："别自找麻烦了，泰钢到今天不容易，背上这样一个包袱，到时候休想甩下来。"

在所有企业纷纷裁员、压缩项目的时候，王守东的良心、责任却不允许他抛弃良知，见死不救。在考察企业时，他亲眼看到纺织厂的工人携老牵幼，生活艰难，情不自禁地流下了眼泪。

在党委会议上，他动容地说："自古大鱼吃小鱼，小鱼吃虾米，这话不假。泰钢不是'大鱼'，面临着发展资金不足的困难，我比你们清楚。再难泰钢也要帮政府渡过难关，你忍心看着机械厂的员工沦落街头？你忍心看着他们吃不上饭，看不起病？这条'鱼'咱们吃也得吃，不吃也得吃。市里相信咱，工人们等着开工资生活，你们说，怎么办！"

党委成员们被王守东的话深深打动了。王守东说："泰钢节衣缩食，收缩战线，把其他项目先缓一缓，放一放，减少开支，救急要紧。抓紧时间把厂子接过来，稳定人心。第一，先给工人发放一到两个月的工资，民以食为天，首先解决吃饭问题。第二，退休老工人的医药费优先解决。第三，特别困难的员工，适当照顾。"

王守东带着工作组进驻机械厂，先是核对债权债务，登记账目资产，结果发现机械厂的固定资产仅有1032万元，账面上拖欠工人工资、各种补助、医药费上百万元，历年积累的债务几百万元，500多名退休员工等着退休金，可谓千疮百孔。

员工大会上，王守东慷慨激昂地宣布三条决策：

第一，民以食为天。每个员工先发放两个月工资，保证生活；

第二，健康要保证。老工人的医药费优先报销；

第三，特殊情况特殊处理。家庭特别困难的员工，适当照顾。

三条政令一出，纺织机械厂一片叫好之声。财务室在办公楼门口支桌发钱，机械厂的工人们怎么也不会相信，泰钢会主动上门给他们发工资。他们排着长长的队伍，兴高采烈。人心思安，生活求稳，工厂秩序也就安定了。

王守东和干部、员工、技术人员反复谈心，终于摸清情况，重新定位，将纺织机械厂的产品调整为四大块：纺织机械、消防器材、微型汽车、钢铁加工产品。在生产比例上以消防器材和钢铁加工产品为主。

根据产业方向和产品市场，泰钢重新调整了纺织机械厂的资金、设备、技术人员和管理模式，形成崭新的产业机构，企业也更名为"莱芜冶金机械制造厂"，很快起死回生。

龙门铣镗床作为加工大型零件的机床，生产要求很高，涉及精密仪器、精细加工、液压系统、传输系统等关键技术。2010年，冶金机械厂靠自主研发，在金融危机过后、冶金机械出口低迷的情况下，实现了大型龙门铣镗床的投产，并实现了规模化、专业化、产业化和高附加值。一台大型龙门铣镗床的售价为1000万元，相当于过去自身半年的收益。2013年10月，月产10万具灭火器生产线正式投入运行，使冶金机械厂消防产品的质量和产量跃居国内同行前列。

现在的冶金机械厂规模、效益连年增长，拥有先进的生产设备700多台套，成为消防栓、消防水泵、塑钢门窗、起重机、烧结机、给料机等专业设备生产厂家，为国内外钢铁公司定制环形烧结机，产值已经过亿，声名远播海外。

在整合多家制造业企业的同时，王守东领导泰钢的另一条扩张之路有些出人意料：以文化娱乐为切入点，先后进入娱乐、商贸、地产等领域，使泰钢"软硬结合"，变得更有包容性、综合性，产业链更加伸展。

莱芜锅炉厂的位置处在莱芜市的核心地段，占地面积100余亩，地理位置优越。随着莱芜城市的发展，商贸、休闲、娱乐业不发达的瓶颈凸显，引起了王守东的关注。

莱芜是一座以钢铁、煤炭、电力、机械制造为主导的重工业城市，原先莱芜的商贸、休闲娱乐业不发达，一到假日，人们连购物和游玩的去处也没有。王守东是个热爱生活的人，虽然他自己平日忙于工作，但对于"软"的产业却有浓厚的兴趣。1998年隆冬时节，并未经营过商业的王守东根据大量的前期调研决定，着手把位于市区的原锅炉厂设备车间变为泰钢商业服务中心，发展商业服务业。

时间已是冬天，按理说不是适宜施工的时候。但为了抓住春节前的黄金时间开业，王守东给施工队下了死命令：一定赶在春节前开业！并指派党委副书记、工会主席杜跃进负责。

一声令下如同军令，在王守东和杜跃进的督促下，施工和建设队伍立即着手挪机器、清设备、改厂房、安家具、搞绿化、招人员，三班作业连轴转。

奇迹再次显现：施工方一个月完成了五个月的任务，按期实现目标。1998年1月26日，农历腊月二十八，泰钢娱乐城如期举行开业典礼。前来的前市委书记朱应铭夸奖说："你们的效率超过深圳。"王守东则说："泰钢就是泰钢，叫泰钢速度！"

泰钢娱乐城的开业，带动了莱芜服务业的蓬勃发展，丰富了莱芜休闲文化，给市民带来了极大的方便，而且促进了这座城市功能的持续完善。

泰钢娱乐城一期工程，包括保龄球馆、儿童乐园、台球、乒乓球厅等功能设施，其中保龄球馆为莱芜第一家，十道保龄球道，在省内属先进水平。开业当天盛况空前，如潮的人流挤破了玻璃大门，可见莱芜市民的热情。泰钢商业服务中心所在的莱芜市凤城西大街从此热闹起来，车水马龙，霓虹闪烁，水泄不通的人流把那里变成沸腾的海洋。

这一年5月，莱芜第一座高档次、高品位、多功能，集娱乐、健身、餐饮于一体的娱乐场馆——泰钢娱乐城正式诞生，拥有100人的客房酒店、能容纳1000人就餐的大餐厅、能品尝东西南北中的40余种快餐点，后来又建起7000平方米的大型购物超市、能接待1000人的露天舞场和室内歌厅。

一期工程投入运营，在社会上好评如潮。王守东决定进一步加大"三产"的开发力度，功能齐全，设施配套，服务一流，用王守东的话说："不做就不做。要做就做最好的，泰钢不做第二。"此后，旱冰场、餐饮、洗浴、商业会所、酒店等设施陆续开业，几乎每次都能在当地引起一次新的消费热潮。

2006年4月26日，泰钢投资2.6亿元，规划总建筑面积11万平方米，包括大型休闲广场、多功能商业建筑、高档社区住宅三大主题的商业地标——"泰山·盛世嘉园"隆重奠基。一年后，泰山·盛世嘉园盛大开业，集纳商贸百货、大型超市、餐饮娱乐、休闲运动等商贸、文化、健身项目于一身，一举成为鲁中地区规模最大、功能最全、档次最高的商贸、文化、休闲中心，预示着泰钢第三产业实现了历史性的飞跃。

2009年，泰钢又向雪野湖进军，在那里打造高端休闲度假村，一来作为房地产项目，二来促进休闲度假旅游。

王守东一手促进的泰钢第三产业快速提升战略，使泰钢形成了以盛世嘉园为骨干，餐饮客房、连锁超市、休闲娱乐、商务旅游齐头并进的现代化服务网络体系，为社会提供就业岗位 5000 多个，领军莱芜"三产"，极大地回馈了莱芜这座泰钢的母亲城。

今天的企业竞争，早已不是企业与企业之间单纯生产规模的竞争，而是产业链与产业链之间的竞争。面对日益激烈的国际市场竞争，进行产业链和价值链重组，打造高附加值和降低系统损耗的产业链，是泰钢转型升级的工作方向。

泰钢走过了 30 年的道路，今天它已经是一家钢铁冶金为主导，横跨能源电力、精密铸造、科研开发、国际贸易、物流运输、房地产开发和酒店服务等领域的多元化经营的大型企业集团。如今非钢产业已成为钢铁企业在寒冬里的热词，泰钢却不需要如此刻意强调，因为钢与非钢产业链的并举在泰钢已成事实。

第五节　博大包容，化危为安

企业要发展，营造一个有利的外部客观环境非常重要，这也是企业家管理能力的一部分。泰钢多年来的发展很大程度上得益于王守东的个人魅力。

王守东的身上有一种吸引人的特质，正直、坦诚、谦和、儒雅中透着热情爽朗，使人如沐春风。跟他结交的人往往先是被吸引，然后被感染，不知不觉之间关系就会密切，再见面就是知交，他也自信地表示自己一生交友无数，在全国各地的同学、战友、同事、朋友很多，在基层、在机关、在社会上都赢得大家的尊重，这和他的个人魅力牢不可分。

王守东最初在行业里的交友活动是在 1984 年。那年的 7 月 12 日，二号高炉大修正到了关键时期，上海冶金局突然打来电话，告诉他上海冶金局冶金工作会议在厦门召开，通知他暂时撇开工作，一定参加这个会议。

接到电话,王守东异常兴奋,一个正在恢复时期名不见经传的小铁厂,参加上海冶金局召开的工作会议,非常重要,一是获得了上海冶金局的全面认可,二是通过参加这个会议可以结识更多的人,打开眼界,了解全国钢铁形势,逐步进入钢铁行业这个圈子。

厦门会议是王守东钢铁人生的一个重要开端。在厦门,王守东不仅与无锡、广州两家客户达成了合作意向,更重要的是结识了许多钢铁界的"大腕",对全国的钢铁形势有了一个全面的了解和认识,得知国家建设一再提速,口岸接连放开,钢铁需求激增,市场逐步升温,办钢铁大有前途,不由信心大增。

从此,他走进了中国钢铁世界。在这个领域里,开始了他长达数十年的钢铁生涯,从零起步,直到跻身中国500强、中国制造企业100强。他想,迟早有一天,自己的企业也要承担国家大型会议,没想到这一天来得很快。

1993年10月,冶金部冶金工业利用外资更新改造基本建设统计工作会议在泰钢召开。这是泰钢第一次承担全国大型会议,来自全国25个省、市、自治区冶金系统的代表53人参加了会议。

代表们饶有兴致地参观了热电厂、水泥厂、炼钢、轧钢、环烧机等项目,不时地问这问那,对泰钢热电联产、环型烧结充满了兴趣。之后没多久,很多企业上门学习取经,墙里开花墙外香,泰钢经验引起了社会的高度关注。

这一天,王守东以东道主的身份,主持召开全国大型冶金系统工作会议。离厦门会议仅仅过去了8年时间,从一个四处讨钱的小厂,发展成为一个受冶金部高度重视明星企业,从到处取经到人家登门学习,王守东和他的企业用了不到10年的时间,走出低谷,破茧成蝶。

此后,王守东在行业和社会上的知名度越来越高,结交的圈子也越来越大。而且随着泰钢的壮大,不仅是参加别人举办的活动,而是主办自己的活动,邀请天下客商参加,扩大泰钢的影响和辐射面。

2006年10月6日,泰钢历史上首次举行的座谈会在海南博鳌召开,"泰钢高层合作论坛"邀请了英国、韩国、德国、意大利、卢森堡、印度、哈萨克斯坦、俄罗斯等国以及国内首钢、宝钢、唐钢、太钢、酒钢、沙钢等企业的嘉宾,北京大学、清华大学、北京科技大学、成都冶金学院、中钢协会、哈尔滨工业大学、山东工业大学等研究机构的学者,可谓名流荟萃、智者云集。

论坛的主题是:世界钢铁产业的发展趋势及其预测。王守东在会上做了"泰钢的定位及其发展"的主题演讲,不时被掌声打破。会议期间,与会者还与泰钢洽谈技术合作、资本合作、营销合作与国际贸易事宜,签订了多项合作协议。泰钢借助博鳌及本次论坛的影响,开始悄悄推进自身国际化的进程。

2012年11月12日,泰钢举办的为期两天的合作伙伴高层论坛在青岛举行,国内钢铁行业的300多名专家和嘉宾应邀参加论坛。大家畅所欲言,充分发表自己的真知灼见,共同为钢铁工业发展尤其是莱芜的钢铁形势把脉问诊,出谋划策。

不管是来泰钢的客商、高官,还是有事相求的平民百姓,在王守东眼里,没有特别的分别,无论高低贵贱,只要自己稍有余暇无不接待。求他办事的人很多,他从不相拒,只要能办的一定竭尽全力。

王守东饱读诗书,学养深厚,对儒家文化、道家文化都有自己独到的见解,易于和人交流,尤其容易结交朋友。他的朋友当中有高官;有企业明星,比如山西潞宝集团董事长韩长安、华盛董事长王廷江等;有作家、艺术家,比如李存葆、李延国、郭兰英等。人的文化素质是一张通行证,共同的事业追求、爱好、信仰和文化精神,是做朋友的基础。

王守东是个本色的人,至情至性,几十年的内功修炼,也没有把自己修炼成"城府"深厚之人,他说话直来直去,做事光明磊落,在高官面前不卑不亢,在客商面前谦逊真诚,在业内中直扎实,在群众面前宽厚礼让。在莱芜,口碑最好的是王守东。

王守东是个不说假话的人,不论对谁,无不待之以诚。在和政府领导打交道时,他的表现从容大气,敢于说实话,并不为了让人高看就肆意浮夸。王守东很反感弄虚作假,说:"数字出成绩、浮夸出政绩,这样的话,我说不出口,说出来觉得脸红。弄虚作假的事,泰钢坚决不做!"

因为身在企业一线,始终密切关注社会动态,王守东对市场变化了如指掌,和有关部门打交道时反映的情况切中要害。他不是一个唯唯诺诺的人,不唯上、不唯书、不唯权,每次全国人代会,谈及钢铁、能源、环境、农业和农民收入等热点问题,从来直陈现实,不回避问题,他的提案常常被采纳。

王守东的坦诚和务实在领导中口碑很好,他的见解经常能给各级领导决策以启发。比如2003年在推动工业园建设时,他多次直言莱芜的发展要加速,要赶上兄弟地区的发展步伐。时任莱芜市委书记李玉妹在会议上说:"守东同志为人正直,是个本色的人,他看的情况很真实,从他这里能得到很多启示。"

2004年王守东在给时任省委书记张高丽、省长韩寓群的信中,以他一贯坦诚、直接的态度,提出他的见解和重要建议。

对于成长于新中国成立后的那一代人来说,"关心国家大事"不仅是领袖的号召,也是个人积极的行动。忙于企业事务的王守东历来就不忘自己的社会责任。1993年1月,王守东当选莱芜市人大第十三届常委,同时当选山东省第八届人大代表。每次到省里开人大会之前,他总是到厂矿企业座谈,到农村调查了解情况,以便了解实情,更好地参政问政。

从1998年起,王守东连续四届当选全国人大代表。这使他有机会在国家最高政治领域上参政议政,有机会接触党和国家领导人、坦诚表达自己的理念与诉求,有机会和更多的同行交流,也有机会站到了一个新的起点,更高地瞭望世界,规划企业的未来。

在每一届任期内,王守东都时刻不忘自己的职责和使命,他重视民生、关注企业持续健康发展和建设和谐小康社会。15年里,他在全国人代会上就提交了200余个建议和议案,包括政风、学风、教风、医风,钢铁行业的持续、健康发展和老区经济社会发展,新农村建设及社会保障等诸多方面的内容,其中多项议案、建议受到国家领导、全国人大、国务院有关政府职能部门的高度重视。

2008年3月9日上午,时任国家主席胡锦涛来到山东代表团,与代表团全体审议全国人大常委会报告。在小组讨论会上,王守东向代表们介绍了泰钢依靠科技进步实现跨越发展的经验,就科技创新,发展循环经济谈了自己的看法。他的发言见解不凡,出语惊人,引起了很大反响,被《大众日报》全文引用。

作为莱芜市的骨干龙头企业领导人,王守东从来都勇于担当社会责任,积极履行企业的义务。1984年企业利税不足百万,2001年就达到1.03亿元,成为莱芜第一家利税过亿的地方企业。泰钢的壮大引起了其他企业的关注,一时前来寻求合作的本地企业络绎不绝。

2005年,莱芜银河纺织公司由于经济效益差,无法获得银行融资,便在有关人士介绍下前来拜访王守东,请泰钢为其提供金融担保。王守东出于恻隐之心,不想看到对方企业破产,员工漂泊社会,同意了对方的请求。

实际上,这种企业间担保的行为风险很大,经营形势、管理水平、利益主体不同的企业被硬性捆绑到一起,一旦担保链条中有一家企业出现资金问题,就可能连累一大片企业。

以温州商人为例,温州商业圈里原本具有传统的信任基础,谁家有困难亟须借钱周转,往往连借条都不用写,生意人彼此做个担保也都是分分钟搞定。可2012年起,一些老板因为资金链断裂而跑路,直接造成很多本来信誉很好的担保企业、担保人忧心忡忡,担心被这些跑路的人拖垮事业。

豪爽仗义的王守东,当时对这一现象背后蕴含的风险还缺乏认识。事情似乎并无蹊跷，对方获得了银行贷款，活了下去，一切平安无事。

然而就在2008年，一件意外之事突然爆发：因银河纺织公司所欠贷款7.6亿元无力偿还，6家银行同时冻结担保单位泰钢所有账号、要求限期偿清银河债务。而此时，泰钢投巨资建设的60万吨不锈钢工程也正需要大量资金补给。7、8月间，泰钢资金链一度到了"断炊"的边缘。

危机面前，王守东当断则断，立即采取行动。他不会轻易服输！

王守东不怨天，不尤人，冷静思考，沉着应对，潜心研究，把精力用在解决问题的方案上，以积极的态度化解危机，采取了四项重大举措。

首先，泰钢和青岛港务局、中钢集团、山西潞宝、西重院等单位抱团取暖，通过设备信贷、资产抵押、产品置换、转借贷款等方式，缓解了8个多亿的资金压力。

其次，泰钢通过香港东胜泰有限公司，从荷兰银行、恒生银行开出信用证，打了个时间差，低价进口36万吨矿石矿粉，保证了生产的正常运行。

再次，泰钢抓住60万吨不锈钢工程投产的机会，举行了场面隆重热烈的剪彩仪式，大大减少了外界舆论压力，由负面舆论转向正面赞赏。

最后，为了凝聚人心，提振士气，增强斗志，泰钢内部全面开展"劳动竞赛"，口号是"泰钢靠我发展，我靠泰钢生存"，用轰轰烈烈的竞赛比武，激发工作热情。

四项得力举措使泰钢渡过了危机，赢得了尊重，打开了局面，也促使王守东重视金融风险的防范和金融资本的运作。

现代企业的发展必须保持双引擎，做到产业和金融两个发动机带动。只有产能的扩张没有金融的扩张，企业就是跛足的，走不远的，无法达到资源利用最大化和超常规发展。

王守东开始在金融资本上做文章，不断优化泰钢的金融业务管理。他潜心学习有关知识，得出结论："有钱不等于有资本，资本不是钱，资本是能够用钱挣钱的能力，是整合各种资源的能力。"他提出泰钢人必须认真学习金融知识和各种政治、法律、文化、宗教和经济结构知识，先从外地进行金融运作尝试，以中国资本和世界资本为纽带，整合各种资源，利用各种生产要素，稳扎稳打，由简到繁、由小到大，在资本市场领域逐步学会游泳。

第七章　科技制胜：厚积薄发

◎ 依靠科技进步促发展，通过技术创新求效益。在创业之初打基础、抓落实，在发展时期正确定位、集中资源，走高附加值、高技术含量的发展之路，让企业的技术研发与应用水平迅速提升，成就后发优势。

泰钢热轧不锈钢生产线

第一节　自力更生，勇挑重担

钢铁行业是一个多投入多产出的资本密集型产业，也是技术密集型行业。受铁矿石、焦炭、能源、运输等资源条件约束大，同时行业进入和退出壁垒高，技术领先者在竞争中具有明显优势。

在技术问题上，王守东有一句名言："搜索全球，为我所用。"他不赞成简单的"拿来主义"，非常注重将外部技术与生产实践结合，通过结合发展创新，变你为我，实现效益。他说："办法都是人想出来的，不懂得不可怕，可以向外国的先进企业学嘛，日本、德国有好的经验都可以借鉴，结合就是成果。"

泰钢几乎是从零起步，资金、生产问题本就难解决，自身的技术进步和积累问题就更难解决。恢复上马之初，泰钢无论在技术还是产品质量上都不占竞争优势。1987年山东省内各高炉炼铁主要技术经济指标中，莱芜铁厂的生铁合格率是94.26%，高炉利用系数为1.41吨/立方米·天，均列于省内后列。

在这一时期，泰钢的主要技术成果来自于外部支持，扩大横向联合覆盖面。王守东四处网罗和培养人才，不懂就请"高人"指点，不会就派人出去学习。

1986年，泰钢建设的第一座100立方米高炉从奠基到投产仅仅用了一年时间，但这给泰钢带来另一个现实问题：技术力量仅仅能够操控55立方米高炉，操控新高炉不论技术还是生产都是一个严峻的考验，这一道坎儿过不去，如何是好？

王守东这一次没有南下求援，而是北上东北。东北是重工业基地，技术力量雄厚，他直接找到了鞍山钢铁学院寻求合作，学院派出专家教授前来指导。但没有相应的技术工人还是无法解决问题，王守东又跑到淄博张店钢铁厂寻求帮助，展开技术合作。

泰钢进入增长期后，企业发展很快，大型机械设备不断从三菱、西门子等外国公司引进来，说明书一大摞，谁也看不懂。出了故障，大家干瞪眼。王守东一次次跑北京、上海的科研院所，请专家教授来泰钢会商、研究、示范、拿解决方案，人来了，又走了，留下一堆技术难题，仍然没法解决。

泰钢的解决办法是以需定培，追求培训工作的实效性。什么岗位缺员，就针对这个岗位的实际加强对员工的培训，培训工作就向哪个方向发展。实际工作中，泰钢围绕自身生产实际，从生产原理到工艺流程，从设备结构到性能原理，从工艺纪律到三大规程等各方面都加强培训，一切围绕生产岗位的实际需要培训。

王守东酷爱学习，带动泰钢上下一起刻苦钻研，四处求教。泰钢采取走出去请进来的方式，到同行业、同类型的先进企业进行培训学习，并定期举办培训班，邀请各专业协会会员对下岗员工进行轮训。仅从1999年到2003年期间，泰钢就先后选派员工到安徽马鞍山钢铁公司等4个企业培训达320人次，举办各类专业训练班50余个，培训关键工种120多个，使员工的素质在短时间内有了较大提高，满足了岗位的需要，有力保证了几个新建高炉和40万吨带钢、60万吨炼钢、汽轮鼓风等项目的顺利投产。

泰钢提出了岗位要练兵、岗位要过硬、岗位要精通的基本要求，把员工培训与岗位技能大赛、岗位标兵、星级员工评定、员工技能鉴定、工人技师评聘等活动紧密结合起来。截至目前，泰钢已经培养了中高级技术人才520

人，专业技术骨干1400余人，3600余名员工参加了不同类别、不同层次的业务、学历的培训及再教育，并以此为基础建立了国家级技术中心、博士后工作站，完成科技成果480项，其中70项通过省级鉴定，40多项成果获部、市级科技成果奖，获国家专利66项，创造经济效益8000万元。

如今，泰钢已与钢铁研究总院、中钢集团公司、上海宝钢设计研究院、西安重型机械研究院等单位建立了战略合作关系，与德国西马克、西门子、美国穆格、铁姆肯、法国赛特、瑞典ABB等跨国公司开展了技术协作和交流，邀请国外专家来泰山钢铁交流、指导，并不断选派优秀员工，到德国西马克、蒂森克虏伯、奥钢联、巴登钢厂、浦项钢铁等先进企业培训、学习。

在学习他人的同时，王守东不忘及时给技术部门压担子，在重大项目上及时鼓励启发他们搞创新、挑大梁，不只养兵更要用兵。泰钢的技术人员经常有幸被出题点将，他们在承受重压的同时，通过自己的智慧与付出，也解决了企业发展中的多项难题，实现了个人的成长。

高炉冶炼对原料的要求非常严格，如果原料的强度达不到，配料不均匀，不但高炉的产量上不去，而且会增加焦比、提高冶炼的成本、高炉运营不顺行。过去，莱芜市铁厂一直采用土法烧结，支上风机，架上风管，铺上炉箅条，在炉箅条上铺上麦秸，撒上焦炭矿粉石灰，烟熏火燎烧一番，待其冷却后筛分，然后供高炉使用。

这种回总烧结方法工艺落后，技术含量也低，不仅劳动强度大，而且污染严重。因为这活儿脏和累，操作起来浓烟蔽天，粉尘满地，行人无不遮脸掩鼻而过。打第一座高炉投产后，王守东就想着改善高炉的原料结构，但试了几回都不成。

同一时期，国内大型钢铁企业使用的都是带式烧结机。带式烧结机是由铺设在钢结构上的封闭轨道和在轨道上连续运动的一系列烧结台车组成。20世纪70年代使用的带式烧结机面积达到600平方米，占用面积大，操控程序复杂，一台带式烧结机当时的价格在2000万元左右，成本投入过高令他望而却步。能够上一台适合铁厂高炉生产的烧结机成了王守东的心病。

1987年春，冶金部考察团一行到日本做短期考察。日本钢铁一直走在世界的前列，一直保持吨能耗最低，钢产品竞争力世界第一的优势。这次考察的目的，主要学习日本的先进技术，为刺激中国钢铁出台新政策做准备。

在东京，偶然之间，冶金部的官员发现了一种小型的垃圾焚烧装置——环形烧结机，引起了他们的兴趣。冶金部"中小办"主任高庆举一直分管中小钢铁企业，这些企业普遍产能落后，用的都是土烧结，效率低，劳动强度大，污染很严重。他一直想淘汰落后的生产工艺，苦于无门，一直未被实现。这一次意外发现，令他眼前一亮：如果把日本的垃圾环形焚烧炉买回来，用在烧结上，可望解决这一难题。

高庆举回国后开始琢磨，想举一反三，借鉴垃圾焚烧机原理，制造一种冶炼烧结机用于烧结原料的加工。这是对我国土法烧结技术的根本性变革，能从根本上解决土法烧结污染大、占地多、质量差、劳动强度大的劣势。

这年夏天，冶金部在郑州召开年度工作会议，拿出了尚未成型的"环形烧结机"研发方案，在会上进行交流，希望得到与会人员的认同，找一家合作企业一起开发这一项目。大家都不看好这个"拿来"的成果，认为这个方案纸上谈兵，垃圾焚烧和烧结根本不是一回事，因项目投资大，成败难测，一时无单位敢于承担这一项目。

王守东获悉此事，立即决定接题。全国那么多大型钢铁企业望而却步的事，他却迎难而上。这并不是逞一时之勇，他有他的想法：冶金部亲自牵头的研发项目，肯定前景广阔。谁最先使用，谁就把握了先机，跑在了别人前头，无疑是最大的受益者。

土烧结工艺落后，污染严重，脱硫性差，稳定性不高，影响了钢铁品质。他早有改进烧结工艺的想法，这一次和冶金部不谋而合，他不想放弃这次难得的机会。通过这一项目带动泰钢的研发力量，一旦形成成果，可以提高莱芜铁厂的知名度，对推动全国钢铁企业技术创新，也是一个积极的贡献。

在当时，泰钢全年的收入才3000万元，1000万元可不是小数字！面对大家的质疑，王守东斩钉截铁地说："看准了的事就得干，攀岩没有回头路。环形烧结机属于新产品，新技术，新设备，肯定长处大于短处，好处大于坏处，无论有多少担心，泰钢得上。"

在他的积极安排下，泰钢迅速成立研发小组，立即找到冶金部接受任务，积极与设计制造单位联系，开展工作。王守东对这项技术非常重视，经常给研发小组出主意、想办法，一次次给攻关小组开会。

他带人跑到北京，跟冶金部当面磋商，通过冶金部牵线搭桥，跟国际、国内知名专家多次交流、论证，把问题解决在图纸上，不断进行分解剖析，一步步实验，减少了风险。同时，积极跟江苏省冶金设计院、河南焦作矿产机械厂设计制造单位开展技术合作，环形烧结机项目很快启动。

1988年年初，泰钢与江苏冶金设计院双方就合约事宜协商完毕。合同清楚地表述了这样一层关系：研发者和使用者共同完成新型烧结机的研制。泰钢作为环形烧结机的定点试验单位，实验数据和技术革新发明成果双方将共享。在10年内，如需向第三方出售同类产品，必须征得泰钢的同意并参与分享一定经济利益。

1988年7月，投资800万元的16平方米环形烧结机项目在泰钢破土动工。江苏冶金设计院制造的环烧机件陆续运到莱芜，王守东也就忙碌起来，每天站在工地亲自指挥大家卸车、安装、调试……很快，工厂东北角耸立起一座"黑塔"，它与高炉、炼铁车间遥相对望 与焦化、上料、煤气、锅炉、冶炼等部门连通，成为泰钢厂区的一道风景线。

环烧机拉回来，王守东带领攻关小组马上进行试烧。在试烧过程中，逐步进行改造完善，一次完成改造55项，把一个半成品，开发成了一座现代化程度较高，高效、节能、环保的环形烧结机。

历经20个月的反复试验，环烧机于1990年5月5日一次性点火成功，宣告了我国土法烧结历史的结束，使我国的烧结工艺一下子由国际50年代水平提高到80年代先进水平。

泰钢过去的人工烧结操作，不是烧老了，就是烧嫩了；不是亚铁高了，就是碱度低了，原料成结率非常低。而现在效率成倍翻番，高炉熟料由过去的40%提高到70%，烧结碱度由0.8提高到1.5左右；高炉利用系数增加0.3。

但环形烧结机是个试验品，许多方面需要加以改进，加以完善，运行过程中不断出现毛病。作为合作的一方，泰钢积极参与到研发过程中来，和设计单位一起对环形烧结机进行全面的检修，查找问题的症结。

那段时间，王守东和技术人员一起吃住在现场，和他们一起全神贯注地观察分析设备运行状况，琢磨解决方案，经常为查找一个问题的原因一待就是一天半宿。在半年多的时间里，他们纠正了6项设计错误，解决了342个技术难题，其中重大设计改造达54项。

同年11月7日环形烧结机正式交付生产，举行了隆重的剪彩仪式。自此，我国自行研制完全自主产权的第一台16平方米环形烧结机在泰钢诞生，并获得1992年全国冶金科技进步三等奖。

1991年春天，冶金部中小办在莱芜市召开全国首台环形烧结机技术鉴定会，与会专家一致认为：环形烧结机具有产量高，性能好，烧结强度稳定、占地面积少，无污染等特点，特别适用于中小钢铁行业，为我国烧结机的选型提供了技术和参考。莱芜市铁厂大胆尝试新技术的研发，敢于承担风险，不怕失败，不怕困扰，全力以赴，认真攻关，为我国冶金企业树立了榜样。

时任冶金工业部副部长周传典在鉴定会上说：环形烧结机的研发如果放在别的单位很可能成为一堆废铜烂铁，也只有在莱芜市铁厂才会研发成功。因为王守东同志在环形烧结机的研制过程中，顶住压力，信心百倍，敢闯敢试，敢于革新，是一个"敢吃螃蟹"的人。在此后的多年时间里，几乎每一任冶金部的领导，都来莱芜铁厂考察环烧机的运行状况，对环烧机的进一步开发，提出中肯的建议。

经过改进后的环形烧结机开始发挥它的效率，莱芜铁厂与1989年同期相比，1992年10月至12月，生铁产量增加到8659吨，年增长生铁3.6万吨，增利180万元；焦比下降，吨铁成本减少35.56元，每年可从降低消耗中获利460万元。环烧机的试车成功，使莱芜铁厂年新增产值1200万元，仅专利推广获得的直接经济效益就达到了3900余万元。

泰钢凭借自己的力量克服了130多项难关，建成了我国第一台环形烧结机，拥有自主知识产权核心技术，实现了炼铁原料加工的一场革命。随后，泰钢研发的环形烧结机烧结的面积越来越大，工艺制作的水平越来越高，先后在全国推广应用华西村、迁安铁厂等60多台套。在不到两年的时间里，泰钢生产的环烧机走出国门，远销印度、印度尼西亚、越南等东南亚各国。

第二节　力戒浮躁，潜心积累

人才是最牢靠的生产力。这是王守东一以贯之的用人观，尤其对科技人才，更是珍爱有加、大胆使用、超前使用，该奖的奖，该提的提。

泰钢在把一批批员工送出去接受教育培训的同时，还邀请专家、教授来厂讲学，拓宽员工视野。与此同时，泰钢更注重岗位培训，把岗位练兵作为一种制度坚持下来，要求干啥练啥、练啥像啥，并通过技术竞赛为之推波助澜，给技术能手披红戴花、给予精神和物质各种奖励。

莱芜铁厂改为泰钢后，企业怎么发展，向何处发展，一直困扰着王守东。生产规模尚小，资金不足，结构单一，企业上升后劲亟待提高，种种看不见的矛盾，正在明朗化。怎么办？他决定向群众求计问策，走群众路线，集中员工智慧干大事，想通过召开座谈会，把问题摆出来，破解困局，让泰钢的科技队伍发挥"智囊"作用。

1995年6月14日，王守东以泰钢总经理的身份，邀请33名科技人员召开座谈会，共商泰钢发展大计。

会议开始，王守东作动员讲话。他说："大家是泰钢的干部，担负着繁重的管理工作和科技攻关任务，对泰钢的发展，你们尽了心、出了力。'厂兴我荣、厂衰我耻'这句话，应当在泰钢身上体现出来。希望大家积极建言献策，畅所欲言，有什么好的计策，有什么好的措施，尽管提，只要对公司有利，我言听计从，第一个支持。"

这次座谈会共收到合理化建议100多条，包括泰钢建设的方方面面，王守东对逐条建议，一一分析，认真对待，进行了很好的落实。33名科技人员受到了公司领导、干部员工的极大尊重，当自己的建议被采纳，在生产中发挥作用的时候，感到了很大欣慰。

企业加速，人才队伍尤其显得重要。王守东决定加强对科技人员的奖励，并通过种种措施激励大家积极参与企业的技术进步，征集合理化建议。

这一年11月，泰钢举行了首届技术比武，规模空前，沙场秋点兵，各路英才尽显风流。任维庆、孟兆文、李云斌等人获得行业状元，比武结束，王守东亲自为7名技术状元披红戴花，当场宣布每人晋升一级工资。

1997年5月，泰钢修订了《合理化建议和技术改进奖励实施办法》，使原有的合理化建议制度成为长效机制。《办法》规定对那些有重大经济效益的合理化建议提出人给予重奖，对于积极参与合理化建议活动的人员，也给予相应的奖励。

1999年1月26日，在泰钢1998年度总结表彰大会上，王守东亲自为8名技术状元颁发荣誉证书，为在工作中作出特殊贡献的6名干部员工给予重奖，最高的拿到了 6 万元。在当时，6 万元足以在莱芜买一栋三居室的房子。

泰钢的干部员工把自己当成了泰钢的真正主人，看到了企业的前途。在科技人员的带动下，员工们纷纷献计献策，成了一道挡不住的风景。很多员工每天都在琢磨：提一条什么样的建议呢？

王守东十分注意发动群众搞"五小发明"，并且每个季度都会评奖。他认为，群众中蕴藏着巨大的智慧，善于激发他们的好奇心，发挥他们的特长，就能涌现数不尽的爱迪生，企业的发展也就有声有色。所以，无论工作多忙，形势如何，"五小发明"竞赛和奖励制度不动摇。

王守东的想法是："三个臭皮匠，顶个诸葛亮"，企业要搞得好，除了依靠千千万万双手，更要把群众的智慧集中起来。试想，如果每个关键技术岗位的员工都来点发明或创新，推动管理优化和改进，那整个的泰钢运营系统必将获得极大的效率提升。

自此，泰钢掀起了小钻研、小发明、小革新的热潮，平均每年的技术革新项目都达到 200 余项。而公司也做到有绩必奖，有奖必发。连王守东也获得过关于不锈钢热轧设备国产化的贡献奖，只不过发放的单位不是泰钢，而是协作单位第二重型机械研究所。

2007 年，泰钢从奥钢联引进技术制造的炉卷轧机轧制出的钢带头尾厚度不均，这成了困扰热轧不锈钢厂领导的一个难题。

此事传到王守东的耳朵里，他把厂长、技术副厂长叫到办公室里，对他们说："面对奥钢联的技术就害怕了？这样不行，问题出在哪里要认真查找，只要找到原因就大胆的改进，只要有胆识，就敢在太岁头上动土。"并给他们提出了针对性的建议。

王守东的鼓励和指点，使厂长、技术副厂长茅塞顿开，回到厂里调出所有的操作日志和微机参数一一分析，终于发现微机的控制程序和炉卷轧机控制系统不一致，立即着手改进程序，调整炉卷轧机控制系统，钢带头尾厚度不匀的问题彻底解决了。

炉卷轧机的制造方第二重型机械研究所领导听说此事后，非要给王守东奖励，王守东对二重的领导说："你们真要奖励的话，还是奖励在一线参与改造的同志们吧！"

王守东深通其中的辩证法：以小搏大。所以，他特别重视"五小"，逢会必说，逢展必看，逢奖必发，逢才必赏。王守东说："争当爱迪生、争取得奖是一件十分荣耀的事情。首先，你付出了劳动和智慧，应该得到尊重；第二，你的发明创造改进了设备与技术、促进了生产力，应该奖励；第三，你热爱泰钢、主动添砖加瓦，是有责任心的表现，精神可嘉。"

这个制度坚持了快20年了。这些小发明、小改善、小创造不仅调动了全体员工的智慧，也引发员工们争强好胜，天天向上。整个泰钢弥漫着浓厚的发明意识、夺巧意识和光荣意识。

引进乌克兰GOR不锈钢生产工艺后，尚有许多细节问题需要自己解决。为此，泰钢成立了专家、技术员、员工三个层面的"三级攻关小组"，分等级解决生产难题，倡导技术创新，先后解决了GOR炉底吹控氮技术、SPHC夹杂物清理、GOR炉龄扩展、400系类不锈钢的9个品种，实现了普碳钢向不锈钢无间断蜕变的"华丽转身"。

在泰钢，与"五小发明"类似的是每个季度都会公布的奖项："金点子奖"，奖金从500元到10000元不等。"金点子奖"不限门类、不限对象、不限时段，更不限人数：

——只要建议有利于经营改善和企业发展，获得采纳，建议人就可以得奖；

——只要建议与生产经营结合产生较大效益，建议人就可以得大奖；

——只要建议被采纳的数量很多或价值很大，建议人就会进入泰钢的"精英库"，享受"专家型"的礼遇，被邀请参加座谈会、研讨会、论证会，享受更宽的言路，更高的尊严。

这是最公平、最民主、最公开，也最深入人心的奖项。它吊起了所有人的胃口，激发了所有人的想象力、创造力。哪怕你是一线默默无闻的工人，或者进厂不久的新面孔，但是只要有所发明创造，公司都会给予足够的尊重，使员工获得尊严感、满足感，这些远远超过奖金的刺激。

这些小发明所产生的效益也许是微不足道的，但对于一个企业的全过程生产、全流程控制、全方位增值却又是至关重要的。

王守东很看重"基才"。他们是工作在第一线的普通职员、技术工、技术员、班组长、科长，但他们是企业生产与科研大计的基石，他们的素质越高，生产搞得越好，发明创造越多，工作越扎实，企业总体任务完成得越出色。

泰钢工会和团委开展不间断的比、学、赶、帮、超活动，以帮助和促进基础人才的涌现。活动的内容包括结对子、传帮带、岗位练兵、技能大赛、专项大赛、各门类的评比、竞赛与奖励等，使大批基础人才脱颖而出。

这些看似平凡的人才，在泰钢的日常生产运行工作中发挥着异乎寻常的作用，创造了使人意外的价值。比如，一名员工发明了喷凝洁煤法，淘汰了昔日的水洗法，不仅环境整洁，而且一年节水39吨；几名员工分别通过在全国各地的熟人与朋友，收集炼钢添加剂的"偏方"、"验方"与"秘方"，在保证产品质量的前提下，将成本降低三成，仅此一项年增效350万元。

第三节　独辟蹊径，铁杵成针

泰钢凡是设备大修，都遵循"逢修必改"的原则，而且提倡小修小改，大修大改，凡是认准的事情要敢于下手，找准了病灶敢于动手术。十多年来，泰钢人不但对标准件敢于做改造，就是对人人敬畏的进口件也一样提出质疑，进行大刀阔斧地改进。这不仅让泰钢拥有了很多核心专利，也掌握了更多的商业秘密。

1998年夏天，王守东随市委市政府组织的经贸考察团赴山东烟台、威海、青岛等地和江苏的常州、苏州、南通等地进行了为期15天的考察。

有对比才有鉴别，王守东在考察中发现了自己的不足，对这些地方的发展速度拍案叫绝：到处都在上新项目，到处都在搞技改，到处都有刚引进的高端项目。他们的决策拍板快，审批项目盖的公章少，建设周期短，收效比较好。泰钢与之相比，在创新意识、竞争意识和效益意识上还要加速，没有后顾之忧和危机感，企业只会坐以待毙。

回到家以后，王守东的脑子里还思索着考察中见到的场面，早晨睁开眼来第一件事就想如何技术创新。他经过深入考虑，觉得泰钢加快发展的第二个黄金时期来到了，要务必抓住机遇推进技改进度，打一个产能扩张的漂亮仗。

王守东立即召开会议，部署下一步技改工程的重点是：二号高炉易地大修，容积扩至180立方米，然后接着将三号高炉扩容改造至320立方米，再建设两台环形烧结机。2000年上半年以前，这三项工作必须完成。这个决心是坚定的，一定要予以实现。

如此短的时间，如此重的任务，如此大的技术难度，如此高的指标突破让参加会议的领导们感到震惊：炼铁高炉的容积一下子由220立方米提高到584立方米，王守东的胃口真够大！但是，王守东接下来又在讨论中拿出事实和数据，让大家心悦诚服：形势如此，不得不然。

为什么要扩容？因为随着企业的发展，泰钢产品的市场需求越来越大，而生产能力却捉襟见肘。原料的供应不成问题，市场的销售不成问题，唯一的"肠梗阻"就在冶炼环节，高炉的容量是问题。如果新上一座高炉，不仅要付出1800万元，而且建筑、安装、调试就要花去大半年时间，得不偿失。而在现有基础上进行扩容改造，则既经济又节约、既快捷又满足需求。

2000年年初，王守东决定对泰钢三号高炉进行扩容改造。三号高炉原有容量100立方米，一旦将它扩容为320立方米，就达到每年50万吨生铁的生产能力，也意味着泰钢的整体实力将达到国家重点钢铁企业的行业标准。

扩容由谁来进行？泰钢面临两种选择：请外面的专家"动手术"，或者自己动手。

经验表明：由专家动手，技术可靠，动作迅速，质量保证，但需要支付一二百万元"整容费"。而依靠本公司科研力量来做，可能劳神费时一些，但同样可以完成任务，且可节约成本，更重要的是锻炼队伍，激发创新精神。

王守东决定采用第二套方案：自己干，自己创。

2月27日晚，泰钢召开三号高炉会战动员会，王守东在讲话中大讲技术革新的意义，要求泰钢下力气搞技术革新，动员泰钢的大脑，集中全员的智慧，注重知识的集成与管理，发挥全新的创造力。对于高炉改造向大家提出了八字要求：严、细、准、狠、全、快、省。

"严"是精心组织，严格操作，一丝不苟；

"细"是细致管理，密切配合，讲究效率；

"准"是找准问题，对症下药，刺刀见红；

"狠"是大胆创新，敢于下刀，协同攻关；

"全"是全面考虑，兼顾技术与市场两头；

"快"是动作要快，100天会战，拼死拼活完成任务；

"省"是力争花较少的钱，办较大的事。

在技术进步方面，王守东一向提出的要求都很高，但是也相应激发了泰钢广大技术人员的工作动力和创造力。

3月3日，三号高炉流出最后一滴铁水，随即进入"大修期"。

3月4日，开始拆除炉体，之后用了8天时间拆除石方1800平方米、开挖土方30000平方米，拆除障碍物16项。随后安装新的操控系统。

安装重点在高炉的心脏：D1000风机与3000kW电机的安装。按正常速度，完工至少得40天，泰钢机修厂靠梯次劳动、日夜突击，只用了16天就圆满完成安装、调试工作。

为了高炉扩容，为了攻克一个个技术难题，泰钢技术部门从上到下殚精竭虑。

高炉的精密仪表仪器大多是舶来品，一堆密密麻麻的英文，安装后的测试没有路线图、测试表，计量公司员工就提前通读说明，进入现场实地感觉，反复演示，终于把握可靠的测试办法，拿到准确的数据，掌握科学的分析方法。

二号高炉的冲渣沟严重影响三号高炉主体、热风炉、重力除尘的施工，需要改道，可手头偏偏没有图纸，怎么办？王守东就召集大家开"诸葛亮会"，集体献策，反复比较，最后采用交叉分流的办法改道清渣出淤。

原先一家设计院设计的高炉铸铁机和炼钢厂之间的铁路有两条，长达403米，不仅占据厂内一条主道，而且双轨造价高昂。王守东大胆假设：可不可以重新设计，变双轨运行为并轨运行？

这种设想使人们豁然开朗，但照此解决问题也并不轻松。通向铸铁机的是1435型轨，通向炼钢的是762型轨，要用一套动力完成两种任务，关键在岔道设计上。若是请北京铁路设计院来设计，一个道岔就得2万元、工期还得等待2个月，显然很不划算。

唯一的良策是自行设计道岔，但偏偏缺乏此类设计经验，王守东鼓励技术人员自己摸索大家开动脑筋想办法，自己更是跑到工地附近小学的操场上，用沙土堆垒模型，寻找最佳解决方案。经过一番比较，一种结构复杂的1435

套762型道岔终于诞生了，此种道岔全国绝无仅有，当属首创。

2001年之前，泰钢炼钢的转炉只有5吨，尽管公司要求"不息人、不息料、不息时、不息机"，但转炉太小，供不上，吃不饱，没办法快跑和高效。

王守东觉得必须上更大的转炉，解决这一不足。经技术分析认为要上就上到位，着眼于后来的发展，决定一次性上到40吨转炉。可是问题来了：找谁定制40吨转炉，而且要价格便宜？

为降低成本，王守东决计购买技术软件，自己来造设备。如此大的转炉工程自己造？风险不可谓不大。

泰钢本身技术能力已经很完善，机械制造、电器组装、软件设计、组合拼接以至仪表控制等配套力量一样俱全，只要方案在手，一切水到渠成。王守东组织泰钢六路精英技术协作，四个月后设备制成，开始安装，调试。经测算，炼钢项目节省40%资金。

事实证明，40吨转炉上对了，要不然后面的扩容、升级又得折腾了。当房地产热催生出钢铁热的时候，许多企业苦于扩张规模受限时，王守东因为拥有两个转炉而铁水充盈、24小时开足马力，工厂瞬间变成了印钞机。

2006年，泰钢公司冷轧薄板厂从德国进口一架测厚仪，使用后效果不理想，有的人说是员工的操作技术不到家，设备厂长跟踪两天后就发现了端倪，指出德国人设计的程序有问题。当时很多人不赞同这个观点，设备厂长不顾厂领导的阻拦，利用一个晚上的时间修改了程序，第二天安装使用后，以前的弊端竟然全部消失了。

计划经济时代，中国企业的装备、技术往往持续几十年不变；而改革开放的年代，新装备、新技术日新月异。每一项新技术的诞生都可能产生人们始料未及的影响，因此企业必须高度关注技术创新和技术进步，不断提升自己的技术和装备水平。

一般而言，企业技术和装备水平的发展有两个途径，一是靠自力更生，二是靠引进。过去的几十年,我国钢铁工业引进了一大批技术和装备,短时间内快速提升了钢铁行业的整体技术和装备水平,这是值得肯定的。但是,中国企业现在的档次已经上来了,再引进已经是不可能了,先进的东西人家也不给,因为他们还要保持技术的竞争优势。

王守东喜欢研究美国、德国、日本、韩国这些不同国家的企业经营模式和先进技术。"都说时间就是生命,泰钢要用科技换时间,要科学发展,赶上世界先进水平。"因此,他在领导泰钢实施经营战略的过程中始终坚持用高新技术改造传统产业,特别是把增强自主创新能力作为推动企业发展、加快产业结构调整、转变经济增长方式的中心环节来落实。

如今,泰钢迅速跨越了低水平竞争的劣势环境障碍,改变了关键技术依赖于人、受制于人的局面,走出了一条规模由小变大,实力由弱到强,结构由粗到精,独具特色的自主创新之路,科技对泰钢经济发展的贡献率始终保持在45%以上的水平。

泰钢按照"博采众长,融合提炼,消化吸收,自成体系"的原则,研究开发、推广应用了一大批新技术、新工艺和新装备,先后投资30多亿元对烧结、炼铁、球团、制氧、发电、炼钢、轧钢等主要生产系统进行了脱胎换骨式的技术改造。

同时,包括专利产品转让在内,双环烧结机为泰钢带来的直接收益近4亿元。泰钢的"卧式汽轮发电机组"专利技术销往珠海等地;"钢渣前置法生产水泥熟料的方法"、"循环流化床锅炉热渣点火方法"等专利技术,也在山东省内多家推广。这些专利技术的成功推广,为泰钢带来了丰厚的利润。而占销售额3%至5%的研发投入,以及优厚的科技奖励政策,则让泰钢的持续创新成为可能。

持续的创新推动泰山钢铁集团的产品结构、工艺技术、装备水平发生了质的飞跃。近几年来,泰钢有420项技术获国家专利,380多项成果获省市科技进步奖。

在企业发展过程中，泰钢先后与钢铁研究总院、马鞍山钢铁研究院、北京自动化院、山东大学、中国二重、西重所等多家高等院校和科研院所建立了从技术、人才、资金、项目等多层次的战略合作关系，进一步完善了以企业为主体、以市场为导向、产学研相结合、与国际接轨的技术创新体系。

第八章　低碳典范：打造绿色钢城

◎ 节能减排、环境保护是钢铁企业不可回避的重大考验，也是理所应当担负的社会责任。要金山银山，更要碧水蓝天，企业家的使命如此。以技术换清洁，以调整得效率，钢城之畔山青水碧、花香鸟语。

2003年王守东规划工业园蓝图

第一节 超前意识,大局为重

随着环保逐渐受到更为广泛的关注,节能环保水平已成为钢铁企业体现竞争力的重要组成部分,成为钢企必须重视的重要课题,甚至能直接决定企业的生死。

过去数年来,有关空气质量的话题之所以不断引发中国媒体和公众的注意,原因恰恰在于中国民众的环保意识正迅速增强,有些地方甚至因为环保问题引发群体性事件。随着外部环境的变化,钢铁企业竞争力的内涵也在不断改变,环保水平已成为钢铁企业最重要的竞争力构成部分。

传统钢铁企业历来是污染大户,市民戏称钢铁企业有"四小龙":热电厂的燃煤锅炉冒黑烟——"黑龙";高炉炼铁形成的三氧化二铁冒红烟——"红龙";焦化厂冒黄烟——"黄龙";水泥厂冒白烟——"白龙"。

传统的经济发展模式,已经超越了环境的承载能力,节能减排面临着巨大的挑战,世界将发展的目光投向了绿色经济,新能源已经成为新时代的新经济增长点,节能减排成为了经济社会可持续发展的重要任务。发展绿色经济、培育以低碳排放为特征的新型发展模式,是一场涉及生产模式、生活方式、价值观念和国家权益的全球性革命,必将对企业发展带来深远影响。

泰钢是从下马企业的废墟上白手起家、靠补偿贸易发展壮大起来的;也可以说是靠"积少成多,从小变大,富日子穷过,穷日子紧过"的拼搏进取精神发展起来的。因此,自创业以来一直高度重视节能降耗工作;从恢复上马初期,就提出节约一寸铁、一块焦、一度电、一块砖、一滴水、一滴油、一分钱、一张纸、一根焊条和一个螺丝钉的增产节约,被称为"十个一"。

上马伊始,当时还没有"循环经济"、"低碳经济"这些名词,只因为大家过惯了苦日子,一毛钱当一元钱花,水要花钱,电要花钱,气要花钱,从而无心插柳地走上了一条资源综合利用、循环发展的路子。

雅鹿山下,泰钢的两座55立方米高炉、一座100立方米高炉矗立在蓝天下,厂区里浓烟滚滚,遮天蔽日,工人身上、安全帽上落满了浮尘。烟囱里喷出的火苗每天产生140万立方米的高炉煤气,除高炉自身利用外,有40万至50万立方米富余煤气白白抛上了天空,不但造成了很大污染,而且造成了浪费,一块看不见的热能就这样浪费掉了。煤气的主要成分是一氧化碳、二氧化碳、氮气、氢气、甲烷等,虽不能用于家庭做饭燃烧,但用于炼钢没有问题。

1988年,王守东决定进行技术革新,以解决煤气回收、余热利用和废渣处理问题。他开始收集煤气再利用的一些资料,试图找到一条合理的途径,把"余热"利用起来。在会议上,他跟几个党委成员交流过,大家一直没往心里去:所有的钢铁企业都一样,产能越大,排放越高,煤气回收利用难度大,投资高,国家没有限制,国内没有先例,业内也没有统一规范,何必去找麻烦呢。

王守东看到,高炉煤气排放到空气中对人体有害,如果能回收利用,既解决了污染问题,还能为企业创造利润。钢铁企业的密集快速发展,直接影响了中国的大气环境,在未来国家会着手解决环境污染问题,与其将来改,不如现在改,王守东下定了决心。

他算了一笔账,一吨标准精煤的热值是7000大卡,如果把富余煤气很好地利用,一年节约几万吨精煤,两年即可收回投资。如果在保证铁厂用电的基础上，进入国家电网，便可实现生产、环境、效益的良性循环。

决心好下，难度很大。他带一帮人，揣着问题外出考察，寻求技术帮助，先后对四川、山东等大中型厂家走访取经，一路下来，对煤气发电有了新的认识。许多企业都想做，都看到了这件事所蕴含的潜能，只是不敢做，在新技术尚未成熟之前选择了等待观望。

王守东一直找到国家水电部，向水电部作了汇报，取得了水电部的大力支持。回来后，组织专门力量分析测算，攻克技术难关，决定新上两台大功率剩余煤气发电机组。但是没有现成模式，没有现成的设备，甚至没有参考的数值，怎么办？发电机组怎么解决？

一次偶然的机会，他了解到湖南冷水江有一座马上报废的燃气机组，立即派人到湖南买下来。机组买下来了，却拿不到计划调运手续，运不回来。万不得已，王守东直扑北京，找到正在北京开会的省长，把情况跟省领导作了汇报，领导立即跟湖南省联系，通过协商，费了九牛二虎之力，终于把发电机组拉回来了。

发电工程于1988年8月10日动工，投资730万元，历经一年零两个月，于1989年10月14日正式投产运行。全国第一台高炉煤气内燃机发电机组在泰钢诞生，开创了煤气综合利用、变废为宝的先河。

上海某科研机构曾计划上高炉煤气发电项目，多方考察，因为难度太大，不得不放弃。莱芜铁厂煤气发电项目改造完成后，当时的上海市委委员、冶金局的一位领导带着十多名专家来考察，感叹道："上海研究了十多年没成功，没想到让莱芜的一个小钢铁厂搞出来了。"

莱芜铁厂利用剩余煤气发电，开创了历史先河。烟尘小了，噪声小了，天空明净千里，空气也变得纯质透明。当年发电180万千瓦时，全年可向厂区提供电力1755万千瓦时，大大缓解了铁厂用电紧张的局面，提高了产能，只此一项，每年节约电费160万元。

莱芜盛产煤炭,遍地煤矿,价格也较为低廉。一到冬季,居民生活、取暖都靠小煤炉,家家点火,户户冒烟,一根根烟囱喷云吐雾,几十平方公里的城区上空,浓浓的烟气在马路上飞蹿。莱芜四面环山,弥漫的烟尘流动不畅,100多万莱芜居民成了真正的"烟民"。一到冬天,医院里躺满了患支气管炎的病人。

泰钢兼并热电厂后,王守东看到电厂排出来的热蒸汽随风烟散,觉得太可惜了,一定要利用起来。莱芜铁厂离城区不到一公里,热电联产可以解决城区的供暖问题。但仅仅几公里的管线、凝汽机组、人工、管理,费用很高,这是一块"鸡肋",投入大,收益小,从企业本身来说,确实是一件不划算的事。

在中国,热电联产起步很晚,企业和政府之间缺少有效的联合,城市发展也很少顾及到企业热源的再生利用。缺少政策扶持和调控,使得企业宁愿废弃热源也不愿自找麻烦。

1994年,莱芜市城市建设参加"齐鲁杯"的评比,莱芜升格为地级市,相应的配套设施还没有跟上来。泰钢受市政府委托承担了两个基建项目,一是热力改造,利用电厂余热解决莱芜的供暖问题;二是建设40万吨的焦化厂,生产的煤气供应城市居民。

服从大局是王守东的天职,他想到的除了为政府分忧,提高城市现代化水平,也想产生积极的热能效应,解决莱芜的供热取暖问题,为莱芜的环保事业作出实在的贡献。

热力改造比较容易,泰钢电厂锅炉打孔后,热气可以输入到居民家庭,但是建设一座40万吨的焦化厂需要资金1.4亿元,只能泰钢自己筹集。王守东发动员工集资4000万元,泰钢又以巨额资产抵押从银行贷款1亿元,解决了资金问题。王守东下了死命令:一定要让市民元旦用上泰钢的煤气煮饺子。

8月14日,热电联产工程正式启动。一条条管线向莱芜城区延伸,莱芜铁厂在完成了资本积累之后，开始向它的母体——莱芜输血。锅炉、冷凝机组安装也在紧张的施工当中。现场会、办公会一次次召开，王守东要求，一定要在严冬到来之前通上暖气，让莱芜居民过一个温暖的冬天。

为了提前竣工，王守东天天到工地督阵，工人们日夜加班，风雨兼程，竣工期卡在1994年年末的12月26日。从26日晚21时到27日早8时焦炉出焦，王守东在化产区仔细巡视着，看管道有没有漏煤气的地方，硫铵装置是不是运行正常，直到市府领导打来电话告诉他们居民家的煤气灶已经冒出了蓝色的火苗，他才长长地吁了口气。

这一年冬天，莱芜居民再也不用抱着火炉取暖，一股股强有力的热流从泰钢源源不断送到千家万户，烧暖了大街小巷，莱芜城区变干净了，这一个冬天暖意浓浓。

王守东对节能环保的认识也是逐步加深的。1998年，美国《幸福》杂志发表的一篇文章提出，21世纪将出现非常恶劣的气候，气温上升将比任何时候都更高更快，全球气候将出现反常，世界经济将因此受到影响。

这种预言的原因就是"温室效应"。它的来源主要是煤炭、汽油、石油风化石能源燃烧产生的二氧化碳等有害气体，长期聚集大气层产生热流，影响气候、洋流甚至极地冰帽的融化，由此夏季将延长、湿度将降低，生活将受影响。

因此，废气和余热的利用不仅是企业综合利用、创造效益的必须之举，更是降低"温室效应"、造福人类家园的社会责任。

卢森堡之行让王守东的环保观念大大前进了一步。此前，他只是从钢铁产业的角度去理解这个国家：在欧盟15个国家中，卢森堡是国土面积最小（2000多平方公里）、人口最少（40万人）的国家。这样一个袖珍小国，在20世纪70年代之前，却因为全国人均钢产量居世界第一而被誉为"钢铁巨人"。在欧盟诸国中，人均收入和生活水平最高的国家之一就是高度工业化的卢森堡。将莱芜变成"卢森堡"曾是他和许多人士共同的愿望。

实际参观让王守东感到了震撼。钢铁产业发达的卢森堡，却是一片花红柳绿、山水秀美的乐土，这与中国很多钢铁企业周边的"废土"惨状形成了鲜明对照。卢森堡钢铁厂的建筑物窗明几净，一尘不染。生产车间实行数字化的控制，连噪声都很小。整个厂区没有浓烟，没有黑灰，没有残渣，没有粉末，简直不是在参观工厂，而是在浏览博物馆。

从此，王守东的观念发生了飞跃，节能环保开始从自发到自觉，哪怕为此付出高昂代价。

从1998年以来，面对国家政策、市场竞争和资源环境等多重压力，他们大力实施低成本扩张战略，果断地对原有能耗高、成本高的"小炼铁、小转炉、小轧钢、小发电和小水泥"进行脱胎换骨式的技术改造，建成了铁、钢材能力配套、节能环保的现代化生产线，使"泰钢"的资源综合利用水平得以大大提高。

2003年起，泰钢制定了"绿色泰钢、生态泰钢"发展规划，回避了求大求全、规模扩张、粗放低效的发展道路。同时，公司还把"单纯、集约、高效和清洁"作为治厂的根本方针，把发展循环经济作为一种理念贯彻到公司发展的全过程。全体干部员工都牢固树立起增产节约、增收节支和增效节能的思想意识，并自觉落实到实际工作中去。

钢铁企业进行环保运营的话成本很高，河北省冶金行业协会提供的数据显示，2012年河北省钢铁企业吨钢利润仅85元，若启用环保设备，每生产一吨钢需要增加100元以上成本。这意味着：一个中等规模的钢铁企业如启用环保设备，每年将增加上千万元的成本，陷入微利甚至亏损局面。因此，部分钢铁企业环保设施能不上就不上，能不运行就不运行，以最大限度降低环保成本。

为了环保的千秋大业，为了造福子孙后代，泰钢舍得投资金，舍得投设施，舍得投人力。每次安全环保需要投资，王守东签字总是非常痛快，有时还问预算准确不准确,如果不准确,可以追加。

——2008 年,受世界经济危机的影响,银行收缩银根,钢铁价格下滑,泰钢的资金也比较紧张,但原料厂 180 带烧的烟尘除硫工程资金一点也没有耽误,工程如期进行。

——在上冷轧薄板项目时,仅为了实现零排放,泰钢专门从加拿大引进了生产设备技术,相比同类型机组多花了 900 万元。

——泰钢与以色列合作,总投资 7000 多万元,联手展开"脱硫、脱硝、脱汞"的国际合作项目。

——泰钢工业园建设时,环保投入占项目总投资的 25% 以上,"三废"排放达标率达到 100%,"三废"综合利用率达到 95%,园区绿化率超过 40%。

按照科学发展观的要求,泰钢应势而动、顺势而为,积极探索企业绿色发展之路。"十一五"以来,泰钢制定了"绿色泰钢、生态泰钢、美丽泰钢"的发展建设规划,从源头抓起,按照"清洁能源、清洁生产、清洁产品"的要求,充分利用风能、电能、气能,全面回收废渣、废气、废水,打造绿色产品生产链,努力建成资源节约型、环境友好型企业。

目前,1780 高炉 TRT 透平发电、烧结显热发电、炼钢、轧钢蒸汽余热发电、干熄焦余热发电和高炉汽轮循环鼓风等密集的发电用能项目,已使泰钢的自发电量达到了用电总量的 68%。

王守东说,"一个成功的企业,首先必须是一个有社会责任感的企业。"这是他矢志不渝的追求点。

第二节 升级换代,集约高效

纵观钢铁工业的发展历史,钢铁行业的技术进步过程就是一部节能降耗史，节能降耗带动了冶金技术的进步。为此，泰钢始终把节能降耗作为技术进步和技术创新的重要环节。

为了实现节能降耗，泰钢不断投巨资实行产业升级，淘汰落后产能，一切不符合环保的设施一律能改造的改造，不能改造的炸掉，为此企业付出了不小的代价。

王守东为了打造绿色钢铁企业舍得投入：他忍痛把曾浸透多年心血、年产值1500多万元的水泥厂推平了，把自己亲手扶植起来的螺纹车间炸平了，把恢复生产时他引以为豪的两座小高炉进行大修改造成了现代化的大高炉。

2000年，泰钢决定淘汰落后产能，调整产业结构，二号高炉产能低、污染高、炉容小、装备低，与快速发展炼铁工艺不相适应，必须关闭。

这个决定不好做，谁都知道二号高炉对泰钢来说意味着什么。从上马至今，二号高炉累计产铁58万吨，年年创造生产纪录，为泰钢作出了巨大贡献。

16年前，泰钢一无所有，只有两座废弃的高炉，800名干部员工抢时间、赶速度、夜以继日，忙得连喘口气的时间都没有。才把二号炉恢复起来，后来又是一号炉。16年来，炉长不知换了多少届，员工不知换了多少茬，每一位干部员工都在二号炉前练出了一身钢筋铁骨。泰钢到今天，二号炉功不可没。

王守东说："二号炉就要灭火停炉了，泰钢搞个简单的仪式送它一程，让干部员工，尤其老同志们，跟它道个别，毕竟它是泰钢的创业伙伴。"

6月12日下午，天气阴沉，昔日上马功臣——泰钢二号高炉完成了它的历史使命，带着曾经的辉煌退役了。今天，它将要走出历史舞台，曾与之朝夕相处的人们无不恋恋不舍。

王守东比谁都难受，如果不是空间所限，他还是想把二号炉完整保留下来，二号炉是泰钢发展的纪念碑，是泰钢起步的地方。但是没有办法，要发展就必须有所牺牲。他在讲话时再也控制不住自己的感情，眼泪哗哗直流。

现场的人们叹息不已。王守东说:"1984年恢复上马,克服了重重困难,我又亲手修复了这座炉子,16年,它给泰钢生产了将近60万吨铁,泰钢的企业由小到大,二号炉作出了巨大贡献,可以说,没有二号高炉,就没有泰钢的今天。二号高炉是泰钢干部员工成长的摇篮,大家都要记住这段历史。"

此时此刻,人们想起了许多许多,想起了创业的苦痛和守业的艰难,想起了往日走过的八千里路云和月,想起了失败、成功、再失败、再成功的一次次拼搏和一曲曲悲歌……

王守东默然伫立,看了二号高炉最后一眼,大步流星地走了。背后,夕阳从云层里挣扎出来,二号高炉身披华彩,熠熠生辉。

时隔不久,泰钢又决定拆除84立方米高炉。84立方米高炉是1991年在原一号高炉基础上扩容改造的高炉,采用了液压炉顶、干式除尘技术的球式热风炉,也是第一座微机上料的高炉,当时,84立方米高炉是泰钢装备配置最高的高炉,一直运转平稳。

84立方米高炉运转了才10年,停炉的时候,很多人不舍得。王守东说:"你们不舍得,我也不舍得。舍得舍得,只有敢于放弃,才能有机会发展。"

拆炉那天,工人们正在进行拆除作业,小心翼翼地切割破拆,一摞摞的钢板码得整整齐齐。王守东驱车上了工地,走上炉台,王守东眼里湿润着,前前后后转了一遍,这里看看,那里摸摸,一句话也不说,末了嘱咐大家小心施工、注意安全,嘱咐完,默默地走下了炉台。

若在以往,大家一定把王守东送下炉台。王守东心情不好,在场的人们注视着他的身影。王守东站在车前,静默了一刻,像是在跟高炉做最后的告别,随后打开车门,绝尘而去。

2012年8月8日,在起重机的轰鸣声中,泰钢再次拆除两座450立方米高炉,率先打响了山东省钢铁结构调整试点工作全面启动的第一枪。两座高炉曾是泰钢的"功臣",服役12年,累计生产铁水987万吨;共计实现产值

13.7亿元，实现利税12.9亿元，创造利润8.6亿元，为企业发展壮大、员工的幸福生活立下了汗马功劳。但为了"绿色泰钢、生态泰钢、美丽泰钢"的梦想成为现实，泰钢决定"自行断臂"。

尽管盛大的拆除仪式看上去像是在过节，很多员工却忍不住掉下了眼泪。王守东在拆除仪式上说："在过去，两座高炉为泰钢的跨越式发展、员工的幸福生活立下了汗马功劳；而现在，它们的光荣'退役'，则是以另一种形式，为企业的改革发展和行业的转型升级作出积极贡献。"

在此之前，泰钢还先后淘汰了4台环式烧结机、1条螺纹钢生产线、2座66—VIF焦炉、2台燃煤锅炉等一批产业层次低、资源消耗高、污染排放大、产品技术含量低、附加值低的落后产能。

取而代之的是，泰钢新上了1座300万吨机械化料场、1台265平方米烧结机、2座1780立方米高效节能高炉、拥有自主知识产权的国内第一条950毫米热轧中宽带钢生产线、100万吨冷轧薄板生产线，以及160万吨的不锈钢炼钢、轧钢、酸退系列生产线。这些生产线在注重引进先进技术的同时，降低资源消耗低、实现生态环保成为设计和建设者首要考虑的要素。

粉尘和固体废弃物是钢铁企业的重要污染物。近年来，"泰钢"实行标本兼治，建成了34套废气治理设施、3套废物综合利用设施。在泰钢生产环节中，一切废弃物都作为"宝贵资源"得到有效利用。

对一年一年累积的钢渣，泰钢人成立了钢渣加工厂，把钢渣做成钢铁冶炼熔剂、道路材料，用于工程回填和水泥生产，每年可创造200多万元的效益。炼钢除尘污泥制成挡渣球加入转炉，降低了炼钢成本，节约了资源，减少了环境污染，提高了资源回收率和重复利用率。不仅利用废水、废气、废渣，将"三废"变废为宝，而且把下水道中的污泥挖出来再利用，把"四废"也变成了宝。

泰钢泰东电子科技有限公司经理吕学进做事非常务实，几乎天天在生产一线，在企业排放的废弃物上打主意。他知道轧钢、炼钢厂下水道中的污泥有一定的含铁量。到底含多少铁，能不能用来生产海绵铁？

他到热轧中宽带厂，从下水道中挖出一包污泥回来，找个地方晒干后，让化验员一化验，含铁量达到64%。吕学进很高兴："只知道轧钢厂下水道中的污泥含铁，但真没想到含铁量这么高。""生产海绵铁的主要原料是氧化铁皮，如果掺入含铁污泥，应该对路。"

吕学进琢磨出了其中的道理："氧化铁皮和含铁污泥，就好比一个是粗面，一个是细面，都属于粮食，虽然模样不同，但品质相同，把这两种东西掺在一块，做出的东西不变质。"

经过历次试验，结果都表明：掺入含铁污泥生产出来的海绵铁，含铁量均在97%以上，完全能达到炼钢用海绵铁的要求。再拿着海绵铁到炼钢厂试验，结果也表明：炼出的钢也符合标准。

从9月4日试验成功，短短一个月的时间，泰东电子科技有限公司已利用"污泥"生产出了1000吨海绵铁。过去生产一吨海绵铁需要2200元的成本，现在，每吨降低成本五六百元，每个月就可节约成本几十万元。而且，泰钢中宽带厂一个月就有300吨的污泥，是企业的一个"包袱"。这些污泥被运到原料厂风干后，细小的颗粒粉尘在低空盘旋，对环境造成很大的污染。"四废"污泥的利用，减少了污染源，净化了空气。

在用水方面，泰钢始终坚持开源与节流相结合，多项措施并举，减少新水用量。在泰钢，2011年工业水重复利用率达到95%以上，吨钢耗新水3.37吨。

莱芜属严重缺水城市，城市污水资源化具有开源节流的双重意义。第一污水处理厂于2001年11月正式投入运行时，处理后的中水没人买，污水处理厂运转有困难，泰钢站出来，花钱买中水用于生产、绿化。目前，第一污水处理厂每天可向泰钢提供中水上万立方米，大大减少了泰钢净水和地下水的开采，同时也降低了生产成本，取得了良好的社会效益和经济效益。

1994年以来，泰钢的生产能力连年扩大，炼钢能力提高30多倍，但泰钢每年400万立方米的中水用量，大大减少了净水和地下水的开采，年消耗新水总量一直稳定在10多年前的500多万立方米，做到了增效不增水。

走进泰钢950中宽带厂区，给热轧生产线配套的是庞大的污水处理系统——高高耸立的8个冷却罐、巨大的沉淀池、水泵房，水处理的占地面积竟然与轧机线的占地面积相当。如此"挥霍"土地，就是为了让宝贵的水资源经过沉淀、除油、冷却、过滤后，再回到轧线重新利用，使污水达到零排放，杜绝工业废水对环境的污染。

为了最大限度地减少新水用量，泰钢所有新上项目，全部采用供水闭路循环系统，一级多用、多级使用；自备污水处理厂，年处理能力250万吨；处理后的污水全部回收再利用。焦化厂处理后的污水全部用于炼焦车间熄焦系统和洗煤车间的洗煤用水，实现了焦化污水的零排放，年可节约用水80多万立方米。

第三节 绿色高效，创新型发展

2011年、2012年，连续两年王守东被评为"低碳山东十大领军人物"，成为唯一入选的钢铁企业负责人，成为山东省工业企业转变发展方式，建设资源节约型、环境友好型企业的成功典范。在获奖人选中，他是唯一一位钢铁企业的负责人。

泰钢从自发到自觉，践行了30年的低碳经济。昔日的泰钢如今已发展成为拥有炼钢厂、钢带厂、热轧厂、冷轧厂、不锈钢厂的特大型企业，但煤气、余热和废渣利用的光荣传统一直延续着。王守东常说，只有放错了位置的资源，没有放错了位置的垃圾。在泰钢所创造的 GDP 中，有 10% 是变废为宝的。

雅鹿山是泰钢集团的坐标。沉寂多年的雅鹿山因泰钢而成名，今天的泰钢集团依山造势，山前高炉林立，机器轰鸣，钢花铁水奔流，950 中宽带像一抹火红的彩虹蜿蜒。山后厂房遍布，不锈钢像一条银色的缎带流淌。

位于市区的泰钢惜土如金，在设计 20 万吨钢的土地上，达到了 200 万吨钢的实际产能，每亩土地的年产钢量达到 2500 吨，居全国前列。

2009 年泰钢斥资，把一座荒草丛生、垃圾遍地的雅鹿山，打造成了莱芜人休闲游玩的一处胜景。王守东把雅鹿山公园作为功在当今、利在千秋的重点工程来落实，先后投资 9000 多万元，建成瑞云观、文化长廊、青龙亭、栖凤亭等景点 18 处。

荒凉的雅鹿山被泰钢团委组织的青年突击队进行了绿化，公司还组织人修葺了庙宇，翻新了大成殿，新建了宝塔，还整修了登山的台阶，从此香雾袅袅，游人如潮，昔日的荒山秃岭变成了风景秀丽、鸟语花香、人文丰富的开放式公园。

2009 年 9 月 9 日，雅鹿山公园总造价 800 万元的瑞云观玉皇阁，隆重举行开光大典，在昔日的残垣断壁之上建成了富丽堂皇、气势恢宏的殿宇，成为园区群众及莱芜市民休闲、旅游的一大景点。雅鹿山公园经过这一番彻底的治理已经杨柳婆娑，流水潺潺，成为莱芜市民休闲旅游的好去处。

站在山顶看，今天的泰钢厂区已经旧貌换新颜，原先低矮零散的厂房已被高大漫长的流线型车间所代替，东门内巨大的原料场已成为绿草如茵、鲜花锦簇的花园，没有了肆虐的黄烟和随风飞舞的煤屑。泰钢厂区内外，是宽阔的马路街道，不远处是绿树掩映的街头公园和现代化的居民小区。一个现代化的绿色泰钢展示在人们面前。

为了把节能降耗作为技术创新的目标，泰钢首先实现了经济增长方式的根本转变，大力发展循环经济。在工作中，泰钢坚持减量化、再利用和资源化原则不动摇,在减少资源消耗、降低废物排放和提高资源利用率上大做文章。

节能降耗离不开技术引进和开发。长期以来,泰钢紧紧抓住提高自主创新能力、加快科技进步这个关键环节,把实施可持续发展战略与技术进步、资源综合利用有机地结合起来,把环境保护和"三废"综合治理放在与技术创新和经济发展同等重要的位置。他们优先推进实施,研究开发并推广应用了一大批对可持续发展具有重大影响的关键技术和新型工艺,使资源综合利用率大大提高。

作为一家高耗能的大型钢铁联合企业,泰钢把环境保护和"三废"综合治理放在与技术创新和经济发展同等重要的位置,取得了很好的经济效益与社会效益。为此,泰钢连续被评为山东省资源综合利用先进单位、全省冶金系统资源综合利用示范单位。

同时,泰钢发展循环经济的经验和做法也被列入山东省加快建设节约型社会科技支撑体系,成为全省研究开发炼钢、轧钢余热资源循环利用技术及轧钢废物生产高效磁性材料的主体和基地;并有12项节能减排技术获得国家实用新型专利和发明专利。

近几年来,泰钢先后投资4.2亿元建成34套废气治理设施、4套废水治理设施、3套废物综合利用设施。集中研究开发、推广应用了一大批对可持续发展具有重大影响的关键技术和新型工艺,实现了各类环境污染由末端治理向过程控制的根本转变,资源综合利用率大大提高。在全国钢铁行业指标排名中,泰山钢铁集团煤气回收利用率名列第一,水资源综合利用率名列全国第二。

王守东认识到,发展循环经济是提高企业核心竞争力、加快构建和谐社会进程的长久之计,必须从管理体制和管理机制上建立长效保证机制。为此,泰钢首先健全组织网络,在公司成立了以王守东为组长、总经理为副组长、各单位主要负责人为成员的循环经济领导小组的基础上,各二级单位也各自成立了由主要负责人挂帅的节能和循环经济工作小组，自上而下形成了逐级管理、层层互保的管理组织机构。

泰钢从实际出发，健全激励约束机制。借鉴国内先进企业的能耗指标，重新修订了公司能源管理制度和节能降耗标准，把水、电、风、汽等介质及供辅设施的管理纳入质量管理体系，将节能降耗指标作为重点考核监控指标纳入各单位绩效考核。节能降耗指标挂靠绩效考核的30%，实行单项一票否决制，有效地发挥了经济杠杆对资源配置的导向作用，调动了各单位抓节能降耗、循环经济的主动性。

在实施能源计量实时监控方面，为了实现全公司能源商务结算，泰钢对全公司的能源管网进行了全面、彻底的普查，公司一、二级能源计量器具的配备率达到了100%，部分能源计量器具的配备已到了车间和班组，实现了能源管理的动态优化和全过程统一管理，促进了能源的高效利用，最大限度地减少了人为因素的管理缺失。

面对未来的绿色发展，王守东为泰钢描绘出了更为清晰的蓝图，他说："泰钢将按照十八大精神，努力实现用信息化管理节约能源，建立能源管控中心，实现循环经济由点到面，由企业层面到区域层面，再到社会层面的大循环，把泰钢工业园建设成'园林式、生态型、现代化、乐融融'的生态工业园区。"

第九章　造福社会：兼善天下

◎ 为社会作贡献、为员工谋福利。泰钢是企业，更是奉献社会、服务社会的战斗队、宣传队。工农一体，统筹城乡发展，让社会充分享受企业发展带来的成果。

2004年工业园发放养老金

第一节　解放别人，就是解放自己

王守东的管理风格既严谨、规范又民主、科学，最根本的在于他始终坚持"群众路线"，即一切为了群众、一切依靠群众，从群众中来、到群众中去，能够真正做到实事求是，自然处于不败之地。

一切为了群众，讲的是群众路线的目的。王守东相信人性中的善，同时注意方式方法调动大家的"善"。他深知企业是大家的，融入了所有人的智慧和力量，一荣俱荣，一损俱损。王守东一直深深扎根于群众之间，关心爱护他们，为他们谋福利。这是他作为一位老党员的觉悟，也是这一生做人的准则。

工资福利是员工最关心的问题，处理好了，就能很好地调动员工的积极性，处理不好，员工怨声载道，工作就被动。为此在员工工资、奖金分配上，王守东动了不少脑筋，始终向一线员工倾斜，按岗位、按劳动强度定资定级，机关工作人员拿一线工资奖金的70%，他自己的工资不如一线工人的工资高。

自1984年恢复生产以来，泰钢不论在什么情况下，从来没有欠发工人的工资，即使在1993年到2000年最困难的时间里，泰钢工人的工资同样是一天不拖，奖金一分不欠。在泰钢，群众每月都对干部进行一次集中评议。"泰钢靠我发展，我靠泰钢生存"已经深入泰钢人的内心。

王守东在泰钢推行每一项重大改革举措，尤其涉及员工切身利益的大事，比如改革分配方式，筹建员工宿舍，表彰先进典型等，一定俯身下去，倾听群众的声音，以员工满意不满意、答应不答应为决策的首要依据，从善如流，反复权衡。

泰钢实行厂务公开后，王守东对这一保障员工权益的举措表现了极大的关注，一有时间，他就到分厂里、炉台上转转，看"厂务公开栏"上员工关注的问题是否得到了公开，员工的奖金收入是否得到了保障。

任何改革总是各种利益关系的重新洗牌，关系到各方权益，没有争端和利益冲突是不可能的，但是王守东始终把员工利益放在第一位，他有一句著名的口号：增员增效。在全国国有企业大量裁员的时候，他大反其道，增员增岗，扩大规模，进行人力资源扩张，以为社会分忧。

从1984年恢复炼铁到今天，泰钢经历了无数次大刀阔斧的改革，对象是不相适应的制度、体制，而不是员工，从来没有一个员工下岗，反而借助改革之风吸纳了大批下岗工人，对莱芜政治、社会稳定作出了很大贡献。在这一吸纳下岗工人的过程中，泰钢仍效益连年翻番。不发展就不会有岗位，泰钢快速发展，带来的是就业机会，作出的是社会贡献。

王守东说：以人为本是泰钢的价值取向和思维方式。不会拉钢的不一定不会拉车，不会化学的不一定不会化渣，扬长避短，任何人都能岗位成才，废料只是放错了位置的资源，用法得当，废料定会变为珍宝。"泰钢靠我发展，我靠泰钢生存"，和谐发展使泰钢具有强大的凝聚力、向心力和战斗力。

没有不称职的员工，只有不合格的干部，是王守东经常说的一句话。

泰钢每年发一次员工就业意向表，以人为本转岗不下岗，人人可以根据专业特长选择自己喜欢的岗位，在泰钢工作成为一种机会而不是负担。

哪个企业都有一些"刺头"员工，泰钢也不例外。对他们，泰钢也没有推出去不管，而是将这些末位淘汰的待岗员工集中起来办学习班，经过学习培训后再给他们安排合适的工作。这些人中有的频繁地转岗十几次。

一名行车工由于操作失误,造成钢水包倾翻事故,直接经济损失200余万元。这在其他企业肯定是下岗回家了,然而泰钢却不这样做,在进行了必要的经济处罚和安全教育后,在征求本人意见的基础上,安排他转岗干了一名钢包工。转岗后,这名员工还干得很好。

为增强下岗员工培训的针对性。泰钢牢固树立以人为本的思想,因人施教,为每个转岗员工建立起员工档案,每个转岗员工的优点和劣势都记录在册,一目了然。

对文化水平较低的员工,公司重点加强其专业知识和基本技能的培训;对有一定专业知识、思想波动大的员工,重点改造其劳动态度和加强责任心;对有理论基础、实践经验缺乏的,重点加强其实践操作能力的培养,做到理论与实践相结合。近年来共有数千名转岗员工得到个性化培训,增强了再就业工作的针对性。

泰钢在工业园建设中招收了许多新员工,其中有些人文化素质低,自由散漫,进入泰钢后身上的游击习气依然未改,屡屡违反企业规定。这让泰钢领导层很伤脑筋,有人提出对他们要从严要求,该开除就开除,以免带坏整个公司氛围。

王守东对此有不同看法,他坚持处理的目的应着眼于教育人、转化人,而不是一棍子打死人。如果把这些人开除,他们没有职业,没有收入,流到社会上,很可能更难生存,作为管理工作者,泰钢难道不应考虑到社会效应吗?因此,对这些员工的处理要适度,不能超常越线。

一切依靠群众,讲的就是手段的问题,就是采取什么方式动员群众的问题。对于基层领导来说,应当靠感情、信任、理解、支持、激励等办法,调动员工的积极性,以完成工作任务。

关于管理员工的手段,罚款在很多企业的生产一线是常用的手段。王守东通过几十年的工作经验,认为最有效的办法就是说服教育,在于以情感人、以理服人，靠各级领导干部以身作则，靠人格的力量，站在员工的立场上想问题，通过谈心交心，通过疏通来解决员工的思想问题，不要动不动就罚，罚谁的款谁也不会高兴。对完成任务比较差的员工可以采取点名、通报、警告、严重警告、记过、除名等措施。

但是，也不能完全取消经济制裁手段。如果员工由于有意无意的原因给企业造成重大经济损失，造成重大事故，再使用批评、点名、谈心的方法不行了，就必须用经济制裁手段，扣发奖金或工资。总之，95%靠的是思想政治工作，5%靠经济制裁。

从群众中来、到群众中去，是王守东一贯的准则。自己小家的事小，企业大家的事大。员工的喜忧哀乐牵挂着王守东的心。谁家的孩子还待业，谁家有病人需救济，他一清二楚。早年泰钢每一个员工的名字他几乎都能叫得出，而且还了解他的家庭状况和工资水平。

对于员工的困难，王守东总是尽力予以解决。每到春节前夕，王守东便开始对身边人员念叨伤残员工怎么过年，并挨家挨户不惜往返百里走访慰问，鼓励他们树立战胜伤残的信心，乐观地面对生活。虽然自己也已经年事渐长，他仍时常驱车百里看望离退休干部、伤残员工，给他们带去礼物，更带去温暖和关怀。

泰钢有几十名老员工，家属孩子都是农业户口，没有工作，生活困难，人心不定。王守东体谅员工的难处，决心要解决困扰员工的问题。当这些员工还没有向领导提出要求时，王守东已经开始行动了。

王守东一趟一趟往市里跑，跑劳动局，跑人事局，前后跑了一年有余，最终把员工家属孩子的户口问题全部解决了。对员工来说，这是天大的事情，好多人想也不敢想的事，他悄无声息地办成了。当时莱芜的一个农转非户口8000元，他没让员工花一分钱。

尽管家庭遭遇了不幸，但是，自己"小家"的事再大也是小事，企业"大家"的事再小也是大事。员工崔维军遭遇重伤,他批示:"在中华人民共和国范围内,什么地方可以诊治都可以去。"并多次登门探望,鼓励他坚持创作。

员工郭常友,患再生障碍性贫血,他拿出自己的积蓄进行帮助。员工贾之吉的儿子身患风湿性关节炎常年卧床,当一家人一筹莫展的时候,王守东为他们送去了数万元的现金,让贾之吉一家人深切感受到泰钢大家庭的温暖。贾之吉对王守东说:"您给我们送来的不仅是救命钱,更是一种精神、一种力量。"

1992年以来,虽然技改需要大笔资金,但王守东硬是抠出两个多亿,为员工谋福利。20多栋员工宿舍楼建起来了,人均住房面积增加了30平方米,学校、医院、托儿所和老年活动中心的相继建成,让有工作的安居乐业,无工作的达到生活便利。

泰钢的老劳模汤存义已退休多年了,他每天都自愿为公司下属一个工厂看大门。后来领导要为他加补贴,老人却执意不要。分房的时候,汤存义已经退休多年,王守东亲自为老汤选了一套房,让政工科的同志亲自把钥匙交到汤存义手里。没想到老汤拒绝了。王守东亲自找到汤存义,把钥匙递到他手里,老汤说:"王书记,你的心意我领了。我退休了,怎么能占员工的房子呢?"王守东说:"老汤,你是劳动模范,你不住,谁也没资格住!"

王守东特别记挂着公司的"五老",即老员工、老劳模、老党员、老干部、老专家。"五老"是泰钢早期发展的功臣,企业宝贵的财富,他们对泰钢发展作出了重要贡献,泰钢要感谢他们,永远不应忘记他们。

王守东对泰钢分管老年工作的同志讲,老同志是企业的宝贵财富,老干部工作是保证企业稳定发展重中之重的工作,一定要尊重老同志,关心老同志,在全公司形成一种敬老爱老的良好风尚。在他的关心下,泰钢积极落实离退人员的各种待遇,健全了各项工作制度,及时解决老同志生活中遇到的困难。

多年来,无论工作多忙,时间多紧,王守东都要给"五老"安排四件事:

请他们回公司做一次巡视；

请他们给员工作一次报告；

请他们与公司领导喝一顿酒；

给他们派发一次礼品。

这四件事，每每令他们感动。

1999年九九重阳节到来之际，王守东在泰钢娱乐城设宴，为莱芜三位百岁老人祝寿，并热情讲话。慰老常思赤子情，王守东把他拳拳赤子之心，奉献给莱芜的老人，把泰钢的文化理念带给社会。

人的情感之所以可贵，是因为以无私始、因无私持续、永不终结。王守东对员工的全心付出，得到了泰钢员工的热诚拥戴和回馈。人们亲切地称他为"王书记"、"老板"，把他视为泰钢的主心骨、灵魂人物，他的一言一行、一举一动都牵着大家的心。

王守东偶有不适住院时，全公司会有许多人夜里睡不着，他们聊天的话题就是"老板的病"。许多人到雅鹿山的玉皇阁为他祈祷，为他点上红蜡烛，人们用淳朴的方式表达对他的感激。

泰钢员工对他的厚爱，又反过来激励了王守东对泰钢员工的感情。这么些年来，他经历了那么多事，经历了那么多风风雨雨，最让他刻骨铭心的不是自己遇到的难处，付出的多少，而是工人对他的关爱、信任和感情。

有一件令王守东刻骨铭心的事，就是儿子永凯从楼上摔下后，几乎全公司的人都赶到市医院去看望和慰问，到深夜还不肯离去。他们把王守东家的不幸看成自家的不幸，把王守东个人的痛苦看成自己的痛苦，他们和他一起支撑着危难的时刻……此情此景，足以令任何人动容。

第二次世界大战以后，随着世界经济的不断发展和繁荣，生产的社会化程度进一步提高，社会保险在世界较大的范围内实现了向国家化、全民化和福利化方面的转变。1948年英国宣布第一个建成了福利国家。此后，社会保险制度在世界范围内得到空前发展。

王守东到过以全面福利典范瑞典为代表的北欧诸国，以及以沙特为代表的中东石油国家。他们实行的国民"收入均等化、就业充分化、福利普遍化、福利设施体系化"和"从摇篮到坟墓"的各种生活需求在内的社会保障制度，给他留下了极深的印象。

作为一个几万人大家庭的"家长"，王守东希望逐步在泰钢施行全面福利制度，要使大伙过上幸福的生活，实现三大目标：

居者有其屋——家家有新房，家家很宽裕，家家环境好，家家很安居；

劳者有其钱——通过技术革新和创新经营，提高员工收入，造就万名百万富翁；

百者全免费——通过专项投入方式，逐步实现教育、交通、医疗、养老、娱乐、旅游、度假、用水、用电、用气、幼托等内容的全部免费，将泰钢人的幸福指数达至最高。

为了实现这些目标，泰钢必须建成工业园、实现若干企业上市、全面与国际接轨。王守东就是这么个朴实的理想主义者，他的心愿是："泰钢的目标是造成一个又有严肃又有活泼，又有纪律又有自由，又有文明又有民主，又有统一意志又有个人心情舒畅，生动和谐的局面，全员福祉的家园。"

第二节 以工哺农，建设泰钢工业园

王守东具有强烈的社会责任感。他经常说，在革命战争年代，农民作出了不可磨灭的贡献，付出了巨大的代价。现在社会发展了，国家富强了，农民却成了弱势群体，没有充分享受到改革开放带来的发展成果，所以不能轻视他们。

王守东是农民的儿子，虽然参加工作后和农村、农业、农民打交道少了，但他对"三农"的关心没有少，始终关注着农村的发展。他连续四届担任全国人大的代表，每年都会写提案和在小组会上发言，特别对农村中盲目建设造成大批空置房、市场上假农资猖獗等情况的调研都得到了国家领导人的关注。

2003年春节过后，参加全国人民代表大会之前，王守东特地挤出时间对泰钢附近的几个村庄进行了调查。

在泰钢周边，雅鹿山下散落着十几个村庄，当地除了传统种植业外没有别的经济来源，村里人一直过着日出而作、日落而息的生活，发展较为落后。其中，雅鹿山北麓的东西白龙村、沙家庄、刘家庄村，全家年收入不足千元，十年选不出村支部，村民致富无门，经常打架斗殴，上访告状，被称作"难四村"。

蔺家庄在雅鹿山西北，村务管理混乱，集体经济薄弱，村民守着一千余亩山岭薄地过日子，除了几个姜贩子的家庭生活还不错，大多数村民的生活得过且过。

在调查中，王守东发现，这些村子普遍没有什么像样的企业。如曹东村曾经有几个村办企业，因用人不当，管理不善，现在除了一个靠泰钢养活的建筑公司还活着外，其余的悉数垮塌。村里背了沉重的债务，村民意见很大。

马庄村，因工业发展需要而土地尽失，虽然办了几处企业但管理不善，效益不佳，青壮年以在附近厂矿、商店打工为主，主要从事建筑、服务。一到冬季，三五成群的人吹牛聊天，喝酒耍牌。

这些村庄守着贫瘠的土地一直富裕不起来，居住缺乏统一规划，环境脏乱差，且有大量的闲置劳动力。有的连续几年没有两委班子，有的学校破烂不堪，有的村路坑坑洼洼。被誉为莱芜八大景之一的雅鹿山属于四个村子管辖，既各自为政又互相推诿，道路断头，矿坑遍地，满目疮痍。

目睹此景，王守东除了感慨之外，还产生了一个念头：泰钢虽然抓住了机遇，得到了长足的发展，员工生活富裕了，但泰钢周边的农村还比较贫困，村民的就业、看病、养老等问题仍然是他们难以逾越的坎。泰钢要践行工业反哺农业，有所作为。

同时，他也想到了与之关联的另一件事：泰钢下一步发展的空间问题如何解决？泰钢现有厂区十分拥挤，下一步要大发展，上大项目，需要很多土地和工人，空间怎么解决？青岛招商局来了好几回，以优厚的条件吸引泰钢去办分厂，泰钢领导层有许多胶东人，也主张回青岛办工业园；但自己是莱芜人，热爱家乡，不想搬离企业。

既然泰钢发展需要土地、需要空间，也需要青年工人，而周边村民需要就业、创富，如果二者结合起来，不是资源互补、两全其美吗？如果与这十余个村子联手成立一个工业园，既能携手带动农民致富，又能促进泰钢发展，岂不是一件大好事？

如何带领周围农村一起致富，实现城乡共建、工农和谐发展，成为王守东的一个心结。他找到市委书记李玉妹汇报了自己的想法，决心建设泰钢工业园，背负起解决周边农村发展、探索城乡统筹发展的重任。

莱芜市有关部门也正在研究这一问题，莱芜农村大部分是山地，经济作物一般，城市化进程比较慢，解决农村和农民的发展问题已提上政府议事日程。市里也认为泰钢近几年发展很快，应该有更大发展空间，可以和城乡一体化改革捆绑，开发一个工业园。

但是，市领导也存在不少担心：上万个农民，如何安置？管理体制上如何解决？如何带动农民发展？

泰钢董事局的成员们与市里的想法类似，只不过在表述上更直接一些：

收的村子太多，农民不好管，问题不好对付。

经过深思熟虑，王守东建设泰钢工业园的根本目的和想法是：以工带农，以工扶农，让10个村的村民，能招工的招工就业，由农民变工人，由农业变工业，由农村变城市，为他们解决后顾之忧，转变他们的地位和作用，达到"富裕文明，人才辈出，健康欢乐，奔腾发展"，使他们过上好日子，无后顾之忧。

2003年6月，已过花甲之年的王守东再次请缨，建设泰钢工业园，承担起带动周边10个村15000多名群众共同发展致富的重负，探索"以工带农、以工扶农、政企合一、工农一体"的道路。

莱芜市决定：划出紧靠泰钢的莱城西区10个自然村、10.8平方公里的土地，建设泰钢工业园区。以泰钢为依托，打造钢铁生产深加工基地和国家新材料产业化基地。2003年10月，泰钢工业园一期工程奠基，拉开了泰钢规模式扩张的序幕。

泰钢工业园的建设拉开了泰钢二次创业的序幕，蕴含着王守东的雄心壮志。按照泰钢工业园的规划，总投资约100亿元，2007年年底建成，力争在钢产量达到400万至500万吨、销售收入达到250亿至300亿元、利税达到25亿元至30亿元，提供就业岗位20000个，以钢铁生产和板带及板带后续产品深加工为重点，将逐步建设成为产业特色突出、规模较大、功能配套、结构合理的钢铁制造业基地；知识、技术、人才密集，高附加值和高投入产出的技术创新中心、产业孵化中心；生态环境优美、可持续发展的现代化新城区。

这对长期患有糖尿病的王守东来说，是个极大的考验。为给工业园理出一个清晰的蓝图，王守东带领工作组，一马当先，风尘仆仆，转遍了工业园的沟沟坎坎，定规划、看地形、筹资金、上项目，晚上回到家，不顾白天的辛劳，啃着煎饼、打着针管，听取企业生产经营的工作汇报，调配各方资源。

农民最担心的是眼前利益和实惠，是希望比以前过得更好，如果泰钢不能满足他们的心理诉求，矛盾就不可能调和，未来的繁荣就得打一个问号——这是市委、市政府领导最牵挂的事。王守东也非常清楚这一点，归并之初，他就提出了《八大主张》，提出要给农民提供更多的发展机会、更好的未来，要和大家一起奔小康、共同发展。

从解决"三农"问题的战略高度出发，泰钢首创了土地入股、村改公司、余地自耕、负担税费、干部稳定、村民安置的农村企业化改制新思路，走出了一条可持续发展的企业扩张之路。这个决定是空前的，在全国可谓第一家打破现存体制、大胆改革的举措。

思想是解决一切问题的先行之道，无论是发展工业还是改造农村。王守东非常明白工业园内部分村民与领导的想法：有些人觉得日子还过得去，没有改变的动力和思想准备；有些人对泰钢抱有不切实际的幻想，觉得从此背靠了大树，缺乏斗志；有些人觉得一切与己无关，对变化麻木不仁。

要改变这一切，当务之急是迅速启发他们的思维，要让大家看到外面的世界，看到自己的发展方向。王守东一贯擅长做思想政治工作，所谓"抓两头"，就要让大家看到先进典型的作用，对照负面典型，非如此不能给人以警醒，不能触及灵魂。

2003年12月，王守东带领10个村庄的领导组成的考察团，历时6天时间，一路考察了江苏华西村、张家港市、苏州工业园区及浙江萧山、杭州等地。用王守东的话说"要让他们的思想得到再解放、再启示"。

所到之处，规划之大，眼界之宽，思路之新，发展之快都令人震撼。此次考察，不仅让这些村庄的领导们开阔了眼界，增长了见识，更重要的是解放了思想，更新了观念，看到了泰钢工业园的希望和曙光。人们受到了震动和启发，一路上议论纷纷，希望能"借东风"把泰钢工业园建设好，将昔日的落后面貌改造成为未来的美好乐园。

王守东抓住契机，在工业园内大力加强宣传和引导，让人们对泰钢工业园的未来树立正确的期望,消除了不和谐的观点。

2004年2月11日,泰钢工业园区内10个村招收的第一批487名新工人正式走上工作岗位。到2010年年底,已经有4200人成为泰钢的正式员工。

2004年8月12日,10个自然村改制为7个实业公司,所属一万多名村民全部划归泰钢。10个村里18～25岁的男女青年招工进厂,成为泰钢正式工人,26～40岁的中年人也安置就业,从事公司的环保、清洁工作,到公司劳务队搞绿化,或是进村办经济实体。60岁以上的老人每人每月发放生活补助费,未用土地继续农耕,占地村民也按时得到了足额补偿。

这一年多的时间里,泰钢对工业园区农村的各种投资达1200多万元,承担了所有税负,还按时支付了工资奖励、老年保障金、各种拆迁补偿费、代缴农业税费等330多万元,先后扶持村民上马了钢渣处理、机械加工、测温仪器、耐火材料等10多个生产项目。

仅靠输血不行,必须增强造血机能。建设工业园是一个长期性的过程,而迅速改善各村的经济则必须办企业,搞经营。根据工业园内各村的特点,他们陆续与泰钢的产业链进行了对接,找到了自己的主打产业。各实业总公司依托泰钢经济主体,围绕集团产业链条,持续发展配套项目,集体经济不断壮大。

很快,这些村庄每年都获得了可观的集体收入,外欠的账还清了,集体经济实力显著上升。过去脏乱差的村子有了新修大道,两旁树木整齐,种着四季花卉,显得生气勃勃。很多年轻人经过考试、培训、上岗,穿起工装,成为泰钢的新成员,或是找到了自己的空间,为泰钢的发展提供各种服务。

工业园区村民的生活发生了翻天覆地的变化。一个园林与钢铁辉映、工作与居住人性化的生态工业园区正雨后春笋般地茁壮成长。

泰钢不仅构建了一个和谐发展的企业小环境,而且通过创建泰钢工业园区,带领莱城西贫困农民共同致富,尽自己的能力,努力构建和谐发展的社会大环境。用王守东的话来说：要可持续发展就必须构建和谐社会，有了和谐社会的环境才能保证企业和社会的可持续发展。

弹指一挥间，沧桑巨变工业园；城乡一体致富路，以工带农谱新篇。泰钢工业园成立11年来，充分发挥了泰钢的辐射带动作用，以企带村、村企融合、一体化发展，实现了经济发展，群众富裕，民风和谐，环境优美，成为统筹城乡发展，建设和谐社会的典范。

11年来，泰钢工业园的发展变化有目共睹，青年招工、壮年就业、老有所养、少有所学，村村有企业，家家有工人，户户有补助，群众享受到了越来越多的政策实惠和建设成果。2009年，泰钢被命名为"全国统筹城乡共建试点单位"。

2010年3月30日，山东省委书记姜异康一行来泰钢调研，在听取了王守东关于泰钢工业园建设的情况汇报后，姜异康给予了高度评价：

"你们以强烈的使命感和高度的政治责任心，实施政村合一、以工扶农、以农促工、工农一体、共同发展的模式，堪称科学发展、和谐发展的表率，绿色、环保、经济、效能、前途无量的典范。这几年，省里一直在探索城乡一体化的改革，研究如何统筹、如何变革、如何带动农民致富、促进乡村文明建设、促进城乡的融合。你们率先实现工农携手，共创、共享、共容、共富的经验很好，很值得推广，希望你们泰钢工业园带动更多乡村雄起！"

第十章 生命长青:踏遍青山人未老

◎ 沧海横流,方显英雄本色。无论顺境逆境,无论顺流逆流,王守东依然情怀家国,乐观豁达,以众人之事就是自己之事的原则不懈奋斗,笑对人生变迁。人生有限,而事业必将永存。

王守东与孩子们在一起

第一节　老骥伏枥，志在千里

外人初见王守东，总是感慨他的精神状态好，乐观、豁达。这种精神状态显然来自他敬业、乐观的品格，来源于他洞察世事的睿智。

改革的潮起潮涌，当年和他同时在中流击水的企业家们，大多数已在江中消失或已然上岸，到今天仍在激流勇进的已寥若晨星。但是王守东，依然在激流之中，朝着他向往的人生目标奋勇而行。他始终坚强、自信、睿智、果敢。

敬业，是几乎每个成功者的共同特质。王守东说："工作着是快乐的，工作着是幸福的，工作就是享受。"在他看来，幸福和快乐很简单、美好，就是去工作。工作是他的宿命。他依然保持着旺盛的精力，不停地去工作，去战斗。

纵然时间流逝，王守东依然忙忙碌碌，依然坚持走在时间的前头。每天了解生产情况，听汇报，找人谈话，接待来访者，到车间里走走，依然如从前一样忙碌、充实、快乐。当然也有烦恼和不顺心，这些年钢铁市场震荡不断，问题层出不穷，泰钢上马以来几乎没有一天让他安生过，身为企业家就要承受这样有始无终的考验。

照一般人来说，王守东早过了普通人的退休年龄，已经把泰钢发展成为拥有300多亿元销售额，一艘融钢铁、焦化、建材、发电、粉末、娱乐、地产等业务于一炉的多元化"航空母舰",也该收手去享清福了,无论是对员工、对社会还是自己也该可以交代了,但王守东却紧迫感越来越强,思维越来越活跃。"烈士暮年,壮心不已"。在他心中,依旧有宏伟蓝图等着去实现。

市场竞争越来越激烈,中国与国际全面接轨的程度越来越深,深谙"落后就会挨打"的王守东怎能不满怀激情?他对泰钢、对未来依然怀有持续的梦想。生命是有限的,而梦想无限。

早在2008年,山东省就作出了《关于建设优特钢工程》的意见,作为山东唯一的不锈钢钢铁企业,泰钢上马的60万吨不锈钢项目,独立挑起了山东的这个战略性指标,但后来发现这个指标还有些保守,还有革新、挖潜、拓展的余地。王守东开始设想:能不能把特种优质钢规模加大到200万吨?把泰钢在"十二五"期间生产特种优质钢的目标调到600万吨?毫无疑问,这个目标很"疯狂",但极为诱人。

类似的这些念头让王守东永远志在千里,永远停不下来。面对烽火连天的市场竞争,他心中依然揣着崭新的计划:

——利用泰钢工业园的区位优势、不锈钢生产的设备优势,在山东培育面向沿海地区的不锈钢加工产品市场;

——包装泰钢焦化公司、机械制造公司、冷轧钢带公司上市,实现公司资本化、资本证券化、证券市场化,将泰舰驶入国际化的新水域。

创业的激情,经常使王守东激情澎湃。他谋划着泰钢的发展和未来,仍然天天按时上班,向着新的目标拼搏、跨越。每天工作10多个小时,忙起来不眠不休。

企业改制后,泰钢已成为事实上的民营企业。随着王守东年事渐高,企业如何接班的问题浮出水面。作为一手打造泰钢、为其付出了太多精力和感情的人,王守东对接班人的要求很高,他希望这个接班人应该具备高素质、经验丰富,具有高超的管理能力和凝聚能力,能够担负起经营偌大的资产和保证泰钢后续发展的责任。所以,如何交好班、接好班的问题关系重大。

2009年7月,王守东的长子王永胜出任集团公司总经理,负责全面工作。作为泰钢创始人的儿子和下级双重角色,这种压力之巨可想而知。但是随着时间的流逝,彼此角色的磨合已经渐入佳境。加上追随王守东多年、经验丰富的高管团队,有理由相信,泰钢在未来必将逆风而上,再造辉煌。

2012年,经山东省四会(山东省企业联合会、山东省企业家协会、山东省工业经济联合会、山东省质量管理协会)理事会审议通过,王守东被推选为山东省四会副会长。当被问及当选的缘由时,王守东开怀大笑,幽默地回答:"我只不过比别的企业家干的时间长而已。"

王守东继承了中国优秀的传统价值观,他不言利,但是永远照顾别人的感受和期望。他成就了一番事业,把成功的喜悦和就业的机会,传递给数以万计的人,让每一个人享受到企业的成果和光荣。

他没有把自己标榜成伟人,没有以王者而自居,而依然是以一个普通劳动者的角度来看待功过得失:功劳是大家的,企业是大家的,我只是泰钢的一员,也是一个普通的创业者、劳动者。他不贪天之功,不凌人之上,以谦虚、宽广的胸怀对待人生和事业。

连续四届全国人大代表、全国军队转业干部双先代表、全国十大勤政廉政典型、全国"五一"劳动奖章获得者暨全国优秀经营管理者、国务院政府专家特殊津贴享受者、全国劳动模范、全国优秀党务工作者等,这无数耀眼的褒奖来自他数十年如一日的奉献,实至名归。

他从年轻时起就作为模范巡回报告,成为企业家后在中央电视台、在全国12个省市、全省17个地市巡回演讲,先后受到江泽民、胡锦涛、习近平等党和国家领导人的亲切接见。他的事迹、风采伴随他的足迹走过大江南北,鲜花、掌声、荣誉见证了他的传奇。

这种屡次感动别人和被别人感动的经历,让王守东夜不能寐,无法忘记自己的责任和事业。他自己在诗中如此写道:"为了众人事,含笑到九泉。"

历次泰钢恢复上马周年纪念日,泰钢总会举办隆重的活动,让集团上下和外部伙伴一起分享自己的历史传承与未来志向。

2004年4月20日,泰钢恢复上马20周年大庆之日,王守东在致辞中慨然陈词:"回首20年的发展,难忘上马前饱受离岗失业人员的无助和彷徨,难忘在废墟上崛起充满的困难和艰辛,难忘泰钢成长历程的曲折和苦楚;回首20年的发展,难忘泰钢并肩战斗的岁月和沧桑,难忘危急关头由衷的鼓励和信任,难忘创业发展中付出的心血和牺牲,更难忘取得成功时的激动和欣喜。"

这一年他已过花甲,但是征战仍频,在为950中宽带的投产而兴奋,在为泰钢工业园的正式开园而筹划。这是他对过去岁月的回顾,是对自己心路的一份总结。走过的路很多,感受很复杂。从零起步、登高、成长、发展、创新,一路艰辛历程,其跨越难度不亚于攀登珠峰。

2009年4月20日是泰钢恢复上马25周年大庆之日。庆典很热闹,张灯结彩,锣鼓喧天。这一天,"跨越——泰钢集团恢复上马25周年回顾展"在泰钢正式揭牌。

位于泰钢经贸楼五楼的展厅很大,展厅周边一组组的图片,像一道红色的路径,从1984年起回旋延伸。入口处大幅照片上,身穿西装风衣的王守东在山冈上大步走来,眼神坚毅,纵然身后山高路远。

泰钢的25年被定格在一张张黑白色、彩色的照片上,一幕幕场景引人动容:低矮的平房,忙碌的人影,紧张的工地,合影纪念的人们……在这当中,几乎无所不在的是王守东:

——给员工讲话的王守东,在艰苦创业之时不忘精神激励;

——手握钢钎的王守东,在简陋的工棚里带头奋战在一线;

——挥锹奠基的王守东,因看到成功的希望而开怀;

——西装革履的王守东，满脸喜悦为项目剪彩；

——跟国家领导人合影的王守东，目光专注，勤于国是。

恍然间，时光倒流，参观的人们无不动容。

不同的王守东呈现在人们面前，笑得从容、坚定、自信、坦荡。那时候的王守东是幸福的，有幸在自己选择的舞台上开始了属于自己的事业。和他在一起的人们也是幸福的，有幸见证和参与了这一幕轰轰烈烈的年代大剧，每个人都演好了自己的角色，带着满足和欣慰的心情去回忆，去传承，去继续奋斗。

那样的时光过去了，有价值的日子总是容易过去。

2014年，泰钢恢复上马30周年大庆之日，又一个时间的节点滑过。30年峥嵘岁月，一万多个日日夜夜的奋斗不息。有理由相信，王守东的形象在出席盛典的每个人眼中，在泰钢每个员工的心中，在雅鹿山的每个角落，将永远定格留存。

第二节　任他炮声隆，岿然自不动

2000年左右，中国钢铁行业经历了近10年的快速发展，曾经一片辉煌、一片利好的市场形势掩盖了许多企业的内部管理问题，以高成本支撑高产量、高盈利的模式在今天走到了尽头。寒冬来临，中国钢铁行业到了寻求新的发展模式的时候了。

从2010年年初开始，国内钢铁价格仍一路下滑，整个行业也滑入全行业亏损的境地。国内外市场需求疲软、钢铁产能严重过剩、生产经营成本居高不下，被称为当前压在钢铁企业身上的"三座大山"。

2013年前10月，我国钢铁行业收入为129.7亿元，其中主业收入为5.54

亿元,平均每吨钢仅赚 0.84 元,销售利润率才 0.43%。2013 年上半年钢铁行业销售利润率仅为 0.13%,继续在全国规模以上工业企业中垫底,亏损面高达 40.7%。当年"一斤钢材不敌一棵白菜"的调侃变成"一吨钢利润不够买半个冰棍",严冬的温度似乎又降了几分。

中国是世界上最大的钢材消费国,2012 年消耗钢材 7 亿多吨,占世界钢铁消耗总量 45%,几乎占到了一半。但是,中国钢铁消费量增速在 2009 年 10 月达到同比 64% 的顶峰,随后一直呈现下行趋势,钢铁的消费量增速在低位徘徊。

国内钢铁产能扩张程度超过人们想象。河北省的钢铁产量,已经远远超过除中国外的任何一个国家,与欧盟 27 国之和相当。其中仅唐山市的年钢产量就有 1 亿吨,超过英、法、德、意之和。

由于钢铁行业对地方 GDP 的贡献度很高,全国各地争相将钢铁列入支柱产业。一般而言,钢铁企业均为当地的最大工业企业,不仅为当地贡献了巨大的 GDP,还贡献大量的税收,另外还能解决就业压力。因此各地都有做大、做强钢铁产业的强烈愿望,导致钢铁企业产能一增再增。

2006 年至 2012 年,国内累计减少粗钢产能 7600 万吨,但这期间国内累计新增粗钢产能却高达到 4.4 亿吨。雪上加霜的是,随着《大气污染防治行动计划》和《化解产能严重过剩矛盾的指导意见》等政策的逐步落实,钢铁产量的过度释放将被进一步抑制。

在雾霾肆虐的今天,有研究者早已把钢铁等行业企业的无序排污,定义为空气质量糟糕的罪魁。

2013 年 10 月,《国务院关于化解产能严重过剩矛盾的指导意见》明确,化解产能严重过剩矛盾是当前和今后一个时期推进产业结构调整的工作重点,将重点推动山东、河北、辽宁、江苏、山西、江西等地区钢铁产业进行结构调整,压缩钢铁产能总量 8000 万吨以上。其中山东省到 2015 年年底,将淘汰炼铁产能2111万吨，炼钢产能2257万吨。

在寒冷的冬天，想生存下去，就得比对手跑得更快。"跑得更快"的加速器，就是科技进步和新的运营模式。

从2006年以后，泰钢形势一路向上，但越是如此，王守东也就越是警惕。他觉得经济发展速度快的时候就像惊险过山车，风光、刺激，也可能招致不测。主动、积极的防范办法，就是经常自我解剖，保持清醒的头脑。

随着生产能力和产品品质控制问题逐步解决，泰钢开始逐步把精力放在深入开发市场，满足客户需求上来。鉴于现金流一直紧张的问题，2010年5月，泰钢特地召集50多名经销商，与泰钢营销团队一起探讨如何快速打开市场，改善现金流问题。

在会议上，泰钢收获了经销商们许多好的意见，如必须解决钢材产品"大路子"的问题，要研究出品管线钢、耐火钢、汽车大梁钢、车轮钢、电工钢、大棚钢、轮船钢、军品钢，等等。这些产品流通周期较短，利于回款。

王守东立即让研发、生产、营销部门一起研究开发特型钢、调整产品比例问题，对附加值低的产品大部压缩，逐步淘汰，避免廉价的无效劳动。

加快现金流流量的另一个对策是增加销售手段，做到零库存。因此，除了增加营销人员、拓宽营销渠道之外，还有就是加大宣传力度。为之，泰钢广泛邀请媒体，大力报道泰钢的先进技术、高端产品和服务优势，引发轰动效应，吸引客户登门。

王守东还采用邀请潜在大客户前来考察以及会议营销的办法，很快锁定一批大客户，先后与淄博不锈钢营销公司签订5000万元销售合同，与上海新能源公司签订1.5亿元的不锈钢购售合同；与意大利伊诺科斯公司签订退火不锈钢销售代理协议，还向部分订货厂家预收40%的货款。

将产品调整和市场营销力度加大后，泰钢的资金回流速度和增量明显提升。高峰季节，每月现金量达到数十亿元。

2011年3月底,王守东从第一季度财务报表上发现了一个问题:大部分单位未完成公司下达的指标,有的相差25%,有的相差35%,还有的产值完成不到规定指标的50%。公司的现金流量只有25亿元,比高峰季节下降了25亿元,比预期相差15亿元。

近一步召开业务会议发现,冷轧部、热轧部、焦化公司、炼铁部、不锈钢部均未完成指标,唯一完成任务的是汶汇港物流有限公司、新材料事业部和热电公司。比较而言,它们属于企业的配套服务部门,属于内循环;而冷轧、热轧、焦化、不锈钢部属于直面市场的部门,属于外循环。实行独立经营后,它们既要考虑原材料和生产成本,又要考虑市场、考虑销售、调整产品品种比例,导致顾此失彼,精力不济。

原因何在?由于不锈钢部市场情报不准,趋势掌握不清,评估严重失误,囤积钢材,价格下落后受到损失。与此同时,因为进出两头不畅,占压大量资金。

不锈钢部是泰钢的成本中心,光投资就达30亿元,新上配套酸洗项目又是12亿元,占压大量资金。而第一季度产品积压40%,由于产品价格下落,不仅占压16亿元的资金,而且产品价格下跌损失2亿元。2月份净利润1600万元,3月份净利润下滑到600万元,4月份更亏损3000万元,连累泰钢整个资金链陷于恶化。

问题出在哪里呢?王守东组织大家召开经营分析会,逐个会诊,寻求答案。

重点解剖不锈钢部这只麻雀,问题出在对市场的判断上。整个市场的特点是:

——受宏观调控影响,钢材市场总体不火;

——市场的利益性较紧,利润空间成为最大驱动;

——波动性、不确定性、散射性占很大层面;

——大宗消费稳定性差，现金回流慢。

而不锈钢部的特点是：第一，客户大多是中间商，由于自身利益关系往往使产品成为第二中转站和第二囤积站，极易囤积钢材，应该必须迅速找到直接需求的第一用户；第二，目前的客户大多是中小企业，产品用量小、消耗周期长、现金流量弱，如果没有相当的购买数量，就很难保证经营指标实现的时限性；第三，库存过大，带来资金的占压，增加了短期贷款的费用；第四，产品销售的订单性生产比例小，预收款数额不大。

兵来将挡，水来土屯。王守东决定：

1. 调整整个经营思路，由长计划变为短计划；

2. 瞄准现金流，根据订单生产，避免资金与原材料的占压，减轻短期贷款的压力；

3. 加强预付款和承兑汇票的管理，加强资金的流动性收益；

4. 进一步挖掘内部潜力，从能耗、材料、销售周期等各个环节开源节流，减少成本，增加利润。

找到了问题也就找到了方向，也就找到了解决的思路和方法，加大经营接轨市场的力度。不锈钢部迅速开始调整：一是重组销售队伍，消化库存，将4万吨产品变为现金流；二是将先生产后销售的模式改为订单生产，即依据订单和预收款制订生产计划，逐步做到零库存；三是根据现货原则确定原材料、钢种、规格，实行标准化周期作业，多批次脉冲性产销。

立竿见影，不锈钢事业部的产销做到了现料、现价、现金、现货的完全实时化，百分之百与市场接轨，从而使每吨钢材生产的成本下降了500元，并在第三季度实现了零库存。

各项措施决策一出台，果然很快制止了泰钢资金链的吃紧，第二季度现金流有了很大的改善，第三季度则出现井喷。

事实给了王守东很大的启发：作为一个领导者，在商海变幻中不能掉以轻心，马放南山；不能高高在上，更不能消极处置，坐等结局，而应始终关注、引导和孵化独立运作的各部门，使之健康成长。

他深有体会地写道：敢问路在何方？路在脚下。世界最远的距离在哪里？最远的距离不是从南极到北极，而是从你的头脑到你的脚下！面对加行动，知道加做到，保持乐观的态度，保持清醒的头脑，就一定能胜利！

面对严峻市场形势，泰钢强化"不能左右市场、但可以左右自身的工作"的理念，深入实施管理创新战略，从根本上健全完善以用户为中心、快速反应市场的生产经营模式，提升成本竞争优势和产品创效能力取得了重大进展。据不完全统计，泰钢集团有超过300多项成果获省级、行业褒奖，创造出显著的经济效益、环境效益和社会效益，在严峻市场形势下始终保持了稳健经营、健康发展的良好态势。

泰钢直面困难，采取"日成本核算"制度，集团各个单位之间实行"市场化核算、成本否决"的办法，竞相压成本增效益，2012年，吨钢综合成本降低了715元。但是，即便吨钢成本在不到一年的时间内猛降了近千元，企业的日子仍好不到哪里去。

在这种情况下，泰钢只有在练内功、挖内潜、降成本上下工夫，特别是搞好各个方面的配套工程，减员增效，提升技术改造的速度。把技术改造创新放在重要位置，既要加强管理持续地改进，又要开展群众性的创新活动，这样创新才会突破，管理持续改进，一天进步一点点，用加号和乘号，加乘的办法来加强企业管理，提高泰钢的管理水平。同时不断地开展技术创新，优化工艺，以实现跳跃式的发展。

王守东始终关注着宏观市场的走势。产量过剩是在高点之上的过剩，需求不足却又是在经济低点上的不足，巨大的反差令许多钢企无法承受，对行业的悲观论断不绝于耳。但是，与许多流行的分析相反，在可预见的将来，中国钢铁工业绝不是夕阳工业，而是前途远大的产业！

最大的利好消息是，工业化、城镇化是我国经济未来一个时期最大的内需潜力之所在。中国的工业化和城镇化高速发展，仍需要钢铁工业发挥相应的支撑作用，钢铁仍将拥有较长时期和巨大的市场空间。

2011年，我国城镇化率刚刚超过50%，而当今世界发达国家的城镇化率一般为80%，发展中国家普遍为60%。联合国关于世界城市化展望的最新研究报告中预计：中国从现在到2030年城镇化还会保持较快的速度，届时将提高到65%至70%。

目前中国每年要转移城镇人口1000多万，相当于一个欧洲中等国家的人口总量。根据中共十八届三中全会的规划，未来中国将增加约3亿小城镇人口，相当于目前美国的人口总量，这在世界发展史上是空前的。

工业化、城镇化的高速发展，必然伴随大量的工业、民用建筑和公用设施建设，包括公路、铁路和城市轨道交通建设。钢铁作为最基本的工业和民用材料，毫无疑问仍将保持较长时间和拥有巨大市场需求。

中国的钢铁产能总体过剩，但真正过剩的是大量低水平、高耗能、高污染的小钢厂，以及那些无法再升级换代、后劲不足的中型企业；过剩的是大路货、普通品种，优特品种依然紧缺，依然需要进口。这么大的市场，商机总是存在的，就看你有没有眼光、资源和能力抓住。

最简单的例子，国产钢铁最初只能干什么？做生活用品，做粗陋铸件，做建筑用钢。国产钢铁能不能用在汽车、船舶、航空航天、发电机组上，能不能走向世界？美国、日本、韩国等国钢铁产业当年无一例外经历了钢铁需求增速回落的窘境，如同今天的中国钢铁行业，最终有的选择退出消亡，有的却会继续生存下来，并大有作为。

过去粗放式发展难以为继，转型升级刻不容缓。中国钢铁工业要告别原来粗放式发展的思维，进入到依靠科技创新、管理创新和商业模式创新，实现转型升级的新阶段。这是钢铁产业发展模式的根本转变。中国钢铁业才刚进入残酷的淘汰赛阶段，由低附加值、高产出资本比的重工业转向高附加值的工业和服务业是大势所趋。

王守东这样认为：对中国钢铁行业的发展应该辩证分析，还是有市场需求的，能说全行业都不好吗？企业为什么会亏损，原因当然是多方面的，也是错综复杂的，能不能做到少亏损一点是企业自己的事，不能怨天尤人。

在各种场合，王守东利用他的影响积极为中国钢铁行业呼吁，力图以此为全行业解困出力。他犀利地指出，钢铁行业现在对内缺乏监督调控的威力，对外缺少与外商谈判的能力。应该有政府部门站出来代表冶金企业说话。

王守东认为，要实现钢铁产业的升级，建立集约、高效、环保、可持续发展的钢铁工业体系，保护民族钢铁发展，政府机构改革必须有专门的机构行使钢铁行业宏观调控职能，既不对企业的市场行为强势干预，又要保障行业发展的健康有序，这样才能演奏出中国钢铁和谐发展的激扬旋律。

例如，困扰钢铁企业生产成本的进口铁矿定价权问题迟迟不能有效解决。中国是世界上最大的铁矿石进口国，60%至70%的铁矿石进口到中国，价格却受制于人，钢铁行业创造的利润很大一部分"送"给了国外矿山。

王守东提出，为解决这一困扰中国钢铁行业的大问题，有关部门要逐步摸索、总结经验，不断完善市场运作规则，增加中国企业在铁矿石上的话语权，从源头上降低钢铁企业的生产成本，促进钢铁企业效益合理增长。

又如，钢铁行业的淘汰落后、收购重组问题，喊了十来年，越"淘汰"总体产能变得越大，集中度越来越低。目前钢材市场低迷应该说是最好的整合期，但靠行政命令要求10%的钢铁企业关门显然难以实现，主要原因是缺乏退出机制和配套政策。有关方面应当在实施细则上考虑得更细化一些，拿出可行的方案。

业内权威的专家也和王守东看法相同，认为在这个转型升级的艰难时期，埋怨市场没有用。要眼睛盯在市场，工夫下在现场，积极调整产品结构，淘汰落后产能，依靠科技进步才能闯出一片新天地。应该看到，国家为促进工业企业产业升级先后制定出台了一系列政策，这些政策都是"真金白银"。如 2012 年国务院出台的促进工业企业技术改造的意见，就有总额达 150 亿元的贴息贷款，是企业可以利用的宝贵资源。钢企必须跟政策、听解析、抓机遇、促发展。

第三节　蓄势待发，放眼四海

在可预见的将来，中国钢铁行业仍面临"高产能、高成本、低价格、低效益、严环保"的严峻挑战。

——集中度过低。产量排名前 10 位的钢铁企业上半年的产业集中度仅为 43.84%，而我国前 10 家汽车企业的产业集中度接近 90%。产业集中度低、产品同质化程度高，导致"拼价格"，无序竞争严重。

——资源短缺。国外矿山资源垄断、我国权益矿比例偏低等资源弱势，导致了我国钢铁行业在产业链上的弱势地位。

——金融弱势。大多数钢铁企业不能享受银行贷款优惠利率，贷款利率不仅没有降低，反而有所升高。2013 上半年大中型钢铁企业的资产负债率达到 69.47%，有的企业达到 80% 以上，一些企业资金链比较紧张。

——环保成本。化解产能严重过剩矛盾，将给钢铁行业在环保、工业用地价格、碳排放、水资源等方面带来重大影响。钢铁企业普遍面临环保成本增加的考验，部分企业若达不到环保要求，有可能面临退出市场的风险。

困难面前别无他路，钢铁企业只有充分利用"市场倒逼机制"和"环保造成的压力"，努力推进全行业的转型升级。要看到，虽然我国钢铁行业经营形势严峻，但是仍有个别企业成功"逆袭"。

例如，宝钢 2013 年上半年实现盈利 52 亿元；钢材结算平均价格达到 4680 元/吨，大大高于 3600 元/吨至 3800 元/吨的行业平均水平。宝钢之所以做得好，最重要的一个经验是积极主动调整生产经营策略，更好地适应市场变化，果断关停了一些长期扭亏无望的生产线。此外，宝钢多年以来坚持结构调整和优化，在市场严峻的形势下显现出效果。宝钢的主业有竞争力，非钢产业也有很多闪光点和盈利点，完善的产业链建设改善了整体绩效。

同时，还有一批民营企业的表现可圈可点。例如，沙钢上半年盈利 11 亿元。沙钢最大的经验就是管理成本低，成本低也是企业的优势所在。

王守东对严峻的现实却并没有显得如何紧张。他以近乎固执的坚持、自信让大家放心：当家人有办法。的确，王守东以他的坚韧以及洞察力，在困难局面下依然为泰钢指出了未来的方向。

早在 2008 年，金融危机肆虐全球之际，泰钢就建成投产 100 万吨不锈钢生产线，填补了山东省及周边地区无高档不锈钢产品的空白。2012 年，当行业整体下滑之时，泰钢又与德国一家公司合作，进行炉卷轧线高效节能改造。

王守东将行业变局看作机遇，而机遇一定是留给有准备的人。他认为："每一次经济危机之后，都会有一次大的发展。"行业门槛提升，这对泰钢这样已具有相当实力的企业反而是一件好事，因此泰钢才敢于屡屡逆势出击。

王守东从优化全省钢铁产业结构，提高区域核心竞争力的全局高度，按照国家产业政策的要求，推动泰钢大力实施专业化、精品化发展战略，把发展目标定位在专业化生产科技附加值高、市场竞争能力强的板带材及后续产品上，向冷轧、镀锌、彩涂、不锈钢、特钢方向不断延伸、拓展。

从 2010 年开始，泰钢深入实施"一体两翼"发展战略。"一体"就是做强做精以不锈钢为代表的高附加值、高技术含量、现代化的钢铁主体。在 60 万吨不锈钢的基础上，建设二期 120 万吨不锈钢工程，达到 180 万吨不锈钢生产能力，逐步开发航天、航空、航海、铁路、石油、化工等行业用不锈钢高端产品。

"两翼"分别是外经外贸和资本资产经营。做大做强外经外贸，就是利用泰钢的优质产品，占领全国主流市场，辐射长江三角洲、珠江三角洲，使泰钢的产品加快走向全国，走向世界。

搞好资本资产经营，就是充分利用和发挥泰钢的实体优势、品牌优势和资产优势，灵活运用联合、并购、重组、结盟、上市等多种方式，提高资本利用效率，促进泰钢又好又快发展。争取尽快实施泰钢冷轧项目国内A股上市，不锈钢项目香港H股上市。

2011年，国务院批准山东成为中国钢铁产业结构调整唯一试点省份。2012年，莱芜市委又做出了建设泰钢不锈钢生态产业园、做大做强不锈钢深加工产业的决策。

泰钢在钢铁主业上，坚持走"高、精、专、特"发展战略，坚持走专业化道路，集中精力抓好优特钢建设，莱芜市依托莱钢、泰钢等龙头企业，加快规划建设特色产业园区，进一步搭建大平台、聚集大产业、培育大支撑。而泰钢不锈钢生态产业园更是作为重中之重，举全市之力加快开发建设。

泰钢不锈钢生态产业园是2012年3月市委第四次常委会决定设立的，在辖区内西部，为加快莱芜经济发展，优化莱芜经济产业结构，做大、做强不锈钢深加工产业，市委、市府规划了"泰钢不锈钢生态产业园"。

该园区以配套泰钢为重点，大力发展精品不锈钢生产及不锈钢产品加工，力争3至5年内泰钢集团产值突破1000亿元，不锈钢产业园产值突破1000亿元，将成为长江以北地区规模最大、层次最高、产业链最完整的不锈钢产业园区。

园区规划面积20平方公里，起步面积约6平方公里，主要包括不锈钢加工区、不锈钢专业市场与物流区、商务研发居住区。园区规划项目主要以不锈钢冷轧板、不锈钢直缝焊管、不锈钢压力容器、不锈钢餐具/厨具/洁具以及不锈钢的剪切配送等项目为主。

产业园建设可以充分发挥泰钢不锈原料和设备优势。莱芜地处鲁中，具有辐射山东及华北、东北地区的区位优势，山东打造半岛制造业基地和"蓝黄"经济区，不锈钢产品需求量大。山东省内制造业发达，知名企业众多，具备了不锈钢产业集群基础，为不锈钢发展和产业链延伸提供了广阔的空间。

对泰钢来说，不锈钢生态产业园将是继工业园之后又一次扩张时机。产业园以绿色和生态发展为出发点，强化基础设施建设，合理规划入园企业布局，强化产业引导，努力打造生态产业园和环境优美的现代化精品新城区。位于产业园区内新设立的泰钢不锈钢技术研发中心项目，主要从事不锈钢生产加工技术的应用研究开发和成果转化工作，将成为未来新泰钢的发展动力所在。

在不明朗的大环境下，展望未来，王守东依然认为前途光明，信心满怀。他在青岛论坛的讲话指出，日后泰钢的工作着眼点主要有以下三个。

第一，抓好信息化管理工作，实现泰钢做大做强。

产业链也好，价值链也好，市场也好，成本控制也好，最大的发展空间就是在传统产业里实现信息化，使电子商务普及。2008年以来，泰钢以财务为核心的资源管理系统都应用 ERP 的基本模式，现在已尝到甜头，系统损耗全面下降，经济效益全面提升。今后三年，泰钢要全面梳理内部所有流程，使信息化系统从内到外全覆盖、无空白，从企业信息化走向信息化企业。

第二，见习资本市场，学会资本经营。

2008年的金融危机成为分水岭，美欧开始走下坡路，中国企业开始成为跨国公司，这是世界大趋势，也是新的机遇。王守东指出：改革开放30年泰钢富了，有钱了，也有技术，也有设备，也有人才，有钱不会花，太笨。有钱不等于有资本，资本不是钱，资本是能够用钱挣钱的能力，是整合各种资源的能力。

泰钢将继续坚持认真学习、深刻领会、静心思考，认真学习金融知识和各种政治、法律、文化、宗教和经济结构等。从印尼、马来西亚进行尝试，以中国资本和世界资本为纽带，整合各种资源，利用各种生产要素，稳扎稳打，由简到繁、由小到大，在资本市场领域逐步学会游泳。

第三，继续在不锈钢产业链上下工夫。

未来三年，泰山钢铁将紧紧围绕不锈钢这个发展主题，把不锈钢产业链继续向不锈钢冷轧、深加工延伸，全面贯彻落实"小批量、多品种、高效率、低成本"的发展思路，通过管理创新、技术创新和商业模式创新，由生产制造型变成生产服务型。

同时，加速培养核心竞争力，拓宽产品线，完成产品 ISO9001:2008 标准、美国标准、欧洲标准、德国 AD2000 和压力容器认证，以及英国、挪威和中国船级社的资质认证和国际防腐材料协会的认证，不断提升品牌形象。力争把"泰山不锈"建成在世界上具有高度竞争力、高度影响力的品牌。三年内，泰钢将实现税收 20 亿元、利润 40 亿元、销售收入 800 亿元。

王守东正擎起不锈钢产业发展的大旗，豪情满怀地谋划着一个新的产业园区，打造不锈钢的产业群，再次带领泰钢人大阔步前进。他决心把莱芜建成全国重要的不锈钢生产基地，争取在"十二五"末使泰钢实现年产值 1000 亿元，让不锈钢成为莱芜建设绿色钢城的标志和象征，真正把莱芜打造成为创新之城、生态之城、不锈之城。

第四节　登高望远，无畏险峰

"泰山钢铁公司"这个名称是王守东起的。泰山是中华民族的精神家园，它深邃的文化内涵及其象征意义属于中华民族的核心内涵。

泰山巍峨雄伟，七千级盘道从山脚逶迤通达云端。拾阶而上，多处以

"登"为题的刻石赫然在目，如"勇登仙境"、"从善如登"、"努力登高"和"共登青云梯"等，所宣扬的都是人生努力进取、自强不息的主题。

人生要想有所作为，必定要走一条异常艰难的道路。王守东选择了一条艰险决绝之路，如同登泰山一般，在数十年如一日的"登山"中始终在挑战自己、照耀别人。他在这条路上跋涉，翻过险峻坎坷，越过荆棘泥沼，走过漫漫大道，行过无尽绝地。

他强硬如铁。在市场激流中持续前进，无法停下来喘息，因为巨浪的后面还是浪，呛一口水就可能窒息。

他和善如水。把别人的利益时刻放在心上，把别人的感受当做自己的感受，以春风化雨的姿态，耐心引导着别人一起走向幸福。

他睿智如光明。为众人而独自背负磨难，承受巨大压力，以传统道德和政治信仰的力量随行，攀登远方险峰，寻找星光照耀世间。

人生不易如同登山，每个人都会有自己需要越过的险阻。很多人在生活的洪流冲击下滑入了山涧，从未登顶。为什么王守东，在人生事业和精神的双重登顶中能够成功胜出，越过那么多的人生险峰？

第一，他有扎实的学识和坚实的理论功底，饱读典籍而有大视野、大胸怀，才能大刀阔斧，纵横捭阖。这是他成就事业的基础。

第二，他有很强的实践能力，注重古今、中外、土洋、理论与实践的结合，从思想入手打开心门，这是他成就事业的关键。

第三，他有包容的度量和坚强的群众基础，这是他成就事业的力量源泉。

第四，他有百折不挠的意志和决心，这是他成就事业的必备因素。

子曰："知者不惑，仁者无忧，勇者不惧。"作为新时代有个性的企业家，王守东可谓集知、仁、勇于一身，与其他我们耳熟能详的企业家相比有共性，更有个性。

企业家是企业的脊梁，企业乃至国民经济的兴衰与企业家息息相关。有人说，中国的改革和经济发展能否顺利进行，在很大程度上将取决于从广大的企业经营者中能否成长出一批企业家，他们应当具备较高的素质、较强的创新精神、正确的价值观、良好的适应环境能力，如此才能为社会作出应有的贡献。

我们所熟知的很多企业家都来自于民间，在改革伊始、体制不完善的时期出现，他们能够适应市场变化，满足市场需求，促进创新和社会资源的优化配置，取得了辉煌成就，成为一般人心目中的成功人士。其中的佼佼者，对社会价值观产生了潜移默化的影响和推动，建立和推广了新的商业模式与理念，对公众思想形成了一定的影响。

王守东与他们的共性很多，几乎包括了上述的一切特点。在几成废墟的厂区，他放弃了自己的安宁生活，争取来了千斤重担，从而欲求安逸而不得。在改革初期的复杂形态中，以自己对新模式的把握、超前的设计、锲而不舍的争取，赢得了别人的认同与合作，这种经历的曲折，和任何一位白手起家的成功者比起来毫不逊色。

但这只是王守东的一面，他的另一面今天看来似乎有些另类：对政治理论、对集体事业、对员工发自内心的热爱，对世俗物质享受的不以为然，近乎苛求的发展速度、伴随一生的读书学习、坚持不懈的春风化雨的思想工作，谁能比拟？

十八盘是泰山登山盘道中最险峻最难登的一段，同时也是离最终目标最近、希望就在眼前的一段。因此，在南天门下刻有"努力登高"以示鼓励。虽然历经千辛万苦，如果登上南天门，到达玉皇顶，登高望远，给人的感觉则是"万里清风来"、"一览众山小"。

这是登山的境界，这是王守东的境界。

王守东凭着过人的胆识和坚强意志，凭着第一个"吃螃蟹"的冒险精神和奇思妙想，通过学习创新、深谋远虑、锐意进取、自强不息，在泰钢、在莱芜乃至社会的前进轨迹上画出了浓墨重彩的一笔。他的精神内涵，必将跟随并超越时代精神，成为中国未来一代卓越企业家的先行者。

国运亦如登山，随着中国改革的深入和对国际市场的融入，可以预见，不远的将来在全球化背景下将产生中国新一代的企业家群体，在国内和国际舞台上扮演重要角色。相信将会有更多中国的企业家，在经历过财富的追求者、拥有者、保管者等身份的转变，洗尽铅华，和王守东一起，其精神将会闪耀新的光芒。

高山仰止，放眼远方更高的山峰，我们会看到群星闪耀，那是对登山者的最高礼赞。